ELIS FISCHER

Die Tarotmeisterin

TÖDLICHES TAROT Die liebenswürdig chaotische Illustratorin Theresa »Thesi« Valier tritt mit ihrer Freundin Flora einem Frauennetzwerk bei. Nachdem auf eines der Mitglieder ein Überfall und auf Thesis Gartenhaus ein Brandanschlag verübt wird, beginnt sie auf eigene Faust zu recherchieren. Während die Polizei die Ereignisse als Unfälle abstempelt, stehen nur ihr Mann und ihre Freunde Thesi bei ihren Ermittlungen zur Seite.

Schnell findet sie heraus, dass der Schlüssel zum Fall die wertvollen historischen Illustrationen des Rider-Waite-Tarots sind, die sich im Besitz einer der Netzwerkerinnen befinden und bald versteigert werden sollen. Immer tiefer wird Thesi in ein esoterisches Geflecht verstrickt, das seine Wurzel im London der späten 1930er-Jahre zu haben scheint.

Elis Fischer, Jahrgang 1965, studierte Kunstgeschichte und Theaterwissenschaften in Wien. Nach einigen Studienaufenthalten in Italien und vielen Arbeitsjahren im Marketing beschloss sie, sich ausschließlich der Kunst zu widmen. Heute lebt sie mit ihrer Familie im Burgenland und arbeitet als Autorin und Künstlerin.

Elis Fischers Krimis beziehen sich stets auf einen realen kunstgeschichtlichen Hintergrund, ihre historischen Recherchen lassen sich auf ihrer Homepage verfolgen: elisfischer.wordpress.com

Bisherige Veröffentlichungen im Gmeiner-Verlag:
Die Kunstjägerin (2013)

ELIS FISCHER

Die Tarot-meisterin

Kriminalroman

GMEINER SPANNUNG

Personen und Handlung sind frei erfunden.
Ähnlichkeiten mit lebenden oder toten Personen
sind rein zufällig und nicht beabsichtigt.

Besuchen Sie uns im Internet:
www.gmeiner-verlag.de

Im Ehnried 5, 88605 Meßkirch
Telefon 07575/2095-0
info@gmeiner-verlag.de

1. Auflage 2015

Lektorat: Claudia Senghaas, Kirchardt
Herstellung: Julia Franze
Umschlaggestaltung: U.O.R.G. Lutz Eberle, Stuttgart
unter Verwendung eines Fotos von: © Sonja Birkelbach – Fotolia.com
Druck: GGP Media GmbH, Pößneck
Printed in Germany
ISBN 978-3-8392-1724-5

Für meine Mutter Hedy Schweighofer

KAPITEL 1

Tageskarte für Samstag, 12. September
Der Wagen

Der Wagen steht für Aufbruch und Neubeginn. Heute kommt etwas ins Rollen, die Fahrt kann beginnen. Vielleicht entstehen neue Verbindungen, oder Sie nehmen neue Aufgaben entschlossen und gezielt in Angriff. Aber jeder Wandel hat zwei Seiten. Sie müssen auch die Nachteile in Kauf nehmen, die Neuerungen mit sich bringen könnten.

»Frauennetzwerk?« Zweifelnd sah Thesi ihre Freundin an. »Meinst du das ernst?«

»Natürlich wäre mir ein Männernetzwerk auch lieber gewesen, aber die gründen seit Jahrtausenden nur geschlossene Vereine«, sagte Flora und drapierte Polster auf Thesis Gartensessel. »Wenn möglich, noch geheim. Ich sage nur *Geheimbünde*.«

»Stopp! Keine Geheimbünde. *Nie mehr*, verstanden?« Thesis letztes Abenteuer flammte in ihren Gedanken auf. Da hatte sie sich eingebildet, dass sämtliche Geheimgesellschaften Europas hinter ihr und ihrem Bild her gewesen wären.

»Verstanden.« Flora salutierte, schob ihre Sonnenbrille, die zur Bändigung der langen rotblonden Locken als Haarreifen gedient hatte, auf die Nase und schaute in den wolkenlosen Himmel. »Jetzt werden die Sommersprossen wieder sprießen. Aber was soll's. Es sieht mich doch niemand an.«

»Was ist denn mit Robert?« Thesi stand auf, um noch zwei Schalen Kaffee zu holen.

»Sendepause«, rief ihr Flora hinterher. »Findest du auch noch was Süßes?«

»Wieso?«

»Weil ich Trost brauche.«

»Nein! Wieso ist Sendepause?«

»Hast du dich schon mal mit zwei pubertierenden Töchtern um einen Mann streiten müssen? Und dann ist da noch seine Exfrau!«

Thesi kam zurück. Sie stellte ein Tablett mit Kaffee und Croissants auf den Gartentisch. »Hier, frisch vom Bäcker. Das hilft«, sagte sie mitfühlend.

Flora nahm ein Croissant vom Teller. »Oh ja, wird schon besser.« Genussvoll biss sie in das Gebäck, und ein großer Tropfen Marmelade landete auf ihrer Wildlederjacke. »Verdammt, anscheinend ist mir gar nichts mehr vergönnt.«

»Warte, ich hole Geschirrspülmittel. Seit Dinos Geburt bin ich Fleck-weg-Expertin.«

Nachdem die Jacke gerettet war, schob Thesi ihren Gartensessel zu Flora und fragte: »Also erzähl, was haben Roberts Monster wieder angestellt?«

»Nichts, was ich nicht auch gemacht hätte – in ihrem Alter. Aber mein Vater hat mir seine Freundinnen glücklicherweise nie vorgestellt.« Flora überlegte. »Für die Beziehungspause gibt es keinen konkreten Auslöser. Nur die Summe aller verpfuschten Wochenenden der letzten drei Monate. Ich hatte es satt.«

»Verstehe.« Thesi drückte Floras Arm. Dabei war ihr

Robert Kiesling in letzter Zeit fast ans Herz gewachsen. Ihr Kennenlernen war unter keinem guten Stern gestanden, denn er hatte Thesi des Mordes verdächtigt, aber inzwischen mochte sie ihn richtig gern. »Und wenn ihr euch nur während der Woche seht?«

»Da ist er doch ständig mit seiner Arbeit beschäftigt. Und ich will mich nicht immer nach den Gören richten. Wahrscheinlich müssen wir noch fünf Jahre warten, bis die Mädchen ihr eigenes Leben leben und nicht mehr das ihres Vaters steuern wollen.« Seufzend biss Flora in ihr Croissant, und Thesi war mit der Serviette in der Hand zum Sprung bereit.

Sie überlegte, was sie tun könnte, um den beiden zu helfen. Flora und Robert hatten sich nach ihrem ersten Treffen schon mal 15 Jahre aus den Augen verloren. Noch weitere fünf Jahre zu warten, das konnte nicht gut gehen. Ein Donnergrollen holte sie aus ihren Gedanken zurück – zum eigentlichen Grund von Floras Besuch.

»Und du willst nach solchen Erfahrungen gerade einem *Frauen*netzwerk beitreten? Da könntest du gleich bei Robert bleiben«, sagte Thesi und fing im letzten Moment einen weiteren Tropfen Marmelade auf.

»*So* schlimm kann es nicht werden. Sehen wir uns die Sache einfach mal an. Die Frauen dort sind Kleinstunternehmerinnen und helfen sich gegenseitig beruflich weiter.«

Thesi dachte an ihre nicht vorhandene Karriere. Ihre Zeichnungen, die keiner wollte, und wenn doch, kam in letzter Sekunde etwas dazwischen wie der Konkurs des Verlags, der ihr erstes Kinderbuch drucken wollte. Die einzige Einkommensquelle war eine Ratgeberseite, die sie für ein Monatsmagazin illustrierte. Ohne Leon würde sie verhungern!

»… sie brauchen sicher Fotos für Imagefolder, also eine Fotografin wie mich.« Flora stupste Thesi in die Seite. »Und du zeichnest ihre Kinder oder illustrierst ihre Prospekte. Ich schick dir den Link, wenn ich zu Hause bin. Hab vergessen, ihn aufzuschreiben.«

Ein Windstoß blies die Servietten vom Tisch. Thesi sah zum Himmel. Grauschwarze Wolken näherten sich von Osten und verdeckten langsam die Sonne. »Wir sollten den Kaffee drinnen trinken. Ich hoffe, Leon und Dino schaffen es noch rechtzeitig nach Hause.« Sie sah auf die Uhr. »Jetzt sind sie schon über zwei Stunden mit den Rädern unterwegs.«

»Ach mach dir keine Sorgen, du Glucke. Der Kleine schafft das schon.«

Sarah las die Mail ein zweites Mal. In ihrem Magen rumorte es. Ohne zu überlegen, tippte sie eine Antwort:

Wo ist die Höflichkeit geblieben? Bei anderen legst du doch so großen Wert auf Umgangsformen! Zu deinem unmöglichen Ton kommt noch, dass du sämtliche Vereinbarungen brichst. Aber jetzt ist Schluss! Ich steige aus dem Projekt aus und bitte – schau, es geht fast immer, dieses Wort zu verwenden – dich, alles selbst zu machen.

Viel Spaß. Ich hoffe, dass ich nie wieder von dir hören werde!

Sarah

Zitternd nahm sie einen Schluck Gin und wartete, was passieren würde. Noch bevor ihr Glas leer war, hatte sie eine Nachricht im Postfach. Aber nicht die, die sie erwartet hatte.

Von: *Rosaria Rohrau*
Datum: *Samstag, 12. September, 15.20*
An: *Sarah Hofer*
Betreff: *Eso Folder Korrekturen*

Liebe Sarah,

ich habe den Folder Korrektur gelesen. Leider sind so viele Fehler drinnen, dass ich eine befreundete Korrektorin gebeten habe, alles auf meine Kosten zu lesen, da ich meinen PR-Text in einem professionellen Umfeld positioniert haben möchte. Ich schicke die korrigierten Unterlagen per Boten zu dir.

Liebe Grüße
Rosaria

Sarah benötigte nur eine Minute, um zu antworten:

Liebe Rosaria!

Bitte schick alles an Isa. Ich hab mich aus dem Projekt zurückgezogen.

Sarah

Während sie auf Senden drückte, kam die nächste Mail.

Von: *Irene Falk*
Datum: *Sonntag, 13. September, 15.25*
An: *Sarah Hofer*
Betreff: *Re:Re: Eso Folder Korrekturen*

Liebe Sarah,

habe soeben mit Isa vereinbart, den Folder fertigzumachen.

Bitte mail mir alle Word-Texte und Inseratenvorlagen.

Danke!

Irene

»Na Isa, da hast du nicht lange gebraucht, um mich zu ersetzen, was?«, murmelte Sarah und hämmerte ihre Antwort in den Laptop.

Ich hab keine Zeit mehr, euch irgendetwas zu mailen. Holt euch die Unterlagen von den Netzwerkmitgliedern doch selbst. Isa hat eine Liste mit den Namen.

S.

Zufrieden füllte sie ihr leeres Glas auf, nahm einen Schluck und genoss das warme Gefühl, das sich in ihrem Körper ausbreitete. Währenddessen vibrierte das Handy am Tisch. Lächelnd drehte sie es ab und warf es in ihre Handtasche. Als sie sich wieder dem Computer zuwandte, blinkte die nächste Mail auf ihrem Bildschirm.

Von: *Irene Falk*
Datum: *Samstag, 12. September, 16.25*
An: *Sarah Hofer*
Betreff: *Re:Re: Eso Folder Korrekturen*

Liebe Sarah,

ich sehe nicht ein, dass wir leiden müssen, wenn du mit Isa Probleme hast. Es interessiert uns auch nicht. Wichtig ist, dass einige von uns Geld für den Folder bereitstellen und dafür eine Gegenleistung wollen. Wenn du diese Leistung nicht erbringst und ich diese Arbeit – übri-

gens völlig kostenlos – für dich übernehme, dann ist es das Mindeste, diese Dateien – die ja nicht dir gehören – herzugeben.

Ich erwarte, dass die Projektübergabe professionell über die Bühne geht und du dir jetzt fünf Minuten Zeit nimmst, mir die Daten zu schicken.

Liebe Grüße

Irene

Die begreift es wohl nicht, oder? Sarah fuhr sich durch die verfilzten Haare und überlegte. Irenes Intrigen kamen ihr ihn den Sinn und sie schrieb:

Ich sehe auch nicht ein, dass ICH umsonst arbeiten muss, denn ICH erhalte auch nichts. Ihr stellt Geld für die Druckkosten bereit, für MEINE Arbeit bleibt nichts übrig, da Isa ihre Versprechungen nicht eingehalten hat. Das soll Isa dem Netzwerk erklären. Sie hätte sich vorher überlegen müssen, wie sie mich behandelt. Ich bekomme nichts, also welche Verpflichtung habe ich? Dir, Isa oder dem Netzwerk gegenüber?

Du übernimmst keine Leistung für mich, sondern für Isa. Sie hat es wieder mal geschafft, jemanden gratis für sich schuften zu lassen. Viel Spaß.

Sarah

Diese dummen Gänse. Merkten die nicht, wie Isa sie ausnahm? Dem eben noch warmen Gefühl im Bauch folgten Übelkeit und Ekel.

Ständig manövrierte sie sich in solche unmöglichen Situationen. Sie wollte das alles nicht mehr. Wieso hatte sie so eine verdammt schlechte Menschenkenntnis?

Und er? War er der Richtige? Sollte sie wirklich seinetwegen ihr altes Leben aufgeben? Wieso meldete er sich nicht? Ein letzter Schluck, und ihr Glas war leer. Sie musste die Flasche vor Tom verstecken. Ihr Kopf wurde schwer, mühsam las sie die nächste Mail.

Von: *Irene Falk*
Datum: *Samstag, 12. September, 16:41*
An: *Sarah Hofer*
Betreff: *Re:Re: Eso Folder Korrekturen*

Ich erkläre es dir noch mal: Nicht Isa oder ich, sondern ein Netzwerk von rund 100 Frauen hat ein RECHT auf diese Unterlagen. Damit meine ich, dass diejenigen, die dir Texte und Bilder geschickt haben, RECHTE darauf haben und du jetzt auf Dingen sitzt, die NICHT DIR GEHÖREN.

Dein lächerliches Benehmen kann ich einfach nicht dulden, also schick jetzt endlich diese Texte. Du hast ja Zeit, blöde Mails zu verfassen, also wirst du auch Zeit haben, diese Texte in eine Mail zu stellen.

Irene

Sarah raffte sich ein letztes Mal auf und hämmerte, ein Auge zugekniffen, in den Computer:

Niemand hat ein Recht auf diesen Folder außer mir! Es ist mein Layout, ich habe alles redigiert, die Bilder bearbeitet. Ist dir wohl zu viel Arbeit, selbst die Netzwerkmitglieder zu kontaktieren? Sie müssten nur nochmals die Texte schicken, wo ist das Problem?

Euer Benehmen kann ICH nicht tolerieren. Was glaubt

ihr denn, wer ihr seid? Und deine beschissenen Mails werden von mir ab sofort geblockt!

Sarah

P.S.: LMAA (Götzzitat, falls du es nicht weißt)

Regen trommelte an das Fenster des Arbeitszimmers. Sie überhörte fast die Eingangstür, die ins Schloss fiel. Hatte Tom einen früheren Flug bekommen? Nervös klappte sie ihren Laptop zu. Irgendwann würde sie ihm von allem erzählen, aber nicht heute. Sie stand auf, öffnete das Fenster und streckte den Kopf hinaus, dass die Tropfen schmerzhaft gegen ihre Wangen prasselten.

Der Vollmond ließ Thesi nicht zur Ruhe kommen. Sie starrte abwechselnd die Decke, die Wände und den leise schnarchenden Leon an. Dann schlich sie ins Wohnzimmer, setzte sich vor Leons Computer und rief ihre Mails ab. Floras Link war angekommen – WienerFrauen.com. Wiener Frauen – das war doch eine Operette von Franz Lehar. Thesi lächelte, das hätte Flora sich aber merken können. Sie tippte die Adresse ein, und die Seite baute sich auf. In der Mitte prangte ein Bild von lachenden Frauen in einer Blumenwiese. Rundherum blinkten viele bunte Banner. Thesi klickte ›Marias Kreativbox‹ an. Was sie da sah, war mehr als kreativ! Stellungen, die selbst im Kamasutra nicht vorkamen!

Flora, also wirklich, das kann nicht dein Ernst sein!

Sie beugte sich etwas weiter vor, um es genauer anzusehen. Konnte das wahr sein? Die Wiener Frauen als flotte Dominas? Jede für eine andere Spielart zuständig? Und war sie schon so alt, dass sie das schockierend fand?

Verwirrt surfte Thesi zurück zur Startseite und klickte

die Biografien einiger Netzwerkmitglieder durch. Das sah nicht mehr nach Freudenhaus aus: Feng-Shui-Beraterin, Schamanin, Chi-Gong-Meisterin, I-Ging-Lehrerin oder Aura-Expertin. Alle sehr brav und sehr esoterisch. Hinter der ›Kreativbox‹ verbarg sich eine Absolventin der Kunstuniversität, die Bastelkurse mit Kindern veranstaltete. Also schien das Banner falsch verlinkt zu sein. Oder gab es Viren, die harmlose Webseiten pornofizierten?

Sie las eine weitere Seite über die Entstehungsgeschichte des Netzwerks und erfuhr, dass sich das Ganze aus einem Frauentauschkreis entwickelt hatte. Frauentausch? Das klang jetzt wieder nach Swingerclub. Thesi legte den Kopf schief. Sie sollte jetzt besser schlafen gehen, irgendwie hatte sie gerade zu viele schräge Gedanken. Das musste auch am Vollmond liegen. Als sie den Computer ausschalten wollte, fiel ihr Blick auf den Namen einer Schulkollegin, die mit ihr die Graphische Lehranstalt besucht hatte. Sarah. Sarah Hofer! Wahnsinn! Es musste Jahre, nein Jahrzehnte her sein, dass sie sich zuletzt gesehen hatten. Jetzt gab es doch einen Grund, sich das Netzwerk näher anzusehen.

Da Thesi keine Informationen über das nächste Treffen fand, schrieb sie eine Mail mit der Bitte um Bekanntgabe des nächsten Termins und wies auf den Link-Irrtum hin. So konnte sie sich gleich mit einer guten Tat ins Netzwerk einführen, dachte Thesi, als sie ihre Nachricht abschickte.

Die Antwort samt Anmeldeformular kam umgehend.

Von: *Isa Kapfinger*
Datum: *Samstag, 12.September, 23:45*
An: *Theresa Valier*
Betreff: *Link-Hinweis*

Liebe Theresa!

*Vielen Dank für deine hilfreiche Mail. Ja, da scheint ein zweideutiger Fehler unterlaufen zu sein. Wurde schon an die Webmasterin weitergeleitet und du kannst bald Marias »echte« Kreativbox besuchen. *verschämt grins**

Dein Interesse für die ›Wiener Frauen‹ freut mich. Wenn du selbstständig bist und dich uns anschließen willst, findest du die beigefügten Unterlagen im Anhang.

Sonnenstrahlen und Heiterkeit für deinen Tag! (Deine Nacht!)

Isa Kapfinger

P.S. Wir können uns gerne vorab mal treffen, um alles Weitere zu besprechen.

KAPITEL 2

Tageskarte für Sonntag, 13. September
Der Ritter der Schwerter

Der Ritter der Schwerter steht für unangebrachte Aggression, Macht und Dominanz. Sie werden sich Ihrer Umgebung sehr temperamentvoll zeigen. Ein Konflikt, bei dem Sie im Recht sind und der Gegner im Unrecht, kann zu aggressivem Verhalten führen, welches nicht angemessen ist. Ihr Gegner rechnet nicht mit Gegenwehr, umso überraschter wird er sein. Weichen Sie der Kontroverse nicht aus, Sie gehen am Ende klüger daraus hervor.

»Was meinst du?« Thesi sah gespannt zu Leon, der ihr Auto am Stadionparkplatz vor der Prater Hauptallee in eine kleine Lücke manövrierte.

»Bei einer Sicherheitslücke im System kann ein Spoofer eindringen und Links umleiten. Wenn die Seite seriös wirkt, habe ich keine Bedenken. Nimm Flora als Verstärkung mit, dann kann dir nichts passieren«, sagte ihr Mann lächelnd und stieg aus. Er verknotete sein Stirnband, um die halblangen kastanienbraunen Haare beim Joggen aus dem Gesicht zu halten, zog eine Regenjacke über und startete seinen Achtkilometerlauf. Thesi holte Dinos Roller aus dem Kofferraum, Dino aus einer Wasserlache und folgte ihrem Mann in die Praterhauptallee.

Der Regen hatte seit dem Gewitter gestern Abend ein wenig nachgelassen, es tropfte beruhigend auf die mächtigen Kastanien, deren Blätterdach sich wie ein großer Schirm schützend über Thesi und Dino ausbreitete. Warmer Dampf, der nach frischen Kastanien und feuchtem Moos roch, stieg vom Boden auf. Thesi liebte den Prater, wenn es regnete. Das bedeutete endlos lange Spaziergänge in einer einsamen Landschaft. Sie schlenderte Richtung Lusthaus. Leon war ihrem Blickfeld längst entschwunden. Ihr Sohn Konstantin, dessen Kosename Dino war, seit er sich im Kindergarten so vorgestellt hatte, sauste mit dem Roller vor und zurück, fuhr zwischen den Kastanien Slalom und schien so wie Thesi ganz im Hier und Jetzt zu sein.

Da tauchte hinter ihnen ein älteres Ehepaar mit einem frei laufenden Schäferhund auf. Thesi seufzte und beugte sich schützend über ihren Sohn, der gerade wieder eine Runde um sie drehte.

Es war sinnlos, Hundebesitzer auf die Leinenpflicht aufmerksam zu machen, meist erhielt sie nur eine unfreundliche Antwort. Während Thesi darüber sinnierte, schoss der Schäferhund bellend auf Dino los.

»Hasso, hierher!«, schrie die Frau. Das Tier reagierte nicht. Thesi zerrte ihren Sohn blitzartig hoch und brüllte den Hund an. Der erstarrte, machte knurrend vor ihr Halt und zeigte seine Reißzähne.

Langsam kamen die Besitzer näher. Leine und Maulkorb noch immer lässig in der Hand. Thesi konnte es sich nicht verkneifen. »Würden Sie ihn bitte endlich anleinen!?«

»Hasso tut nix.« Der Mann sah sie abschätzend an.

Die Frau warf ein: »Sie hätten sich nicht so über Ihren Sohn beugen sollen, wahrscheinlich wollte Hasso ihn nur schützen.«

Thesi stieg vor Empörung alles Blut in den Kopf. »Jetzt bin auf einmal ich schuld?«, fauchte sie und drückte Dino noch fester an sich. Die aufgestellten Nackenhaare des Schäfers vibrierten.

In diesem Moment kam Leon von seiner ersten Praterrunde zurück. Er bremste sich ein und lief im Stand weiter. »Was ist denn los?«

»Ich bitte die Herrschaften gerade, die Gesetze zu befolgen«, antwortete Thesi und drückte Dino noch fester an sich.

»Es gibt einen Bereich im Pater, da können Hunde frei laufen.« Leon zeigte in die entgegengesetzte Richtung. »Auf dieser Seite der Hauptallee sind freilaufende Hunde verboten.«

»Das stimmt doch gar nicht. Hier darf jeder Hund frei laufen. Sogar Sie!«, blaffte der Alte. Thesi erstarrte, glaubte, sich verhört zu haben.

»Haben Sie die Tafeln mit den Regeln für Hunde auf der Hauptallee nicht gesehen? Für Analphabeten wie Sie sind sogar Piktogramme dabei«, sagte Leon und grinste den Mann herausfordernd an. Als die Frau endlich den Hund an die Leine genommen hatte, joggte er weiter.

»Sie unverschämter junger Rüpel, ich selbst habe die Schilder aufgestellt. Ich bin Polizeigeneral in Rente«, schrie ihm der Alte, dessen Gesicht zornrot angelaufen war, nach.

Thesi tat, als ob sie das alles nichts mehr anginge, und wechselte mit Dino auf die andere Alleeseite. Der Alte ließ nicht locker und schrie ihr nach: »Sie können diesem Herrn ausrichten, dass auf den Tafeln Folgendes …«

»Ich werde ihm überhaupt nichts ausrichten«, unterbrach Thesi und ging weiter. Dino drückte sich an sie und murmelte: »Ich hab Angst vor dem Mann, Mami. Größere als vor dem Hund. Gehen wir weg.«

»… aber auf den Tafeln steht, dass …«

»Das ist mir egal, ich rede nicht mit Ihnen«, brüllte sie ihm über die Schulter zu.

»Hören Sie mal!« Er stürmte ihr hinterher.

Thesi blieb so abrupt stehen, dass er fast in sie hinein gelaufen wäre. Sie drehte sich um, zischte ihn böse an: »Alter Patriarch was? Keinen Widerspruch dulden. Immer nur parieren, zack zack?«

»Sie … Sie sind typisch für diese junge Generation, die nur Demonstrieren im Sinn hat. Eine Schande sind Sie …« Er zeterte und tobte, beschimpfte und maßregelte. Thesi war nicht mehr in der Lage, sich zurückhalten und fuhr ihn an: »Halten Sie endlich den Mund, Sie Volltrottel!« Nun eskalierte die Situation. Fuchsteufelswild sprang der Polizeigeneral auf sie zu und hob die Hand zum Schlag. Dino schrie in Panik. Das schien den Mann zur Besinnung zu bringen, er drehte sich wortlos um und eilte zu seiner Frau zurück. Thesi streichelte den verstörten Dino über den Kopf und griff sich an die Stirn. Wie schnell eine Lappalie eskalieren konnte! Hoffentlich hatte der Typ seine Dienstwaffen abgeben müssen. Ein Choleriker wie der war eine tickende Zeitbombe. Dieses Verhalten konnte nicht nur am Vollmond liegen.

Sie sah sich um. Hoffentlich war Leon bald mit seiner zweiten Praterrunde fertig. Ein hagerer Läufer in einem grauen Trainingsgewand rannte an Thesi vorbei und nickte ihr zu. Sie meinte, Verständnis in seinen Augen zu sehen, und schaute ihm lange nach.

Anton Dorf hatte die Szene von Weitem gesehen. Wieder mal ein Hund, der nicht angeleint war. Wieder mal eine Mutter, die ihr Kind zu schützen versuchte. Das würde sich nie ändern.

Er selbst war schon dreimal gebissen worden. Wie oft ihn die Köter, die im Grunde nur ihren Instinkten und Trieben folgten, angesprungen oder nachgelaufen waren, zählte er schon nicht mehr. Schnaufend fühlte er seinen Puls. Rieb seinen schmerzenden Unterarm. Es wäre schön, wenn sich alle an die Regeln hielten, das Zusammenleben wäre viel einfacher.

Seit er sich zurückgezogen hatte und wie ein Eremit lebte, war einiges leichter geworden.

Er überholte das Paar mit dem Hund und warf einen flüchtigen Blick in das Gesicht des wütenden Mannes. Er erinnerte ihn an seinen Vater. Der Ärger in den funkelnden Augen, die Rechthaberei in den Mundwinkeln, die Zornesfalten auf der Stirn. Dorf beschleunigte seine Schritte, ihn durchströmte ein ungutes Gefühl. Als ob er bald wieder von seinem Vater hören würde. Mehr als ihm lieb war.

Ungeduldig sah Egon Kruger auf seine falsche Rolex und ging schnaufend am Stadionparkplatz auf und ab. Er wischte sich den Schweiß von den Schläfen, der sich mit den Regentropfen vermischte. Beides rann den Nacken entlang seinen Rücken hinunter.

Er spazierte ein paar Schritte zur Hauptallee, sie war leer. Dorf konnte doch nicht ewig laufen! Kruger zündete sich eine Zigarette an, sog gierig den samtenen Rauch ein und wartete. Um sich abzulenken, fischte er eine Packung Karten aus seiner Jackentasche und betrachtete die abgebildeten Figuren. Gerippe, Königinnen, brennende Türme und ein Kasper. Kindisch sah das aus, fand er. War es eine lohnende Story? Zahlte es sich aus, weiter nachzuforschen, oder würde er nur Zeit verplempern? Seine Intuition sagte, bleib dran. Außerdem brauchte er wieder mal einen Knüller, sonst würde er sich seine Extravaganzen bald nicht mehr erlauben können.

Diese Warterei nervte. Aber anders schien er nicht an ihn ranzukommen. Die Regentropfen prasselten stärker auf das Blätterdach der Kastanien. Kruger ging zu seinem Wagen und trat gegen die rostige Stoßstange, um zu prüfen, wie lange sie noch halten würde. Dann stieg er ein.

Endlich tauchte Leon wieder auf. Er schien zu merken, dass etwas nicht stimmte, und sah Thesi fragend an.

»Mama hat ein superböses Wort gesagt«, verkündete Dino freudestrahlend, und Thesi erzählte die ganze Geschichte. Leon machte ein nachdenkliches Gesicht, hielt seinem Sohn die Ohren zu, als er antwortete: »Es tut mir leid, dass ich zu früh weitergelaufen war. Aber du hast richtig reagiert. Schimpfen ist gut für die Psychohygiene. Ich wette, der Alte ärgert sich länger als du. Das ist einer der Nachteile des Alters.« Dino entwand sich seinen Armen und motzte: »Das ist gemein, nie darf ich zuhören.«

»Nicht gerade beruhigend, wenn er ein Gedächtnis wie ein Elefant hat«, sagte Thesi gequält. »Ich denke da an seine Dienstwaffe.« Und sie dachte an ihr Auto auf dem Parkplatz und dass die Webadresse für Leons IT-Unternehmen auf dem Rückfenster klebte. Kein Problem also, herauszufinden, wie sie hießen und wo sie wohnten.

Zurück bei ihrem Wagen, sah sie sich unauffällig um. Da saß ein dicker schwitzender Kerl in einem schrottreifen Mercedes und tat, als ob er telefonierte. Beobachtete er sie? War er ein Polizei-Kollege, den der Polizeidingsda in Rente gleich angefordert hatte? Mit dem Auftrag: »Beobachten sie diese Demonstranten-Subjekte. Ein durchtrainierter, großer Typ im Laufgewand, eine kleine, schwarzhaarige rotzfreche Göre mit rotem Regenparka und einem Balg, das genauso aussieht wie die Mutter.«

»Schau mal, Mama, was ich gefunden habe!«, unterbrach Dino Thesis Paranoia. Vergnügt wedelte er mit einer bunten Karte.

»Du sollst doch keinen Mist vom Boden aufheben«, sagte Thesi und zog ihm die nasse Jacke aus, bevor sie ihn ins Auto setzte.

Beleidigt sah Dino auf. »Die ist aber da auf dem Auto gelegen.« Er drückte Thesi eine Spielkarte in die Hand. Darauf war ein Mann mit einem Hund, einem Wanderstock und einer Blume abgebildet. *Der Narr* stand darauf. Genau, den haben wir gerade getroffen, leider ohne Blume, dachte Thesi und erlaubte Dino, seinen Fund mit nach Hause zu nehmen. Er hatte eine kleine Kiste aus Holz, in der er seine Schätze hortete: Schneckenhäuser, goldgesprenkelte Murmeln, einsame Dominosteine und bunte Vogelfedern, lauter Dinge, die im Leben eines fast Sechsjährigen besonders wertvoll waren.

Thesi drehte sie sich noch einmal unauffällig nach dem Mann im Mercedes um. Sah er ihnen nach? Ja! Andererseits, warum nicht. Auf dem Parkplatz war sonst nichts anderes zu beobachten.

Mit leichtem Kribbeln meldete sich Thesis schlechtes Gewissen zurück, krauchte über den Rücken hinauf und flüsterte in ihr Ohr: »Du bist so was von unbeherrscht! Wie soll sich Dino da ein Beispiel nehmen?«

»Ach halt doch den Mund«, murmelte sie und schüttelte ihr Gewissen ab.

»Du denkst zu viel«, sagte Leon. »Steig lieber ein, wir warten.«

»Entschuldige.« Sie rutschte auf den Beifahrersitz,

schnallte sich ungelenk an, während sie im Rückspiegel weiter den Dicken beobachtete. »Ich bin nur etwas nervös. Der Typ war so außer sich und – ich auch.«

»Erzähl mit mehr von diesen ›Wiener Frauen‹, das wird dich ablenken«, sagte Leon.

»Kann ich erst morgen, da treffen Flora und ich die Gründerin zu einer Art Beitrittsgespräch.«

KAPITEL 3

London, Jänner 1938

»Ich werde diese Hexe zermalmen!« Aleister Crowley riss die Faust in die Höhe und schmetterte sie mit solcher Wucht auf sein Lesepult, dass es barst. Er betrachtete die Bruchstücke, legt den Kopf schief und flüsterte: »Genau so.« Mit dem Schlag schien all seine Energie den Körper verlassen zu haben, kraftlos sank er in einen fadenscheinigen Fauteuil.

Maggie, die den Ausbruch schweigend beobachtet hatte, ging zu ihm und strich beruhigend über seine Glatze. »Du wirst sie nie zurückerobern. Auch nicht mit den …«

»Ich will sie nicht *zurück*! Ich will sie *auslöschen*!« Unvermittelt sprang er auf und stieß den schweren Sessel um.

»Ach Aleister, du hast sie doch schon aus London vertrieben. Sie zeichnet nicht mehr, sondern leitet irgendwo in der Provinz ein Ferienheim. Für katholische Priester. Kannst du dir etwas Erbärmlicheres vorstellen?«

»Ich will diese kleine jamaikanische Voodoopriesterin im Dreck kriechen sehen!« Er streckte die Arme wie zum Segen zur Seite. Der weite Mantel öffnete sich, und das Kaminfeuer warf den bewegten Schatten eines großen Halbkreises an die Wand. Seine dunklen Augen leuchteten im flackernden Licht. »Und dann werde ich sie zertreten!«

»Sie ist keine Voodoopriesterin«, seufzte Maggie, doch er sprach unbeirrt weiter.

»Du und ich … wir beide entwerfen ein neues Kartendeck, das ihres bei Weitem übertreffen wird. Ich hatte wieder eine Eingebung von Thoth. Er hat mir gesagt, wie wir Pixie …« Er verstummte, ließ die Arme sinken, stellte den Sessel auf, dann hielt er mitten in der Bewegung inne, als erwachte er aus einer Hypnose. Suchend sah er sich um. Schließlich zog er einen Schaukelstuhl heran, setzte sich und wippte zusammengekauert vor und zurück.

»Du wirst nie über sie hinwegkommen.« Maggie begann, die Teile des zerbrochenen Pults einzusammeln. »Es ist so düster hier, wir brauchen Licht.« Sie ging zum Fenster und zog mit einem Ruck die dunkelgrünen Samtvorhänge zur Seite. Staub stieg auf. Die Sonne kämpfte sich durch die schmutzigen Fenster und fing sich in einem gigantischen silbernen Stern, der an der Wand hing. Das Metall reflektierte den Strahl und schickte Millionen kleiner Lichtkegel durch den Raum.

Crowley schloss stöhnend die Augen und massierte seine Schläfen.

Maggie bückte sich, um ein weiteres Holzstück aufzuheben, da fiel ihr Blick durch einen Spalt in sein Schlafzimmer. Dort saß doch jemand! Sie ging näher, schob die Tür vorsichtig etwas auf und erstarrte. Am Bett lehnte lebensgroß eine Puppe mit langem schwarzem Haar und mandelförmigen dunkelbraunen Augen. So wie Pixie sie hatte. Bandagen um den Puppenkörper erinnerten an eine Mumie aus dem British Museum. Die Füße steckten in juwelenbesetzten Pantoffeln, um die Schultern hing ein rubinroter Brokatmantel.

Sprachlos starrte Maggie den Fetisch an. Als Crowley sich ächzend erhob, erschrak sie und schloss die Tür.

»Was ist, Maggie? Du wirkst so blass.«

»Nichts. Nur die stickige Luft. Es wird schon besser.« Sie ging zurück zum Fenster und drehte sich dann abrupt zu ihm. »Lass uns endlich mit den Tarotkarten beginnen.«

Crowley schlurfte in die Bibliothek und griff sich auf seinen gebeugten Rücken: »Ich spüre die Kälte in jedem einzelnen Knochen. Wieso nur straft uns das Alter so.« Er nahm drei mächtige Folianten mit abgegriffenen Ledereinbänden aus dem Regal. Als Crowley sie vor Maggie, die ihm gefolgt war, auf den Tisch fallen ließ, erfüllte süßlich schwerer Moderduft die Luft.

Er schlug das oberste Buch auf. »Antoine Court de Gébelin, ein berühmter Okkultist und Freimaurer des 18. Jahrhunderts. Er interpretiert Tarot als ägyptische Geheimlehre.«

Maggie erinnerte sich, dass Crowley angeblich in Kairo ein ägyptischer Gott erschienen war, der ihm ein Buch diktiert hatte. Vorsichtig hob sie Gébelins Buch hoch und betrachtete die schwarz-weißen Abbildungen. Da drückte ihr Crowley schon den nächsten Band in die Hand.

»Hier. Auch mit der Kabbala wirst du dich auseinandersetzen müssen. Ohne hebräische Mystik werden die Karten keine holistische Bedeutung bekommen.« Er hustete lang und kehlig. Maggie legte die Bücher weg und öffnete noch ein Fenster. Kühle Luft strömte durch die Bibliothek.

Crowley rief: »Wir erfinden das Tarot neu! Lassen Pixies Deck vom Erdboden verschwinden. Niemals wieder wird jemand mit ihrem lächerlichen Narren die Zukunft befragen … ja, ich werde sie ausradieren, zerstören, vernichten …« Er stellte sich neben Maggie, umfasste ihre Hüfte und starrte wie in Trance in den Himmel, wo Vögel in V-Formation Richtung Süden zogen. »Ach, Ägypten!«

Stirnrunzelnd ging Maggie zum Tisch zurück. Crowley verlangte von ihr, das gesamte esoterische Wissen der letzten Jahrhunderte in seinem Tarot unterzubringen. Die Karten, die sie vor ein paar Jahren für die Freimaurer gezeichnet hatte, waren bei Weitem kein so aufwendiges Projekt gewesen.

Sie zweifelte. Sollte sie Crowley absagen? Auf der einen Seite war sie fasziniert von ihm, von seiner Lehre, dem *Orden des Astrum Argenteum*. Und – würde sie jemals wieder so einen Auftrag bekommen? Einmal wieder zeigen können, was in ihr steckte! Auf der anderen Seite machte ihr Crowley Angst. Seine Manie, Pixie zu zerstören und gleichzeitig eine lebensgroße Puppe von ihr zu besitzen, irritierte sie. Steckte dahinter Stärke oder Schwäche? Eine Leidenschaft, die sie selbst nicht kannte? Doch wenn Leidenschaft mit dem Verlust der Selbstkontrolle einherging, war es wohl besser, sie nicht erst zu erleben. Wie zur Bestätigung ihrer Gedanken strich sie ihre Kostümjacke glatt und nahm das dritte Buch. Griechische und römische Mythologie. Ja, damit konnte sie etwas anfangen, das hatte sie in der Schule durchgenommen. Vor vielen, vielen Jahren – aber so weit wollte sie nicht zurückrechnen.

»Komm, Aleister, setzen wir uns, und du skizzierst kurz deine Vorstellungen, damit ich mir Gedanken machen kann. Ich habe heute nicht mehr viel Zeit. Nächste Woche werde ich die ersten Entwürfe zeichnen.«

Langsam drehte sich Crowley zu ihr. Mit müdem Blick sah er sie an. »Gut, beginnen wir das große Werk.« Sein langer Mantel schleifte über den Boden, als er den Tisch umrundete und sich mit einem weiteren Buch in der Hand setzte. »Das wirst du auch brauchen, meine letzte Arbeit: *The equinox of …*«

Er zuckte, griff sich an die Brust und stieß einen Schrei aus: »Ahh, sie hat es schon wieder getan!«

Entsetzt starrte ihn Maggie an. »Was, wer?«

»Die Voodoohexe! Eine Nadel! Ich spüre es. Auch sie will mich vernichten.« Er taumelte zu einem kleinen Beistelltisch, wo eine Schale mit Rosenweihrauch einen pudrig schweren Duft verströmte. Crowley warf eine Alraune auf die Glut und zischte: »Du wirst mich nicht töten, Pixie.« Er sog den aufsteigenden Dunst ein und schien sich zu beruhigen. »Mhh! Die magische Mandragora. Mein Schmerzmittel und der einzige Schutz gegen *sie*.« Stöhnend sank er in einen Sessel. »Ich habe es ausgependelt.«

Maggies Schreck wich Ungeduld. So würden sie nicht weiterkommen! Sie raffte die Bücher zusammen. »Ich muss aufbrechen. Benjamin wartet zu Hause.«

»Ja, geh nur zu deinem langweiligen Mann, *Lady Margaret*. Ich weiß nicht, was du an ihm findest.« Crowley, die Augen zu Schlitzen verengt, schnaubte. Dann griff er sich erneut ans Herz, als durchzuckte ihn neuerlich ein Schmerz.

Maggie ließ sich nicht beeindrucken. »Was ich an ihm finde? Jedenfalls keine Besessenheit.« Sie holte ihren Beutel aus der Garderobe und warf sich ihr Wollcape über.

»Lass mich nicht mit Pixie allein …« Crowley ächzte theatralisch, als Maggie die Tür zuwarf.

KAPITEL 4

Tageskarte für Montag, 14. September
Sieben der Kelche

Die Sieben der Kelche warnen vor einer Täuschung. Ein Angebot wird nicht halten, was es verspricht. Scheinbar interessante Projekte sind auf Sand gebaut, Versprechungen entpuppen sich als heiße Luft. Machen Sie sich selbst nichts vor und lassen Sie sich von anderen nichts aufschwatzen, sonst folgt auf einen schönen Traum ein böses Erwachen.

»Was ist dir dazwischen gekommen?«, fragte Thesi statt einer Begrüßung.

»Woher weißt du …«

»Ich kenne dich. Wenn du so kurz vor einem Treffen anrufst, heißt das, Flora kann nicht mitkommen. Also schieß los.«

»Ähm ja, entschuldige, ich habe wirklich einen Fototermin vergessen. Sorry noch mal.«

Thesi seufzte und steckte das Handy in ihre Tasche. Schade. Sie hatte sich schon auf den Kaffeetratsch gefreut. Vielleicht war Isa ein Ersatz für Flora, überlegte sie, wusste aber im selben Moment, dass das nicht möglich war.

Im Café Frauenberger ergatterte sie einen der begehrten Nischenplätze mit den bordeauxroten Plüschbänken. Erst als sie bestellt hatte, bemerkte sie, dass sie im Raucherbereich saß, aber da niemand rauchte, blieb sie sitzen. Sie schmökerte ein bisschen in ausländischen Zeitungen, holte dann ihr Notizbuch aus der Tasche und begann unauffällig ein paar Skizzen zu machen. Diese Angewohnheit verdankte sie einem ihrer Lehrer, der seine Schüler aufgefordert hatte, stets mit Stift und Block ausgerüstet zu sein, um zu zeichnen. Am besten im Kaffeehaus. Eine bessere Ansammlung schrulliger Figuren würde es nicht geben. Sie hatte gerade einen älteren Herrn mit Glatze und Hakennase im Visier, als eine übergewichtige Blondine auf sie zustürmte.

»Hallo! Entschuldige, dass ich zu spät bin, der Verkehr war ein Wahnsinn. Und am Eingang erwischte mich noch eine Netzwerkerin, die Probleme hat. Da konnte ich mich nicht losreißen. Übrigens, ich bin Isa. Ich darf doch du sagen?« Sie streckte Thesi die Hand entgegen. Dabei rutschte die rote Lederhandtasche von ihrer Schulter und traf Thesis Teetasse, die prompt umkippte. Das heiße Wasser ergoss sich über die Zeitungen und tropfte auf den Boden. Beim Versuch, den Tee abzufangen, ließ Isa die prall gefüllte Tasche fallen, und der gesamte Inhalt kullerte heraus. Mitten in die Lacke.

Mit oder ohne Dino unterwegs zu sein, das scheint keinen Unterschied zu machen, irgendwo wird immer was umgestoßen, dachte Thesi, während sie sich niederhockte und Isa half, die Tasche einzuräumen. Den Blick in Isas Tasche empfand sie wie ein Eindringen in deren Intimsphäre, und sie fühlte sich etwas unbehaglich. Geldbörse, Slipeinlagen, Zigaretten, Feuerzeug, Spielkarten, ein Paar rote Nappalederhandschuhe, ein zerlesenes Buch, Lippenstifte, Handy, Visitenkarten und bündelweise unleserlich beschriebenes Papier. Thesi schleppte auch viel mit sich herum, schon weil Dino oft seine lebensnotwendigen Utensilien in ihre Tasche schmuggelte, aber Isa schlug sie um Längen.

»Danke dir. So, ich glaube, wir haben alles«, sagte die Netzwerkchefin, schob die Tasche unter den Marmortisch und zwängte sich auf eines der Bänkchen. So hätte sich Thesi eine abgetakelte Marylin Monroe mit Ende 40 und 20 Kilo Übergewicht vorgestellt. Überhaupt hatte Isa von allem etwas zu viel. Zu viel Make-up, zu viel zu blondes Haar, zu viel billigen Schmuck, der zu viele Strasssteine enthielt, zu viel rotes Gewand, das das Zuviel an Kilos noch betonte.

»Gottchen, ist das eng hier. Die scheinen auf starke Frauen nicht eingestellt zu sein.« Isa drehte sich um. »Herr Ober, bitte eine heiße Schokolade und ein Glas Wasser!«, rief sie und winkte so heftig, dass ihre vielen Armreifen klimperten. Sie wusste, wie man auf sich aufmerksam machte, obwohl übersehen zu werden, sicher keines ihrer Probleme war, überlegte Thesi.

»Also, gehen wir gleich in medias res. Was möchtest du über die ›Wiener Frauen‹ wissen?«, fragte Isa und musterte ihr Gegenüber ungeniert.

Thesi wurde verlegen und sah an sich hinunter, entdeckte einen Knopf, der lose an ihrer zerknitterten Leinenbluse baumelte. Peinlich. Was Isa sich wohl von ihr denken würde?

»Nun?«, hakte Isa nach.

»Was? Ach ja. Das Meiste habe ich schon auf der Homepage gelesen. Hm …«

»Dann erzähle ich einfach ein bisschen. Wir sind inzwischen um die 100 Frauen. Ich habe mit einer Freundin ursprünglich einen Tauschkreis gegründet, damit esoterisch interessierte Frauen ihr Wissen bargeldlos weitergeben können.« Sie lächelte. »Wer auf der Suche ist, braucht viele Anstöße von außen, um sich weiterzuentwickeln.«

Thesi sah sich rot gewandet in einem Aschram sitzen. Dicke Schwaden von Patschulirauch stiegen zur Decke. War sie hier richtig? Und wer war die Freundin, die Mitbegründerin? Sie wurde auf der Homepage mit keinem Wort erwähnt. Thesis Augen folgten einer dicken grünen Fliege, die ununterbrochen um Isas Kopf flog und unerträglich laut surrte. Isa schien weder Thesis Irritation noch die Fliege zu bemerken und sprach unverdrossen weiter: »Der Tauschhandel wurde zu einem regen Austausch. Die Frauen begannen sich auch in kaufmännischen Angelegenheiten zu helfen.«

Als ein Pärchen am Nebentisch zu streiten begann, machte Isa eine kurze Pause und sah hinüber. »Wir haben uns deshalb vor einiger Zeit auch für andere Bereiche geöffnet, Marketing, Werbung, Buchhaltung oder ähm … Grafik.« Isas blaue Augen wurden eine Spur dunkler. Um ihre Mundwinkel erschien eine Falte. Sie nahm einen Schluck Schokolade, die der Kellner wortlos auf den Tisch gestellt hatte. »Oh, noch ein bisschen zu heiß. Wo war ich? Ach ja, wir organisieren gemeinsame Projekte, wie zum Beispiel einen Verkaufsstand auf Esoterikmärkten oder Ähnliches. Eine alleine könnte sich das nie leisten … Hm, wenn ich sage *wir organisieren*, meine ich mich. Ich schlage die Projekte vor und überwache die Ausführung. Eigentlich mache ich fast die gesamte Arbeit.« Isa bückte sich umständlich und fischte eine zerknitterte Broschüre aus der Tasche. »Hier, das ist ein Prospekt, den wir für den letzten Wiener Esoterikmarkt produziert haben. Alle, die mitgezahlt haben, konnten sich dort präsentieren.« Thesi überflog die Broschüre. Sehr ansprechendes Layout, nur das überdimensionale Foto von Isa auf der ersten Seite schien deplatziert. »Darf ich das mitnehmen? Ich werde es zu Hause lesen, wenn mir mein Sohn Zeit lässt.«

»Ach, du hast Kinder?«, fragte Isa. »Ich leider nicht.«

»Ja, einen Sohn. Er heißt Konstantin, will aber nur Dino genannt werden.« Thesi räusperte sich. Die Fliege surrte noch immer. Machte Isa das nicht wahnsinnig?

»Wann arbeitest du dann? Bei unseren Versammlungen jammern die Frauen ständig über die Unvereinbarkeit von Kind und Beruf«, sagte Isa und beugte sich vor. Thesi wich etwas zurück, bevor sie antwortete: »Mein Mann und ich wohnen in einem alten Winzerhaus in Grinzing. Im Garten dahinter steht ein baufälliges Gartenhäuschen, das ist mein Arbeitszimmer. Wenn die rote Fahne draußen hängt, wissen meine zwei Männer, dass ich zeichne und nicht gestört werden will. Leon akzeptiert es, Dino ist es egal, also kann ich nur am Vormittag arbeiten, wenn er im Kindergarten ist.« Beim Gedanken an Dino musste Thesi lächeln, gleichzeitig hatte sie das Gefühl, zu viel zu reden. Sie wollte doch mehr über die ›Wiener Frauen‹ erfahren. »Glaubst du, dass es für eine nichtesoterische Illustratorin sinnvoll ist, bei euch einzusteigen?«

»Ganz sicher. Ich sehe da einige Möglichkeiten. Die Mitglieder brauchen Bilder für ihre Werbung, oder du zeichnest Porträts ihrer Kinder.«

Genau das hatte Flora auch gesagt, überlegte Thesi. Aber wenn sie für ihre Arbeit nur Horoskope, I-Ging-Weissagungen und Klangmassagen erhielt? Sie betrachtete Isas lange rote Fingernägel und die funkelnden Kristallarmbänder. Isa lehnte sich zurück, versank fast in den weichen Samtpolstern und sagte: »Gablonzer Kristall, schön nicht?« Sie strich sanft über ihren Schmuck.

»Ja, ahm … auffallend. Was machst du eigentlich, wenn du nicht gerade organisierst?«

»Ich? Ich bin Tarotmeisterin.«

»Eine Wahrsagerin?« Thesi versuchte, ihre Überraschung zu verbergen. Eine imaginäre schwarze Katze hüpfte auf der Jagd nach der Fliege von Isas Schulter, als sie antwortete: »Nein, ich lese nicht aus dem Kaffeesatz, sondern interpretiere die Karten, die das Unterbewusstsein zieht. Der Fragende erkennt das Offensichtliche nicht mehr, weil die Probleme sein ICH blockieren.« Während sie sprach, schloss sie die Augen und wurde immer leiser. Thesi musste sich vorbeugen, um sie zu verstehen. Wie ein Kaninchen, das sich der Schlange näherte.

Isa fuhr fort. »Ein Außenstehender mit der Intuition und dem Wissen über die Aussagekraft der Tarotkarten kann klarer sehen und weiterhelfen.«

»Übernimmst du damit nicht eine große Verantwortung? Wenn es um wichtige Entscheidungen geht?«, überlegte Thesi. »Wie Beziehungsfragen oder …«

»Ich gebe keinen Rat, sondern lese nur, was mir der Fragende mit seinen Karten mitteilt.«

Der Kellner kam, servierte die leeren Tassen ab und fragte, ob die Damen noch einen Wunsch hätten. Isa bestellte eine zweite heiße Schokolade und zündete sich eine Zigarette an. Der Qualm vertrieb endlich die brummende Fliege. Thesi beobachtete die Schwaden, die langsam nach oben stiegen, und sog den Geruch von Tabak und Kaffee ein. Sie hatte vor Jahren aufgehört, doch ab und zu überkam sie der unbändige Wunsch nach einer Zigarette. Jetzt war so ein Moment. Um ihr Verlangen zu überspielen, fragte sie weiter: »Wie genau funktioniert das?«

Genüsslich blies Isa den Rauch durch die Nase aus und lächelte: »Dein Unterbewusstsein erledigt alles für dich. Es weiß, was du fragen willst. Du beschäftigst dich ja ständig damit. Dann lenkt es deine Hand auf die richtigen Karten.«

Das klang einleuchtend. Oder auch nicht. Thesi war in einem Entscheidungsdilemma. Wie so oft.

Isa verschwand unter dem Tisch und kramte in ihrer Tasche. »Soll ich dir schnell deine Tageskarte deuten? Irgendwo hier muss doch noch … ah ja …«

Thesi schwieg. Sollte sie, die Skeptikerin, sich darauf einlassen?

Isa erschien wieder, ihre Wangen glühten, und sie hielt eine Packung Karten in der Hand. »Das habe ich ganz vergessen, dir zu erzählen. Wenn du Illustratorin bist, wird dich dieser unglaubliche Fund sicher interessieren.« Sie begann zu mischen, die Zigarette verglühte im Aschenbecher und sandte Rauchzeichen zur Decke. »Rosaria, eine der Netzwerkerinnen, hat in ihrem Antiquariat die Originalzeichnungen der Rider-Waite-Tarotkarten entdeckt.« Erwartungsvoll sah Isa zu Thesi, ein Blick, der ein ›toll‹ oder ›sensationell‹ begehrte. Aber Thesi hatte keine Ahnung, wovon die Rede war. Isas Gesicht gefror. Und in ihren gekräuselten Lippen meinte Thesi, ein verstecktes ›Ignorantin‹ zu erkennen.

»Ich zeige sie dir.« Isa fächerte die Karten auf den Marmortisch. »Das Tarot der Pamela Colman Smith. Sie hat dieses Deck um 1900 gezeichnet und ein Butterbrot dafür bekommen.« Isa schnaubte empört und sprach dann weiter. »Heute sind es die meistgenutzten Karten der Welt. Leider unter dem Namen Rider-Waite-Tarot. Pamela oder

Pixie, wie sie auch genannt wurde, Colman Smith ist vergessen und ihre Originalentwürfe galten als verschollen. Es gibt Gerüchte, dass sie verbrannt wurden. Glücklicherweise eine Fehlinformation. Sie sind erhalten und werden bei Brody's versteigert.«

Wieso hatte Thesi davon noch nichts gelesen, wenn es so eine Sensation war, wie Isa es darstellte?

Isa beantwortete die ungestellte Frage. »Bis gestern hielt Rosaria den Fund geheim, weil Brody's erst die Echtheit überprüfen wollte. Heute Morgen hat sie das positive Ergebnis erfahren. Sie ist ganz aus dem Häuschen.« Wild fuchtelnd versuchte Isa, den Kellner wieder auf sich aufmerksam zu machen. Als er kam, bestellte sie ihre dritte Schokolade und fragte, welche Torten er empfehlen könnte.

Während der Kellner das Tortenangebot herunterbetete, betrachtete Thesi die Karten. Die Illustrationen waren wirklich fantastisch. Die Farben strahlten, trotz des schlechten Drucks. Die Figuren hatten in ihrer Schlichtheit etwas Erhabenes, fast Mystisches. Der Herrscher, die Herrscherin, der Wagen, die Hohepriesterin, der Gehängte, der Teufel. Thesi blätterte weiter und wollte nun nicht nur eine Zigarette, sondern auch ihren Bleistift, um sofort loszuzeichnen.

Eine Karte stach ihr ins Auge. Die kannte sie doch. Der Narr! Isa deutete ihren Blick und sagte: »Der Narr ist die fröhlichste Figur im Tarotdeck. Er symbolisiert das Kind im Menschen, den Frohsinn und die Unbeschwertheit.«

»Eigenartig, mein kleiner Sohn hat sie gestern im Prater gefunden«, sagte Thesi und dachte daran, dass sie die Karte völlig anders interpretiert hatte.

»Der Narr kann aber auch Leichtsinn und Übermut ankündigen«, fuhr Isa fort. »Eine generelle Bedeutung ist schwer zu sagen, je nach umliegenden Karten und nach

Fragestellungen. Als Tageskarte rät er, das Leben weniger schwer zu nehmen und die Leichtigkeit der Kinder wiederzufinden.«

»Ich glaube, ich möchte jetzt doch meine Tageskarte ziehen«, sagte Thesi.

Isa lächelte geheimnisvoll. »Gerne, wer weiß, vielleicht wirst du ja eine Tarot-Freundin.« Sie mischte und fächerte sie auf den Tisch. Thesi zögerte. »Ist es egal, welche Hand ich nehme? Gibt es da Unterschiede zwischen Links- und Rechtshänder?«

»Ich hab schon bemerkt, dass du Linkshänderin bist«, sagte Isa. »Du solltest immer mit der linken Hand ziehen, weil sie bildlich gesprochen vom Herzen kommt. Die linke Körperhälfte ist für die Gefühle und die Intuition zuständig.«

Thesi überlegte kurz, dann nahm sie eine Karte.

Isa lächelte. »Du hast dich für die Mäßigkeit entschieden. Grundsätzlich bedeutet sie Harmonie. Als Tageskarte besagt sie, dass du Menschen zusammenführen wirst oder eine Problemlösung entdeckst. Ein guter Tag also.«

»Ja, das hört sich vernünftig an.« Thesi musste unbedingt Robert anrufen, vielleicht konnte man da etwas mit ihm und Flora deichseln. Sie trank einen Schluck Wasser, bevor sie weitersprach. »Ich sehe hier aber auch den Tod, den Gehenkten oder den Teufel auf dem Tisch liegen. Sagen diese Karten etwas Böses voraus?«

»Kommt auf deine Frage an. Man sollte nie zu bildlich deuten. Tarot weist den Weg spirituell. Der Tod bedeutet Abschied. Das kann Abschied von vielem sein. Alte Gewohnheiten, die uns am Weiterkommen hindern. Loslassen ist eigentlich eine gute Sache.« Eindringlich sah Isa zu Thesi, als überlegte sie, ob ihr Gegenüber alles verstand, was sie erzählte. Thesi nickte ihr aufmunternd zu, und Isa fuhr fort. »Der Gehängte heißt, dass wir festsitzen, einen gordischen Knoten zu lösen haben. Und der Teufel zeigt, dass wir uns mit unseren dunklen Seiten wie Neid oder Gier auseinandersetzen müssen. Nur wenn die Karten die spirituelle Entwicklung vorantreiben, haben sie ihren Zweck erfüllt.«

Thesi spürte plötzlich einen Sog, dem sie nicht entkam. »Bei einer profanen Frage wie ›Wird mich dieser Mann heiraten?‹ habe ich kein Interesse an meiner spirituellen Seite, sondern will nur wissen, wann ich den Ring am Finger haben werde. Wie sieht da die Antwort aus?«

Isa schüttelte den Kopf. »Wer in die Zukunft sehen will, sollte zu einer Wahrsagerin gehen, die Tarotkarten führen uns zum Erkennen unserer Lebensaufgaben.« Isa zerknüllte ihre leere Zigarettenpackung und kramte in der Tasche nach Ersatz. Thesi grübelte. Musste der Fragende nun ein esoterisch angehauchter Mensch sein, damit die Karten Klartext mit ihm sprachen?

Isa erschien wieder, zündete eine etwas verbogene Zigarette an und beobachtete zufrieden die Rauchkringel.

»Könnte ich von den Voraussagen der Tarotkarten abhängig werden? Es gibt ja Leute, die ohne ihre Berater nicht mehr leben können.« Thesis Vater hatte am Montagmorgen immer zuerst seinen Astrologen angerufen. Erst nach dem Gespräch hatte er entschieden, ob es überhaupt Sinn machte, mit seiner Arbeit zu beginnen. »Könntest du manipulieren?«

»Um abhängig zu werden, müsste eine Suchtstruktur vorhanden sein. Aber das sehe ich in den Karten und kann dagegensteuern.« Isa stockte kurz. »Ich würde niemals eine meiner Kundinnen beeinflussen. Ich bin nur ein Übersetzer, einer, der die Sprache der Bilder versteht.«

Sie sah auf die Uhr. »So, jetzt muss ich weiter, tut mir leid. Falls du noch Fragen hast, über E-Mail bin ich meistens zu erreichen. Übrigens, morgen ist das monatliche Treffen der ›Wiener Frauen‹. Um sieben Uhr beim Holzer im Grinzing. Wär schön, wenn du kommen könntest.« Sie sammelte ihre Karten, Zündhölzer und anderen Dinge, die den kleinen Tisch in Beschlag genommen hatten, und sprang auf. »Kannst du meine Schokolade übernehmen? Ich gebe es dir beim Treffen zurück.«

Weg war sie. Die rauchumwölkte geheimnisvolle Meisterin des Tarots hatte sich wieder in eine hektische Businessfrau verwandelt.

Thesi winkte dem Kellner, der sie geflissentlich ignorierte. Wieso war er bei Isa immer sofort erschienen? Musste sie sich auch klimpernde und glitzernde Armreifen zulegen oder sich auffälliger benehmen?

Ihr blieb noch eine halbe Stunde Zeit, bevor Dino aus dem Kindergarten abzuholen war, deshalb ging sie das Gespräch noch mal durch. Thesi hatte ganz vergessen, nach Sarah zu fragen. Egal, sie würden sich morgen beim Holzer sehen. Morgen? Morgen ging nicht! Morgen war Dienstag! Und Dienstag war reserviert für ihren Jour fixe. Thesi, Leon, Flora, Leons bester Freund Paul und Boris, ein Internetguru, den Thesi und Flora vor Jahrzehnten in einer Bar aufgelesen hatten, trafen sich einmal in der Woche in ihrem alten Winzerhäuschen. Dann wurde gemeinsam gekocht, diskutiert und philosophiert. Und seit Thesi das geheimnisvolle Bild ihres Vaters geerbt hatte, auch viel recherchiert.

Sie beschloss, das Treffen zu verschieben, und schickte eine Nachricht an ihre Freunde.

Sarah hielt den Kopf unter die Dusche und hoffte, dass Tom nicht noch mal ins Badezimmer kommen würde. Das Taxi zum Flughafen sollte doch längst da sein. Endlich schloss die Wohnungstür mit einem lauten Knall, und sie atmete erleichtert auf, frottierte ihr nasses Haar, ging ins Schlafzimmer und setzte sich aufs Bett. Sie kramte eine kleine Flasche hervor, die hinter ein paar Büchern in ihrem Nachtkästchen versteckt war, und schraubte sie auf. Der Laptop lag geöffnet auf dem Kopfpolster. Sie fixierte ihn und merkte, wie ihr Herz schneller zu schlagen begann. Nein, keine Angst! Vor niemandem. Entschlossen nahm sie einen großen Schluck Gin direkt aus der Flasche und rief die Mails ab.

Von: *Edda Kayser*
Datum: *Montag 14. September, 9:51*
An: *Sarah Hofer*
Betreff: *Was ist los?*

Liebe Sarah!

Was habe ich da von Isa gehört, du bist nicht mehr bei den ›Wiener Frauen‹? Was ist passiert? Ich kenne Isa sehr gut und weiß, dass sie dominant sein kann, um es mal positiv zu formulieren. Aber was ist geschehen, dass es zu so einem tiefen Bruch kam (wie ich aus Isas Ausdrucksweise schließen muss ☹)?

Viele Grüße

E.

Ach die liebe Edda, sah immer nur das Gute im Menschen. Wieso gab es Menschen, die so unverbesserliche Optimisten waren? Sarah schrieb eine kurze Antwort, dass sie das Ganze vergessen und nichts mehr darüber erzählen wolle.

__Von:__ Edda Kayser
__Datum:__ Montag 14. September, 10:10
__An:__ Sarah Hofer
__Betreff:__ Re: Re: Was ist los?

Lass es raus! Speichere keine negative Energie in dir!
E.

__Von:__ Sarah Hofer
__Datum:__ Montag 14. September, 10:15
__An:__ Edda Kayser
__Betreff:__ Re: Was ist los?

Liebe Edda!

Na gut, wenn du mein emotionaler Mistkübel sein willst, hier ist die Geschichte: Isa und ich hatten die Vereinbarung, dass wir den Gewinn des ersten Prospekts teilen. Auf dieses Geld warte ich heute noch. Von Isa kamen nur Ausreden. Bei unserem neuen Projekt war die Vereinbarung, ich mach die Grafik, Isa verkauft Inserate, wir teilen 50:50. Sie dachte, verkaufen ginge im Handumdrehen. Als sie merkte, dass es mühsam wird, schmiss sie ihren Part hin. Doch von mir erwartete sie, ich solle weitermachen und selber Inserate heranschaffen, damit ich meine eigene Arbeit finanziere! Als sie begann, unhöfliche Mails zu schicken, riss mir der Geduldsfaden.

Ich hoffe, du verstehst, dass ich keine Unterlagen an Isa herausrücke. Erstens ist sie mir noch sehr viel Geld schuldig und zweitens hält sie ihre Versprechen nicht.

Du hast recht, wenn man das Ganze ausspuckt, fühlt man sich besser. Danke!

Für mich sind die ›Wiener Frauen‹ Geschichte, und ich

fühle mich so befreit, als ob ein böser Zauber von mir abgefallen wäre.
Sarah

Von: *Edda Kayser*
Datum: *Montag 14. September, 10:34*
An: *Alle*
Betreff: *Sarahs Austritt*

Ein Hallo an die Runde!

Sicher habt ihr schon gehört, dass Sarah uns verlassen will. Schade, dass es zu solchen Turbulenzen gekommen ist.

Aber es ist eben nicht leicht, starke Frauen unter einen Hut zu bringen.

Es fällt ihnen schwerer als Männern, die persönlichen und gefühlsbetonten Aspekte zu zügeln.

Edda

P.S. Sarah, komm bitte morgen noch zum Treffen!

Von: *Nadine Hochstaller*
Datum: *Montag 14. September, 11:25*
An: *Sarah Hofer*
Betreff: *Zeitung*

Hallo Sarah!

Schade, dass du weg bist. Anyway, hast du eigentlich alle Änderungen so gemacht, wie ich es wollte, oder muss ich das der Falk noch mal erklären?

NH

Von: *Petra Klecky*
Datum: *Montag 14. September, 11:27*
An: *Sarah Hofer*
Betreff: *Abschied*

Liebe Sarah!

Es tut mir ja so leid, könntest du nicht am Dienstag zum Treffen kommen? Ich würde dich nur ungern verlieren. Vielleicht schaffen wir noch eine Einigung in Frieden und Harmonie. Ach bitte, versuch's.

Alles Liebe
Petra

P.S. Was du als Bedrohung von außen erlebst, ist das, was in deinem Schatten ist und drängt, gelebt zu werden. Indem du dich selber leben lernst, wird es dich auch nicht mehr stören.

(Schamanische Weisheit)

Ein paar sind doch nett, dachte Sarah, als sie aufstand und zum Schrank wankte. Vielleicht sollte sie zum Treffen gehen. Da würden sich die paar Zicken ganz schön ärgern.

Sie hörte, dass noch eine Mail in ihrem Posteingang gelandet war. Neugierig ging sie zurück und las:

Von: *13683fuck@yahoo.com*
Datum: *Montag 14. September, 12:10*
An: *Sarah Hofer*
Betreff: *Der Tag der Abrechnung kommt*

DAFÜR WIRST DU BEZAHLEN! DU BLÖDE NUTTE!

Sarah wollte den Laptop vom Bett fegen, überlegte es sich aber im letzten Moment. Das würde nur ihr selbst schaden. Sie vergrub ihr Gesicht in den Händen und begann zu würgen. Hörte es denn nie auf?

KAPITEL 5

Tageskarte für Dienstag, 15. September
Der Turm

Der Turm kündigt turbulente Veränderungen an. Er steht für Zerstörung, plötzliches Unglück, Unfall oder eine seelische Erschütterung. Sie müssen mit einer schlimmen Überraschung rechnen. Die Einsicht, dass wir nicht die Einzigen sind, die unser Schicksal bestimmen, ist schmerzhaft.

Das leidige Wiener Parkplatzproblem bescherte Thesi zwei Extrarunden, bis sie entnervt den letzten freien Platz nahm, den es im Umkreis von drei Kilometern gab. Da hätte ich das Auto gleich zu Hause lassen können, dachte sie und marschierte mürrisch los. Der Spaziergang durch die laue Nacht, das rege Treiben und die fröhliche Atmosphäre in den engen Gässchen von Grinzing hoben ihre Laune. Als sie die Tür zum Heurigen öffnete, lächelte sie und freute sich auf den Abend.

Während sie an der Bar auf Flora wartete, beobachtete sie die Frauen, die ins Extrazimmer weitergingen. Als Erste erschien eine elegante brünette Mittdreißigerin. Gekleidet in ein graues Businesskostüm und hohe schwarze Pumps schritt sie selbstbewusst an Thesi vorbei, ohne ihre Umwelt eines Blickes zu würdigen. Die sieht überhaupt nicht esoterisch aus, da habe ich die Mädels anscheinend zu schnell in eine Schublade gesteckt, dachte Thesi.

Die nächste Frau, die kam, belehrte sie eines Besseren. Mit türkisen Pumphosen, gelber Tunika und langem weißem Haar, in das einige Federn eingeflochten waren, sah sie wie das Aushängeschild der Esoterikszene aus. Sie ging lächelnd auf Thesi zu und stellte sich vor: »Hallo, ich bin Petra Klecky. Du willst zum Treffen, oder?«

»Ja, wieso …?«

»Hab' ich dir angesehen. Du hast Irene ziemlich auffällig hinterher geblickt.« Petra lachte sie offen an, und Thesi fand sie sofort sympathisch. »Möchtest du mit mir hineinkommen? Ich stelle dich den anderen vor.«

»Danke, ich warte noch auf meine Freundin.« Thesi hob ihr Glas. »Und das muss ich bezahlen.«

»Gut, dann sehen wir uns später.« Petra nickte ihr zu, drehte sich um und ging. Ein Hauch von Patschuli blieb in der Luft hängen. Petras Aufmachung war so sonderbar, dass man sie leicht für verrückt halten konnte, aber sie war herzlich und zuvorkommend. Im Gegensatz zu dieser Irene, die geradezu vorbeistolziert war. Verblüffend, wie man sich in Zehntelsekunden Meinungen über Personen bildete, auch ohne jemals ein Wort mit ihnen gewechselt zu haben.

Die Tür öffnete sich, und zwei weitere Frauen betraten den Schankraum. Eine war klein – noch kleiner als Thesi –, schwarzhaarig – noch schwärzer als Thesi – und ganz in Grün gekleidet. Grüner Hosenanzug, grüne Leinenstiefel und grüne Tasche. Große goldene Kreolen schmückten ihre Ohren und leiteten den Blick auf eine Warze, die wie eine Spinne auf ihrer linken Wange saß. Sie sprach angeregt mit der zweiten Frau, die mit Dreadlocks und Jamaikamütze sofort eine Assoziation in Thesi auslöste, sodass sie sich selbst leise schalt: »Keine Schubladen! Wahrscheinlich ist sie eine ausgezeichnete Buchhalterin.«

Die beiden grüßten Thesi freundlich und gingen fröhlich schwatzend weiter ins Extrazimmer.

Endlich kam Flora. »Entschuldige, aber ich habe ewig einen Parkplatz gesucht.« Sie sah sich um. »Sind wir die Letzten? Dann schnell rein. Ich bin schon gespannt.«

Sie betraten den kleinen Speisesaal und wurden von der Dunkelhaarigen mit den Kreolen begrüßt. Sie stellte sich als Rosaria Rohrau vor, küsste Thesi auf die Wangen und erklärte, wie sehr sie sich freute, ein neues Mitglied zu treffen. Rosaria, Rosaria. Thesi überlegte. Den Namen hatte sie vor Kurzem gehört. Ach ja, die wiederentdeckten Tarotkarten!

»Du hast doch diesen Sensationsfund gemacht, oder?«

»Genau, in meinem Antiquariat am Naschmarkt.« Rosaria strahlte und holte zwei Visitenkarten aus ihrer Jackentasche. »Hier, wenn ihr mal Zeit habt und in der Nähe des Naschmarkts seid. Ich verkaufe hauptsächlich esoterische Bücher.«

»Da schau ich gerne vorbei, danke.« Thesi steckte die Karte ein und ging weiter zur eleganten Brünetten, die ihr hoheitsvoll die Hand reichte. Flora rollte mit den Augen.

»Irene Falk.« Damit war die Vorstellung vorbei und Irenes Interesse an Thesi und Flora schien erloschen. Petra kam zu ihnen und flüsterte: »Macht euch nichts aus der kühlen Art. Ist nur eine Maske. Sie braucht etwas, bis sie mit den Leuten warm wird. Hallo, du bist …?« Sie wandte sich an Flora.

»Thesis Freundin, Flora Lombardi.«

»Schön, dich kennenzulernen. Ich bin Petra Klecky, die Schamanin.«

Floras Augenbrauen zuckten unmerklich, und Thesi musste sich ein Lachen verkneifen. »Oh, da ist Yoko, wir reden später weiter, gut?« Petra ging auf eine kleine Asiatin zu, die etwas verloren wirkte.

»Interessant hier«, sagte Flora. »Ich frage mich, wann Sarah endlich auftaucht. Komm! Suchen wir uns mal einen Platz.« Sie setzten sich gegenüber an den langen Tisch und bestellten zwei weiße Spritzer.

Thesi schwirrten die vielen Namen im Kopf und sie versuchte, einen alten Gedächtnistrick anzuwenden, Assoziationsketten, die ihr beim Lernen oft geholfen hatte. Sie fischte ihr Notizbuch aus der Tasche und malte ein paar Köpfe, dann schrieb sie unter jeden einen Vornamen. Die Nachnamen hatte sie schon wieder vergessen. Petra – Tempel Jordanien – weise Schamanin – weiße Haare. Rosaria – kleine Antiquarin -- große rote Warze. Yoko – Beatles. Irene – . Sie stockte. Ihre erste Eingebung war Hyäne, aber das wollte sie nicht schreiben. Sie notierte: die Schöne.

»Was machst du denn da?« Flora beugte sich über den Tisch. »Ein dadaistisches Gedicht?«

»Ach, nur Eselsbrücken. Du kennst ja mein schlechtes Namensgedächtnis. Wie soll ich mir nur Irene merken?«

»Sirene?«, schlug Flora vor. Thesi verzog den Mund und sah nachdenklich in den Raum. Eine stark blondierte Mittdreißigerin trat durch die Tür. Hermestuch, Louis Vuitton Tasche, Moschino Bluse und Prada Schuhe ließen Thesi auf Reichtum oder gute Beziehungen zum Fälschermarkt in Shanghai schließen. Die Frau nahm sich den Stuhl neben Thesi. »Hallo, ich bin Nadine Hochstaller.«

»Thesi Valier.« Sie schlug schnell ihr Büchlein zu.

»Ein schöner Name«, sagte Nadine mit schmeichelnder Stimme. »Und was führt dich zu unserem Treffen? Was machst du so?«

»Illustrationen für Zeitschriften und Kinderbücher.«

Nadines Blick hellte sich auf. »Ah. Hast du selbst auch Kinder?«

»Ja, einen Sohn.« Während Thesi sprach, fischte Nadine aus ihrer Tasche eine Hochglanzvisitenkarte. »Ich habe ein Kindermodengeschäft. Für Mitglieder gibt es fünf Prozent Rabatt auf alle Artikel. Außer beim Ausverkauf natürlich.«

»Oh danke.« Thesi steckte die Karte ein und dachte, dass man hier schnell zum Geschäftlichen kam. Sie drehte sich zu Yoko, die sich rechts neben ihr hingesetzt hatte, und betrachtete ihre auffälligen Ketten. Bunte Filzkugeln, die in verschiedenen Größen abwechselnd mit glitzernden Glasperlen aufgefädelt waren. Einzigartig, dachte Thesi und wollte sie gerade fragen, wo man die kaufen konnte, als sich Nadine zu Thesi beugte und ihr ins Ohr flüsterte: »Das ist Yoko, unsere Schmuckkünstlerin. Glaubt, das Filzzeugs sei originell, aber ehrlich gesagt, meine Katze kotzt schönere Bällchen …« Sie strich süffisant lächelnd über ihren Tiffanyschlüssel am Handgelenk, dann deutete sie auf die nächste Ankommende und sagte leise: »Babsi Beer. Sie ist PR-Spezialistin. Was immer das bedeutet.« Babsi setzte sich. Nadine grinste sie an: »Hallo, meine Gute. Wo warst du denn voriges Wochenende? Ich habe dich beim Abschlag vermisst.«

»War krank. Leider, ich wäre so gerne gekommen.« Sie musterte Nadine von oben bis unten. »Oh, ist das deine Lieblingsbluse?«

Nadine strahlte. »Ja, wieso weißt du …?«

»Ach, weil du sie eigentlich immer trägst.« Nadine fiel

das falsche Lächeln aus dem Gesicht, und Thesi hoffte inständig, dass Sarah endlich auftauchen würde.

Flora unterhielt sich angeregt mit ihrer Tischnachbarin, die mit den langen rotblonden Haaren fast wie ihre Zwillingsschwester aussah. Nur das Outfit war das genaue Gegenteil. Während Flora amerikanisch lässig Jeans, Raulederjacke und Cowboyboots anhatte, schien ihre Nachbarin einem indischen Aschram entsprungen. Wallendes orangefarbenes Kleid, violette Weste und an ihren Füßen selbst gemachte Sandalen. Die Gegensätzlichkeit der Gewänder tat der guten Unterhaltung der beiden keinen Abbruch, und so wandte sich Thesi an Yoko. Die aber sprach mit Petra, der Schamanin, und so war Thesi Nadine ausgeliefert. Sie versuchte es mit Small Talk. »Wie läuft denn so ein Treffen ab?«

»Wir warten auf die große Vorsitzende, die wie immer zu spät kommt. Dann werden die Tagespunkte durchgegangen, wie zum Beispiel, auf welchen Veranstaltungen wir uns präsentieren, und danach stellt Isa die neuen Mitglieder vor.«

Wie aufs Stichwort betrat Isa den Raum. Sie sah lächelnd in die Runde. Als sie den Mund öffnete, um etwas zu sagen, stolperte sie, konnte sich aber im letzten Moment am Kleiderständer fangen. Sie bemerkte nicht, dass sich ihre Tasche an einem der Bügel verhakt hatte, ging weiter, und der Ständer schien ihr wie ein Schatten zu folgen, um schließlich mit lautem Knall umzufallen. Einige Frauen grinsten verschämt, andere sahen verschreckt auf. Nur Irene sprang sofort auf und half Isa, die Tasche zu entwirren und den Kleiderständer wieder an seinen Platz zu stellen. Isa schlüpfte in ihren mit funkelnden Strasssteinen besetzten Stöckelschuh, der in einer Rille stecken geblieben und so der Grund des Stolperns gewesen war. Sie sagte hoheitsvoll: »Danke, Irene.« Dann strich sie ihren dunkelblauen Blazer und den Rock glatt, marschierte zum Tischende, setzte sich und schien den Fauxpas schon vergessen zu haben. Thesi bewunderte, mit welcher Souveränität sie diese Peinlichkeit übergangen hatte. Kein Rotwerden, kein betretenes Lächeln oder Entgleisen der Gesichtszüge. Selbstsicherheit pur. Sie sah in die Runde. Den meisten Frauen schien der Vorfall viel unangenehmer zu sein als Isa selbst.

»Und wieder ein großer Auftritt«, flüsterte Nadine in Thesis Ohr. »Aber kein Wunder bei diesen Schühchen.« Nadine beugte sich näher zu ihr, und Thesi konnte leichten Schweißgeruch ausmachen. »Sieht sie nicht ein bisschen wie eines dieser tanzenden Nilpferde in Disneys ›Fantasia‹ aus? Mit diesen filigranen Schuhen, die so ein Gewicht tragen müssen?« Thesi blieb der Mund offen. Hatte sie sich gerade verhört? Wie kam die Hochstaller dazu, so abfällig über Isa zu sprechen? Hilfe suchend sah sie zu Flora, die sich aber noch immer mit ihrer Zwillingsschwester unterhielt.

Isa begrüßte indes die Runde: »Liebe Freundinnen, ich freue mich, dass ihr so zahlreich erschienen seid. Heute gibt's ja viel zu besprechen, alle Details für unseren großen Auftritt bei der EsoFemina.«

»Das ist eine Messe in Sankt Pölten«, flüsterte Nadine.

»Wir sind dort zu acht«, fuhr Isa fort, »und ich finde, wir haben Großartiges geleistet. Wenn ich an den Messestand denke, den wir in kürzester Zeit aus dem Boden gestampft haben.«

»*Wir* ist gut. Sie hat doch gar nichts gemacht«, wurde Thesi feucht ins Ohr gesäuselt.

»Leider wird der neue Prospekt, den wir für diese Messe geplant haben, aufgrund … einiger Unannehmlichkeiten nicht rechtzeitig erscheinen, aber wir haben ja noch genug vom letzten Mal«, Isa hielt ein paar der Broschüren, die Thesi schon kannte, in die Höhe, »die sollten reichen. Es machen fast dieselben Frauen mit. Die Texte würden also passen. Nur Yoko und Louisa, die heute nicht hier ist, sind dazugekommen. Ich werde für die Zwei etwas kopieren und beilegen.«

Noch mal ging die Tür auf. So schwungvoll, dass die Türschnalle an die Wand knallte und der Verputz bröselte. Alle Blicke hefteten sich auf die Frau, die mit grimmigem Blick ins Zimmer trat. Erst beim zweiten Hinsehen erkannte Thesi ihre Schulfreundin. Sarah schien abgemagert, wirkte fast dürr. Das brachte ihre üppige Oberweite noch stärker zur Geltung. Die aschblonden mit grauen Strähnen durchzogenen Haare hingen ungekämmt in das fahle Gesicht. Ihre Kleidung war fleckig und zerknittert. Das war nicht die Sarah, die Thesi in Erinnerung hatte. Sie war schockiert. Und – war sie auch so viel älter geworden? Wie würde es jemand empfinden, der sie vor 20 Jahren das letzte Mal gesehen hatte? Gut, ein paar Lachfältchen mehr, die Figur etwas rundlicher, aber doch nicht so verändert, oder?

Sarah setzte sich schnell auf einen freien Platz am Ende des Tisches genau gegenüber von Isa. Dann erst bemerkte sie Thesi, und ihre zusammengekniffenen Lippen zogen sich zu einem breiten Lächeln auseinander.

Isas Blick hatte sich verfinstert. Unterbrechungen scheint sie nicht zu tolerieren, dachte Thesi. Auch Irene und Nadine sahen Sarah wütend an.

Die kurze Irritation überbrückte Isa meisterhaft, würdigte Sarah keines weiteren Blickes und sprach weiter. Ausführlich erläuterte sie das Messeprojekt. Thesi saß wie auf glühenden Kohlen, sie wollte endlich mit ihrer Schulkollegin plaudern. Nach 15 endlos langen Minuten klopfte das Auditorium auf den Tisch.

Sarah sprang auf, umarmte zuerst Flora, ging dann zu Thesi und setzte sich auf eine Ecke ihres Stuhls. »Das ist ja wunderbar, was macht ihr denn hier?« Sie drückte Thesis Oberarm.

»Wir schnuppern mal rein und überlegen, dem ehrenwerten Club beizutreten«, antwortete Thesi und versuchte, ihren schmerzenden Arm zu befreien.

»Ja, als wir sahen, dass du auch mitmachst, konnte uns niemand mehr halten«, rief Flora über den Tisch.

»Naja«, Sarah stockte, schien zu überlegen, was sie sagen sollte, »ich bin eigentlich kein Mitglied mehr.« Sie blickte zu Isa, Irene und Rosaria, die sie alle unverwandt giftig anstarrten. »Ich bin nur gekommen, um mich zu verabschieden.«

»Wieso?« Ohne den Kopf zu bewegen, sah Thesi von Isa zu Sarah, von Sarah zu Isa. Die Spannungen waren über den gesamten Tisch zu spüren. Pfeile schienen durchs Zimmer zu schießen. Thesi hob einen unsichtbaren Schutzschild hoch.

»Ach, das besprechen wir nicht jetzt, treffen wir uns mal allein, gut?« Sarah machte eine Pause. »Aber bevor ihr hier was bezahlt und unterschreibt.« Sie drückte sich wieder an Thesi, die von ihr wegrückte und beinahe vom Sessel fiel. Nun erinnerte sie sich, wieso sie nach der Schule den Kontakt verloren hatten. Sarah war immer einen Tick zu aufdringlich und zu vereinnahmend gewesen.

»Übrigens, wir haben zwei neue Mitglieder, die sich gerne vorstellen würden. Thesi und Flora. Dürfte ich euch bitten?«, rief Isa über den Tisch.

Flora stand auf und sagte fröhlich: »Fast-Mitglieder, denn unterschrieben ist noch nichts.« Ihr Scherz stieß auf wenig Gegenliebe, Isas Gesicht fror ein. »Also ich heiße Flora Lombardi, bin Fotografin und arbeite hauptsächlich für Gourmetzeitschriften. Aber bei Bedarf fotografiere ich natürlich auch andere Dinge.« Sie deutete Thesi, aufzustehen, die sich, unsicher, wie sie Sarahs Andeutungen interpretieren sollte, nur kurz vorstellte und sofort wieder setzte, um Sarah weiter auszufragen, doch da begann Isa zu sprechen: »Fast hätte ich vergessen, euch mitzuteilen, dass unser Hilfsprojekt bis jetzt über 10.000 Euro eingebracht hat. Genial, oder?«

Alle klatschten, nur Nadine verzog den Mund. Das weckte Thesis Neugier: »Was ist das für ein Projekt?«

»Wir unterstützen ein Kinderkrankenhaus in Tschechien. Jedes der Netzwerkmitglieder hat altes technisches Zeug wie Handys, Drucker oder Computer gespendet. Das wurde von Irene bei ebay versteigert.«

»Super Idee!«

»Naja, so kann man sich den Mantel der Wohltätigkeit umhängen, ohne selbst etwas dafür zu tun.«

»Sie hat recht. Isa schmückt sich da mit fremden Federn«, pflichtete Sarah bei, warf aber einen unfreundlichen Blick zu Nadine. Die antwortete mit grimmigem Schweigen, griff zu ihrem Handy und tat, als würde sie eine SMS lesen.

Diese Schwingungen sind kaum auszuhalten, dachte Thesi und sah auf die Uhr. Es war schon halb elf vorbei. »Wie schnell die Zeit vergeht, wenn man sich gut amüsiert«, murmelte sie und schielte zu Flora, die nun mit Babsi Beer, der PR-Frau, sprach. Babsi Beer-PR, das war doch mal leicht zu merken.

»Was hast du damit gemeint, dass wir nichts unterschreiben sollen?«, flüsterte Thesi. Sarah, die noch immer auf ihrem Sessel saß, antwortete: »Ach nur, dass dieser Verein … nein, ich kann hier nicht sprechen.« Sie deutete auf Nadine, die neugierig den Kopf herüberreckte.

»Gut, dann reden wir über die letzten – ähm – 20 Jahre.« Thesi hatte Schwierigkeiten, es auszusprechen.

Sarah nahm einen Schluck Wein aus Thesis Glas und erzählte, dass sie Grafikerin bei einer Tageszeitung gewesen war, ein stressiger, aber gut bezahlter Job. Vor drei Monaten hatte sie sich selbstständig gemacht und ein kleines Grafikbüro eröffnet. Wieder griff sie zu Thesis Glas: »Entschuldige, ich darf doch? Ich bin so durstig, und die Kellner dürfen anscheinend nicht servieren, solange die große Versitzende am Wort ist.« Thesi nickte abwesend, der Wein war sowieso nicht ihr Fall. Die große Vorsitzende! Wieso hatte Isa diesen Spitznamen? Und wieso gab es hier überall so böse Zwischentöne?

Um elf Uhr verabschiedeten sich die ersten Frauen. Isa stand noch einmal auf: »Vergesst nicht, Leute. Am Freitag um 17.00 Uhr treffen wir uns im Café Kakadu in Sankt Pölten, von dort fahren wir gemeinsam zur Messe. Um 19.00 Uhr ist der offizielle Eröffnungsempfang. Davor müssen wir unserem Stand noch den letzten Schliff geben.«

»Flora«, zischte Thesi über den Tisch.

»Ja?«

»Können wir auch mal reden?«

»Klar.« Flora sah auf die Uhr. »Doch nicht jetzt, es ist schon so spät! Ich muss noch ein paar Fotos nachbearbeiten. Wir telefonieren, gut?« Sie eilte zur Tür, kramte ihre Geldbörse hervor und winkte noch kurz in den Raum.

Thesi überlegte, was sie tun sollte. Sarah war zu Irene

gegangen und diskutierte gerade lautstark mit ihr. Yoko sprach wieder mit Petra, und von Nadine hatte Thesi genug, also Flucht! Sie bedeutete Sarah, dass sie sie anrufen würde, raffte schnell ihre Sachen zusammen, zahlte und schlenderte durch die engen Gässchen zurück zum Auto. Froh, keinen Strafzettel bekommen zu haben, stieg sie ein und fuhr los. Kurz bevor sie zu Hause ankam, läutete ein Handy. Doch das war nicht ihr Klingelton! Sie blieb an einer Bushaltestelle stehen und – fischte Nadines Telefon aus der Tasche. Seufzend wendete sie und fuhr zurück. Vielleicht war die Hochstaller ja noch beim Holzer. Und verspritzte etwas Gift.

Der Heurige war fast leer, nur an der Bar lümmelte noch ein Gast, der schwankend ein letztes Achtel Wein, sein Fluchtachtel, urgierte. Thesi grüßte, legte das Handy auf den Tresen und fragte, ob ein anderes gefunden worden wäre. Die zwei Kellner schüttelten den Kopf und sagten, dass sie im Extrazimmer noch nicht abgeräumt hätten, sie könnte dort nachsehen.

Als Thesi den Raum betrat, nahm sie einen komischen Geruch wahr. Metallisch. Wie Kleingeld, das man lose in der Hand getragen hatte. Sie rümpfte die Nase, sah sich suchend um. Da entdeckte sie Blut. Nach einer Zehntelsekunde Schockstarre beugte sie sich vor. Sarah! Ihr Kopf lag mitten in der Lache. Thesi taumelte ein paar Schritte zurück, bevor ihr Mund unkontrolliert zu schreien begann. Die Kellner stürmten ins Extrazimmer, sahen Sarah und reagierten sofort. Einer benachrichtigte die Rettung, der zweite kniete sich neben Sarah und suchte ihren Puls. Er stand wieder auf und sagte zu Thesi, die wie gelähmt an der Wand lehnte: »Sie lebt.«

Erleichtert überlegte Thesi, was sie tun sollte. Mund-zu-Mund-Beatmung? Aber Sarah atmete ja, sie war nur bewusstlos. Umdrehen und die Wunde am Hinterkopf versorgen? Was, wenn das Blut plötzlich ungehindert sprudeln würde? Sie schluckte und hockte sich vorsichtig nieder, streichelte Sarahs Hand und flüsterte: »Die Rettung ist unterwegs, du schaffst das.«

Jetzt ist es endlich still. Ich fliege, bin so leicht wie ein Löwenzahnsamen, der durch die Luft tanzt. Das ist schön. Ich will nicht mehr zurück. Da ist es ekelhaft nass und klebrig.

Was sind das für Stimmen. Thesi? Geh weg, du Verräterin. Hast dich jahrelang nicht gemeldet. Klar. Hattest ja Flora. Wozu brauchtest du mich. Niemand brauchte mich. Niemand braucht mich heute. Was habe ich ihnen nur getan? Ich wollte doch nur ihre Freundin sein, aber immer haben sie mich ausgeschlossen, übergangen. Und böse waren sie. Böse Wiener Weiber …

Wer spricht da? Mama? Mama …

Thesi streichelte über ihre Wange. War das ein Lächeln auf Sarahs Gesicht? Sie musste ihr helfen, nur wie? Endlich hörte sie das Martinshorn. Erleichtert schwor sie, sich morgen sofort für einen Erste-Hilfe-Kurs anzumelden.

Sie machte dem Sanitäter und dem Notarzt, die ins Zimmer eilten, Platz und lehnte sich wieder an die Wand. Die Rot-Kreuz-Männer versorgten Sarah. Geübte Handgriffe, konzertierter Ablauf, routinierte Arbeit. Hoffentlich konnten sie ihr Leben retten. Thesi rutschte die Wand herunter auf den Fußboden und wartete, bis die Sanitäter fertig waren. Ihr Herz begann zu rumoren, die Schläge wurden schneller und stärker. Ihre Halsschlagader pochte und vibrierte. Sie legte ihren Zeigefinger darauf und wusste, dass sie kurz vor einer Panikattacke stand. Sie zog ihre Knie zum Brustkorb, umfasste sie mit beiden Armen, ließ den Kopf sinken und atmete langsam ein und aus.

Die Wortfetzen der Sanitäter hörte sie nur noch durch einen Schleier.

»Schädelbasisbruch?«

»Nein, kein Blut aus der Nase.«

»Gut, dann kann ich sie bewegen.«

»Okay, auf drei.«

»Pfff, die riecht wie eine Schnapsfabrik. Hat sicher zu viel getankt und ist gestolpert.«

Als die Sanitäter die Bahre hochhoben, fragte der Arzt: »Kennen Sie die Verletzte?«

»Ja«, antwortete Thesi zögerlich, stand auf und starrte auf die wachsweiße Sarah, die an ihr vorbeigeschoben wurde. Der Notarzt sah sie an. »Sie zittern, ist alles in Ordnung?«

»Ja, das sind leichte Herzrhythmusstörungen. Kommt, wenn ich Stress habe. Ein Betablocker, richtiges Atmen, und es geht vorbei.« Ihre Knie knickten weg und sie hielt sich am nächsten Sessel an.

»Sind Sie sicher, dass Sie keine Hilfe brauchen?«

»Nein, bitte kümmern Sie sich um Frau Hofer. Ich schaffe das.«

»Gut. Wir bringen sie ins AKH.«

War das eine Aufforderung gewesen, mitzukommen? Thesi sah ihnen nach, als sie aus dem Extrazimmer eilten. Sie holte ihre Tasche, nahm eine Tablette aus ihrer Geldbörse und schluckte sie mit etwas Wasser aus einem der Wasserkrüge, die noch am Tisch standen. Dann ging sie, die laue

Nachtluft tief inhalierend, langsam zum Wagen und wurde mit jedem Schritt ruhiger. Sie überlegte, welcher Weg der schnellste ins AKH wäre. Grinzinger Allee, Gürtel, genau. Um diese Uhrzeit ging das sicher schnell. Sie fuhr los. In ihrem Gehirn ratterte es. Sie musste Leon anrufen, dass sie später käme, und den Mann oder Freund von Sarah verständigen. Hatte sie überhaupt seine Telefonnummer? Sarahs Handtasche! Sie rief sich das Bild, wie Sarah auf der Bahre an ihr vorbeigeschoben worden war, ins Gedächtnis, aber – da lag keine Tasche. Die musste noch beim Holzer sein!

Thesi hielt Ausschau, ob sie irgendwo wenden könnte. Ja, da war eine Seitengasse. Sie verriss das Lenkrad, schnitt einen alten, orangefarbenen Opel Kadett, fing sich ein böses Handzeichen ein, das absolut gerechtfertigt war, und machte sich auf den Weg zurück.

Die Kellner standen vor der Eingangstür und rauchten eine Zigarette. Widerwillig öffneten sie Thesi nochmals das Extrazimmer.

Sie sah sich suchend um. Da war nichts. Thesi schloss die Augen. Was hatte Sarah nach ihrer Ankunft getan? Sie hatte sich ans Tischende gesetzt gegenüber von Isa und die Tasche auf die Lehne gehängt. Vielleicht war sie runtergefallen.

Wieder einmal kroch Thesi unter einem Gasthaustisch herum und entdeckte im Staub eine kleine Schleifspur. Sie überlegte. Da hatte noch jemand die Tasche gesucht und beim Herausziehen gleich aufgewischt. Sehr verdächtig. Das ließ den Unfall in einem anderen Licht erscheinen. Oder hatten die Angestellten die Tasche geklaut? Sollte sie die Polizei rufen? Nur – macht das die Rettung nicht automatisch? Aber wieso waren dann noch keine Polizisten und keine Spurensicherung da?

Thesi richtete sich auf, kratzte sich am Kopf. Wurde sie gerade von ihrer Fantasie ausgetrickst? Ein Handyklingeln holte sie aus ihren Gedanken. Das war jetzt ihres, sie hatte also bei ihrem überstürzten Aufbruch beide eingesteckt.

»Hi, bist du schon zu Hause?«

»Nein, Flora. Ich bin noch beim Holzer. Sarah ist gestürzt und auf dem Weg ins Krankenhaus. Sie wacht irgendwie nicht auf, da war so viel Blut … Ich fahre jetzt ins AKH, um zu sehen, wie es ihr geht. Ich melde mich, sobald ich etwas weiß.« Thesi wollte das Gespräch gerade beenden, als Flora bestimmt sagte: »Ich komme natürlich auch. Bin in 20 Minuten da.«

Thesi verwarf den Gedanken, Polizei und Spurensicherung zu verständigen. Das war Aufgabe der Rettung, und die Polizei war sicher schon unterwegs. Aber wo blieb sie nur? Sollte sie warten? Musste sie warten? Nein, Sarah war wichtiger, sie drückte den beiden Kellnern, die ungeduldig aufs Zusperren warteten, ihre Visitenkarte in die Hand und machte sich zum zweiten Mal auf den Weg ins Krankenhaus. Kaum im Auto, rief Leon an. Er fragte mit müder Stimme: »Wo bleibst du? Hat sich deine Kutsche in einen Kürbis verwandelt?«

»Entschuldige, aber hier ist etwas Furchtbares passiert.« Sie schilderte kurz, was geschehen war.

Leon schwieg lange, dann sagte er: »Bitte bring' dich nicht wieder in Schwierigkeiten!«

»Ich? Nein. Aber was soll ich tun? Sie allein im Krankenhaus liegen lassen? Wer weiß, ob die ihren Freund ausfindig machen. Ihre Handtasche ist verschwunden.«

»Das ist doch nicht deine Aufgabe«, antwortete Leon gereizt. »Dino will partout nicht schlafen. Alle zehn Minuten steht er auf und fragt, wo du bist.«

»Sag ihm, dass ich bald komme und ihn dann noch knuddle.«

»Na gut. Und – und pass' auf dich auf, versprich mir das.«

»Na klar, ich bin ja nicht blöd. Absichtlich mache ich nie etwas Gefährliches. Frauen sind keine Adrenalinjunkies.« Sie spielte auf seine Kletterleidenschaft an, was teflonartig an ihm abperlte.

»Ja, aber sie stecken ihre Nasen andauernd in Angelegenheiten, die sie nichts angehen. Und das ist um einiges riskanter«, murmelte Leon, bevor er auflegte.

Sarah war auf die Intensivstation gebracht worden. Thesi ließ sich den Weg beschreiben, hetzte dorthin und fragte eine Schwester, in welchem Zimmer Frau Hofer lag. Ein Mann mit verweinten Augen, der zusammengesunken auf einem Besuchersessel saß, hob seinen Kopf und sah sie prüfend an. Die blonden Haare waren verstrubbelt, als ob er gerade aus dem Bett gekrochen wäre.

»Sind sie eine Verwandte?«

»Nein, aber ich habe sie gefunden und die Rettung verständigt. Jetzt würde ich gerne wissen, wie es ihr geht.« Die Krankenschwester überlegte. Der blonde Mann nahm ihr die Entscheidung ab. Er stand auf, kam auf die beiden zu und sagte: »Ich bin Tom Hofer. Sarahs Mann. Sie können Frau …?«, er sah Thesi an.

»Theresa Valier.«

»Frau Valier zu ihr führen.«

Angehängt an unzählige Maschinen lag Sarah mit einem wuchtigen Kopfverband in einem blütenweißen Bett. Ihre Augen waren geschlossen. Sie wirkte winzig und verloren zwischen all der Technik, die dafür sorgte, dass sie weiterlebte.

»Sie ist noch nicht zu Bewusstsein gekommen«, flüsterte Tom. »Die Ärzte beraten gerade, was sie tun werden. Eine Computertomografie …« Seine Stimme versagte. Er lehnte sich gegen die Scheibe des Krankenzimmers, und Thesi merkte, dass er kurz davor war, die Fassung zu verlieren. Sie unterdrückte den Impuls, ihn zu umarmen. Er fing sich wieder und sah sie abwesend an. »Entschuldige, aber das ist alles zu viel für mich.« Dann sank er auf einen Sessel und schwieg. Thesi setzte sich neben ihn. Ein paar Nachtschwestern gingen schwatzend und lachend vorbei.

Nach ein paar Minuten hob Tom den Kopf, seine geröteten Augen suchten den Gang ab. »Wann taucht hier endlich ein verdammter Arzt auf.« Er betrachtete Thesi von der Seite. »Du bist Mitglied bei diesem Frauenverein?« Ein dunkler Schimmer legte sich über seine Iris.

»Nein. Ich war heute zum ersten Mal bei einem Treffen und bin hauptsächlich wegen Sarah hingegangen. Wir kennen uns von der Schule.«

»Du warst auf der Graphischen? Theresa …« Er überlegte. »Bist du Thesi Heller? Lazy Thesi?«

Thesi musste lächeln. Lazy Thesi, die alles vor sich herschob. Ihren alten Spitznamen hatte sie schon fast vergessen. Leon kannte ihn nicht mal. »Sarah hat von mir erzählt? Ja genau, die bin ich. Vor der Heirat Heller, jetzt Valier.« Jetzt erst fiel ihr auf, dass Tom Sarahs Nachnamen angenommen hatte. Da musste seiner wahrscheinlich schrecklich gewesen sein, aber es war nicht der richtige Zeitpunkt, ihn danach zu fragen.

»Oh, ich habe einiges über dich gehört.« Seine Augen leuchteten kurz auf. »Da gab es doch noch eine Freundin. Wie hieß sie gleich? Flora. Flora Girardi, die Tochter des Schauspielers.«

»Flora stimmt, Schauspieler auch, aber nicht Girardi, sondern Lombardi. Wir waren beide auf dem heutigen Treffen.«

»Aber ihr gehört nicht zu den esoterischen Weibern?« Tom blickte ins Leere. »Entschuldige, ich will niemanden beleidigen.«

»Nein. Wir kennen die Meisten erst seit heute Abend.« Thesi stockte. »Es ist schon ein Panoptikum. Ich wundere mich, wie dermaßen unterschiedliche Frauen gemeinsam etwas organisieren können.«

»Das funktioniert nur unter Isas … straffer Führung.« Er verstummte wieder.

»Wie bist du so schnell hergekommen, Tom?« Thesi erklärte, dass sie ihn unbekannterweise hatte benachrichtigen wollen, Sarahs Tasche aber nicht finden konnte.

»Der Sanitäter hat meine Nummer in ihrer Jackentasche entdeckt, und da wir in der Nähe des AKH wohnen, war ich fast gleichzeitig mit ihr hier.« Er runzelte die Stirn. »Ihre Tasche ist verschwunden?«

»Ja, ich habe den Heurigen abgesucht. Vielleicht wurde sie gestohlen.« Oder jemand hatte sie irrtümlich mitgenommen so wie ich Nadines Telefon. Doch den Gedanken verwarf sie gleich wieder. So etwas wäre nicht mal ihr passiert.

»Gott sei Dank, hatte sie ihren Laptop nicht dabei.« Er lächelte traurig, stand auf und sah durch die Glasscheibe. »Den schleppt sie sonst immer mit sich herum. Sie sagt, sie kann ohne ihn nicht mehr … leben.« Tränen liefen über sein Gesicht.

»Glaubst du, dass Sarah so unglücklich gestürzt ist, weil sie zu viel getrunken hat?«, fragte Thesi.

»Sie ist seit sechs Monaten trocken.« Tom zitterte und starrte wie hypnotisiert ins Zimmer »Sie geht jede Woche zu den Anonymen Alkoholikern.« Thesi erinnerte sich, wie Sarah ihren Weißwein mit zwei großen Schlucken fast geleert hatte, erwähnte es aber nicht. Was hatte der Sanitäter genau gesagt? Sie würde wie eine Schnapsfabrik stinken. Konnte das von dem bisschen Wein herrühren? Vielleicht hatte jemand Sarah mit Alkohol begossen, um es wie einen Unfall aussehen zu lassen? Ein dilettantisches Vorgehen, aber immerhin der Versuch, etwas zu vertuschen. Und Sarahs Tasche war weg. Zwei Punkte, die dafür sprachen, dass an der Sache etwas faul war.

Sie musterte Tom von der Seite. Käme er als Verdächtiger infrage? Wäre er schnell genug gewesen? Vom Holzer hierher? Aber hätte sie ihn beim Heurigen nicht sehen müssen?

»War sie in letzter Zeit anders als sonst?« Noch während sie es sagte, wollte sie sich auf die Zunge beißen. Das ging sie erstens überhaupt nichts an, und zweitens manövrierte sie sich gerade in eine Situation, die sie laut Leon meiden sollte.

Tom antwortete zögernd: »Mir fiel auf, dass sie unruhig und bedrückt wirkte. Wenn ich sie darauf ansprach, winkte sie ab, dass es unwichtig sei. Wir haben zu selten über ihre Probleme oder ihre Arbeit gesprochen. Ich hätte darauf bestehen müssen, dass sie mir alles erzählt. Aber von Montag bis Freitag bin ich für eine Immobilienfirma unterwegs, meist im Ausland. Und am Wochenende wollte sie mich nicht mit ihren Problemen belasten.«

»Wäre es möglich, dass es kein Unfall, sondern ein Mordversuch war?« Thesi erschrak in dem Moment, als sie es aussprach.

Tom schüttelte den Kopf, überlegte. Dann sagte er: »Jetzt fällt mit ein, sie hat mich vor ein paar Wochen nach der Adresse unseres Firmenanwalts gefragt. Ich dachte, es ginge um ihre neue Selbstständigkeit.«

»Kennst du das Passwort für ihren Computer? Vielleicht finden wir etwas, das uns weiterhilft.«

Er zog Sarahs Laptop aus seiner Tasche und drückte ihn Thesi kommentarlos in die Hand. ›Nimm ihn nicht, halt dich da raus!‹, riet eine innere Stimme, die von Thesi geflissentlich ignoriert wurde.

»Du kannst ihn durchsehen. Ich wollte ihre E-Mails beantworten, ihre Geschäftstermine für die nächsten Tage absagen, während ich hier warte, aber ich schaffe es nicht.« Tom sah apathisch zu Boden. »Ich vertraue dir. Und falls ich mich täusche, was soll's …« Er begann wieder zu schluchzen. »Das Passwort ist Tomforever2005. Das Jahr unseres Kennenlernens.«

KAPITEL 6

Tageskarte für Mittwoch, 16. September
Der Gehängte

Der Gehängte bringt einen unerfreulichen Tag. Ihnen wird bewusst, dass Sie negativen Elementen nicht aus dem Weg gehen können. Dadurch bleibt Ihnen nichts anderes übrig, als die Laster und die Sorgen hinzunehmen und diese als Teil Ihres Lebens anzusehen. Der Gehängte ist keine positive Karte, steht er doch für Lähmung und Stillstand.

Thesi gähnte, beobachtete den Sekundenzeiger der Krankenhausuhr. Viertel nach zwölf. Endlich tauchte ein Arzt auf. Ein Pfleger folgte ihm wie sein Schatten.

»Grüß Gott, Herr Hofer. Primar Hochstaller.« Der grobschlächtige Arzt reichte Tom die Hand. Thesi stutzte. Hochstaller? War das etwa Nadines Mann? Wien war doch ein Dorf!

»Also, was wir schon vermuteten, bestätigte sich bei der Computertomografie. Ihre Frau hat ein epidurales Hämatom infolge eines Schädel-Hirn-Traumas.« Tom wurde noch blasser.

Was hieß das? Diese Fremdworte klangen so erschreckend. Der Arzt, dessen blutunterlaufene Augen Thesi an Basedow und Schlafmangel denken ließen, fuhr fort. »Bei Ihrer Frau handelt es sich um ein arterielles Hämatom. Auf der Innenseite des Schädelknochens ist durch den Aufprall eine kleine Arterie geplatzt, und das hat zu einer Blutung geführt.« Er pausierte kurz, holte Atem, als ob er Asthma hätte, und deutete dem Pfleger, in Sarahs Zimmer zu gehen. »Diese Blutung drückt auf die Dura Mater, also die Hirnhaut, und das Gehirn. Daraus resultiert die Bewusstlosigkeit Ihrer Frau. Da Lebensgefahr besteht, müssen wir sofort operieren.« Während er sprach, begann der Pfleger, Sarah von den Monitoren abzuhängen. Als er das Bett aus dem Zimmer schob und in Richtung Lift führte, wandte sich auch Hochstaller zum Gehen, sprach aber weiter. Tom folgte ihm. Thesi blieb stehen, sah dem Tross nach und hörte, wie der Arzt erklärte, dass Sarah nun mit der Köhnlein-Bohrung zur Druckentlastung der Schädel geöffnet würde, und dass die Überlebenschancen bei guten 70% stünden.

Nur 70%? Zum ersten Mal wurde Thesi richtig bewusst, dass Sarah sterben könnte. Sie ließ sich in einen der abgewetzten Besuchersessel fallen und handelte stumm ein Geschäft mit Gott aus.

Tom wartete mit hängenden Schultern vor dem Lift, bis die Türen geschlossen waren, dann kam er langsam zurück.

Wortlos setzte er sich neben Thesi, verbarg den Kopf in seinen Händen. Sie legte ihren Arm um seine Schultern und blieb noch zehn Minuten bei ihm sitzen. Dann nahm sie den Laptop, schrieb einen Zettel mit ihren Telefonnummern und ihrer Adresse und steckte ihn in Toms Jackentasche.

»Alles wird gut, Sarah ist eine Kämpferin … es tut mir leid. Ich muss nach Hause«, flüsterte sie. Tom nickte schwer, ohne seinen Kopf zu heben. Im Gehen sah Thesi noch mal auf die Uhr. Viertel vor eins. Flora war wohl irgendwo verschollen. Sie eilte die Stufen hinunter, Richtung Tiefgarage.

Aus dem Augenwinkel sah sie Isa, die im Laufschritt eine der Treppen hinauf schnaufte. Woher wusste sie von Sarahs Unfall? Und was tat sie hier um diese Uhrzeit?

Thesi hetzte durch die dunklen Gänge der Krankenhaustiefgarage, setzte sich ins Auto und versuchte, Flora zu erreichen.

»Was ist los?«

»Du wirst nicht glauben, was mir passiert ist … Nein verdammt, ich stehe nur zum Spaß hier rum«, schrie Flora plötzlich. »Aber nicht zu deinem!«

»Hallo, bist du noch da?«

»Ja entschuldige, ich musste nur gerade einen lästigen Freier vertreiben. Ich befinde mich seit Mitternacht am Gürtel vor dem Etablissement Jacqueline und versuche, jemanden anzuhalten, der mir beim Reifenwechsel hilft. Die Typen hier wollen mir aber nur die Wäsche wechseln. Gott, ist das mühsam.«

Im Hintergrund hörte Thesi ein ›Na wie vü, Pupperl?‹ nuscheln und ein ›Hau ab, du triebgesteuertes Arschgesicht‹ als Antwort. Dann sprach Flora wieder mit ihr: »Halleluja, da kommt die Polizei, ich rufe dich gleich zurück. Bin übrigens nur vier Häuserblocks vom Krankenhaus entfernt. Bitte warte noch.«

Thesi seufzte und versperrte die Autotüren. Sie lehnte sich zurück, atmete tief aus. Sie hätte sowieso nicht gleich heimfahren können. Genau *jetzt* wurde Sarah ein Loch in die Schädeldecke gebohrt.

Ihr Nacken schmerzte, Leon hätte sie massiert. Aber nicht verstanden. Sie musste auf Flora warten, mit ihr reden. Gewisse Dinge konnte man nur mit einer Freundin besprechen – vor allem, wenn man gerade wieder in einer unmöglichen Situation gelandet war. Um sich abzulenken, öffnete Thesi Sarahs Laptop und gab das Passwort ein. Der Computer hatte ein CD-Laufwerk mit Brennfunktion. In den Seitenablagen ihrer Familienkutsche fand sie einen CD-Rohling. Wusste sie es doch, wenn man mit einem IT-Fachmann verheiratet war, lag immer alles griffbereit, zwar meist unter einem großen wackeligen Stoß von Zeitungen, Büchern und Zeichnungen verborgen, aber immerhin griffbereit. Sie startete die Kopierfunktion. Es waren sehr wenige Daten, nur Word- und Outlook Dateien. Das Back-up würde schnell fertig sein, dann konnte sie Tom den Laptop gleich wieder zurückbringen. Ein Klingeln kündigte Flora an.

»Na was gibt's?«, fragte Thesi und unterdrückte ein Gähnen.

»Bin in fünf Minuten bei dir. Die Polizei, dein Freund und Helfer. Sie wechseln mir gerade den Reifen.«

»Ich sitze knieschlotternd auf Ebene B3 und warte. He, da ist doch Irene Falk, was macht die denn hier?« Thesi duckte sich etwas und beobachtete aus dem Augenwinkel, wie Irene den Jackenkragen hochschlug und zum Aufgang ins AKH hastete. Komisch, so viel Sorge um eine Netzwerkfreundin, mit der sie vor Kurzem noch heftig gestritten hatte? Irgendwas stimmte nicht. Als Irene durch den Ausgang entschwunden war, zeichnete Thesi, da der Computer noch immer surrend kopierte, einen Sitzplan des Extrazimmers beim Holzer und schrieb ein Gedächtnisprotokoll.

Kurz danach parkte Flora ihren Mini neben Thesis Auto und kurbelte die Scheibe runter. Thesi tat es ihr gleich und sprudelte sofort los. Erzählte, wie sie Sarah beim Holzer entdeckt hatte, dass sie nun gerade zwischen Leben und Tod schwebte, wiederholte das Gespräch, das sie mit Tom geführt hatte. Mit jedem Satz löste sich ihre Spannung, fühlte sie sich ruhiger. Flora hörte zu und sagte ausnahmsweise einmal nichts.

»Tom hat mir den Laptop gegeben, damit ich zu Hause recherchieren kann. Anscheinend waren Sarahs Erzählungen aus unserer Schulzeit so vertrauenerweckend, dass er keine Bedenken hatte.« Knirschend schob der Computer die kopierte CD aus. Thesi drückte sie Flora in die Hand: »Hier, ich hab alle Daten kopiert. Nimm die mit, ich brenne mir noch eine. Eigentlich wollte ich Tom den Computer heute noch zurückbringen, aber ich bin zu müde.«

Sie unterdrückte ein Gähnen. »So lange Nächte bin ich nicht mehr gewohnt. Ich muss ins Bett.«

»Fahr vorsichtig. Ich komme morgen so um zwei vorbei.« Flora verstaute die CD in ihrer Tasche, startete und fuhr los.

Der Geruch war unverkennbar. Hatte sie schon wieder die Kartoffeln anbrennen lassen?

Thesi schlug die Augen auf und wurde von einer Rauchwolke eingehüllt, die durch das offene Fenster stieg. Kein Traum! Es brannte! Dino! Sie sprang aus dem Bett, stieß sich die Zehen am Nachttischkästchen, weil sie sich nicht die Zeit nahm, das Licht einzuschalten und schrie: »Leon, aufwachen! Wir müssen raus. Es brennt!«

Sie stürmte in Dinos Zimmer. Hier war noch kein Feuer. Thesi riss ihren Sohn aus dem Bett, packte ihn in seine Decke und schleppte ihn aus dem Haus in den Garten. Dort entdeckte sie den Brandherd. Ihr Gartenhäuschen. Die Flammen hatten sich durch alle Mauern gefressen und erreichten fast die Birken. Leichter Ostwind rettete die Bäume, leitete das Feuer um und schickte den dichten, schwarzen Rauch durch die gekippten Fenster ins Wohnhaus.

Sprachlos stand Thesi vor der Tür und drückte Dino an sich. Sie sah den Rauchschwaden nach und überlegte, ob sie den Geruch jemals wieder aus den Wohnräumen bekäme.

Dino maulte, weil er zurück in sein Bett wollte.

Thesi rief: »Leon, hast du schon die Feuerwehr …«, da hörte sie zum zweiten Mal in dieser Nacht das Martinshorn. Dank sei unseren aufmerksamen Nachbarn, nie mehr werde ich mich wegen ihrer Neugierde beschweren!

Das Heulen der Sirenen änderte Dinos Stimmung schlagartig. »Feuerwehr, cool«, rief er hocherfreut, befreite sich aus Thesis Umklammerung und lief in dem Vorgarten, um die Feuerwehrautos zu empfangen.

Leon kam, den Bademantel nachlässig über die Schultern geworfen, aus dem Haus. Er betrachtete das brennende Gartenhaus und meinte lapidar: »Gut, jetzt müssen wir es nicht mehr abreißen.«

»Da sind alle meine Unterlagen, mein Computer, meine Entwürfe drin«, jammerte Thesi, die langsam begriff, was geschehen war. »Was ist, wenn der Brand übergreift?«

»Keine Angst, zu viel Rauch, zu wenig Flammen. Außerdem – die Feuerwehr parkt gerade ein. Du stehst hoffentlich nicht vor dem Hydranten?«

Doch! Sie schubste Leon zur Seite, holte den Autoschlüssel und rannte in den Vorgarten. »Entschuldigung! Bin schon weg!«

Sie hetzte an den verblüfften Feuerwehrmännern vorbei, sprang in den Wagen, wollte starten und würgte den Motor ab.

»Was ist, müssen Sie ihn erst kurzschließen?«, schrie einer der Männer.

Thesi wollte zurückschnauzen, doch bevor sie antworten konnte, sagte ein Feuerwehrmann: »Gang raus!«, und gleich darauf schoben vier starke Feuerwehrleute das Auto einen Meter nach vorne.

»Ist etwas Explosives im Gartenhaus gelagert?«, hörte sie den Einsatzleiter rufen. »Gasflaschen, Rasenmäherbenzin, was Ähnliches?«

»Nein«, antwortete Leon. »Nur viel Papier.«

Thesi schlich kraftlos in den Garten zurück und beobachtete, wie zehn Jahre Gartenarbeit in zehn Minuten Feuerwehreinsatz zunichtegemacht wurden. Aber das war nichts im Vergleich zu ihren unwiederbringlichen Originalzeichnungen. Und die Daten im Computer, von denen sie natürlich keine … Die Erkenntnis schickte einen Lavastrom über ihren Rücken. Die letzte Sicherung lag über sechs Monate zurück. Und noch schlimmer: Sarahs Laptop! Thesi griff sich an den Kopf und murmelte: »Verdammt. Wie soll ich das nur Tom erklären!«

Leon sah von Thesi zu Dino, von Dino zu Thesi und sagte: »Okay, wer war das? Wer hat mit den Zündern gespielt?«

»Ich nicht Papa, das hast du mir verboten.« Dino stand in seinem Bärchenpyjama neben Theresa und sah interessiert den Feuerwehrmännern zu, die perfekt aufeinander eingespielt die langen Schläuche im Garten ausrollten, zusammensetzten und begannen, den Brand zu löschen.

»Niemand hat gezündelt. Dann wäre das Gartenhaus nicht mitten in der Nacht, sondern gleich abgebrannt. Also wirklich!« Thesi sah Leon böse an.

»Entschuldige, ich wollte dich nicht angreifen, aber was

sonst soll den Brand ausgelöst haben? Es gab kein Gewitter, kein Feuerwerk …«

»Da gibt es 100 andere Möglichkeiten, wie wäre es zum Beispiel mit Funkenflug?

»Um drei Uhr morgens? Wie lange, glaubst du, fliegt so ein Fünkchen durch die Nacht, um sich schlussendlich unser Gartenhäuschen auszusuchen?«, sagte Leon und legte seine Stirn in Falten. Thesi hasste das.

»Und – Brandstiftung?«

»Also wirklich, das ist lächerlich. Wer könnte auf diese Idee kommen!« Er versuchte, den Arm um ihre Schulter zu legen, doch sie schüttelte ihn ab.

»Sei nicht so gönnerhaft, ich wüsste da einige Kandidaten. Wie wäre es mit dem Polizisten aus dem Prater?«

»Woher soll der unsere Adresse kennen?«

»Na, wer hat seine Homepageadresse groß aufs Auto geklebt? Und was ist mit den Nachbarn?« Thesi verschränkte die Arme vor dem Körper und sah Leon herausfordernd an.

»Wegen des Gartenzwergs?«

»Genau, vielleicht haben sie uns ja gesehen, und das war die Rache. Oder die verrückte Mutter aus dem Kindergarten«, sagte Thesi und legte sofort die Hand auf den Mund. Sie hatte ganz vergessen, dass Dino neben ihr stand und alles mithörte. Doch Dino war vom Schauspiel des Feuerwehreinsatzes so gefesselt, dass er seine Eltern nicht beachtete. Thesi zischte Leon zu: »Behandle mich nicht wie eine …«

»Brand aus, meine Herrschaften«, ertönte eine tiefe Stimme hinter ihnen. Erschrocken drehten sich alle drei um. Niemand hatte den Feuerwehrmann bemerkt, der sich ihnen lautlos genähert hatte. »Es ist soweit alles gelöscht, und wir brauchen keine Brandsicherheitswache. War ja nur ein kleines Feuerchen.«

Der hat Humor, dachte Thesi bitter.

»Aber halten Sie Ihren Sohn von der Brandstelle fern, die Dämpfe, die da aufsteigen, sollte er nicht einatmen«, fügte er noch hinzu.

»Wissen Sie, wie der Brand ausgebrochen ist?«, fragte Thesi, in der Hoffnung, rehabilitiert zu werden.

»Nein, tut mir leid. Die Ruine ist zu heiß, um etwas zu untersuchen.«

»Melden Sie den Brand der Polizei? Damit ein CSI-Team vorbeikommt?«

»Thesi, bitte!«, unterbrach Leon und sah den Feuerwehrmann entschuldigend an.

»Das liegt im Ermessen des Einsatzleiters. Warten Sie, ich rufe ihn her.« Er winkte einem hünenhaften dunkelhaarigen Mann, der sich gerade mit einem Taschentuch den Schweiß von der Stirn wischte. Der nickte kurz, gab seinem Team, das die Schläuche einrollte, noch ein paar Anweisungen und kam dann herüber.

»Guten Abend, kann ich noch etwas für Sie tun?« Er lächelte Thesi freundlich an.

»Ich glaube, dass das Brandstiftung war. Könnten Sie das der Kripo melden?«

»Hm, ohne Personenschaden kommen nur …«

»Unsere Kaninchen«, log Thesi und stieß Dino in die Seite, der den Wink aber nicht verstand.

»Mama, die haben wir doch gestern in mein Zimmer getragen.«

»Ach ja, so ein Glück. Habe ich in der Aufregung vergessen. Trotzdem …«

»Ich muss das Ganze sowieso melden, dann kommt erst

mal eine Tatortgruppe vorbei, um alles aufzunehmen. In Ordnung?«

»Bestens.« Dankbar lächelte Thesi den Feuerwehrmann an. »Oh, wo ist meine Erziehung geblieben, darf ich Ihnen und Ihrem Team etwas zu trinken anbieten?«

Er winkte ab: »Danke, doch ich glaube, wir wollen jetzt alle so schnell wie möglich wieder ins Bett. Gute Nacht – noch.«

»Gut, aber wenn Sie in der Nähe sind und Zeit haben, schauen Sie mal auf einen Kaffee vorbei«, rief Thesi dem Feuerwehrmann hinterher. Sie wandte sich an Leon und Dino. »Ihr habt ihn gehört? Ab in die Federn.«

»Ich hätte noch gerne einen Kakao gehabt«, maulte Dino und stapfte ins Haus. Thesi ging ihm nach. Kurz vor der Tür drehte sie sich noch mal um. Wieso war ihr Gartenhaus ausgerechnet heute Nacht abgebrannt?

KAPITEL 7

London, Jänner 1939

Die Tür fiel mit einem lauten Knall ins Schloss, und Benjamin, der kurz eingenickt war, zuckte zusammen.

»Ich bin wieder zu Hause!«

»Unüberhörbar, Darling.« Benjamin war aufgestanden, nahm seiner Frau das Wollcape ab und küsste sie auf die Wange.

»Ich brauche jetzt einen Brandy«, sagte Maggie. Sie zog ihre Schuhe aus, kuschelte sich in das weiche Sofa und breitete eine warme Decke über ihren Knien aus. Benjamin brachte ihr ein Glas und setzte sich neben seine Frau. »Also was gibt es Neues von deinem Zauberlehrling?« Amüsiert hob Benjamin eine Augenbraue. Ihren Spleen konnte er zwar nicht nachvollziehen, aber wenn sie Esoterik interessant fand, musste er es wohl oder übel tolerieren. Maggie hatte, seit ihre zwei Söhne auf der Universität waren, außer der Kunst und ihren verrückten Freunden nichts, das sie beschäftigte, während er seinen politischen Geschäften nachging.

»Wir nähern uns an, doch heute hat er wieder hauptsächlich über Pixie und ihre Vernichtung referiert.« Seufzend nahm sie noch einen großen Schluck Brandy.

Benjamin stand auf, um im Kamin Holz nachzulegen, und fuhr seiner Frau zärtlich über die Wange.

»Es ist eine seltsame Geschichte. Pixie scheint gewaltigen Einfluss auf ihn zu haben, und ich verstehe nicht, wieso.« Maggie überlegte.

»Vielleicht ist er unglücklich verliebt?«

»Aleister?« Lachend schüttelte sie den Kopf. »Von Liebe ist da keine Spur. Er will sie zerstören. Irgendetwas hat sie ihm angetan.«

»Darling, wenn ein Mann den Wunsch hat, eine Frau zu vernichten, dann geht es immer um Liebe, in seinem Fall wahrscheinlich um unerfüllte Liebe.«

»Wie kommst du darauf?« Überrascht blickte Maggie auf. Er zwinkerte: »Sei froh, dass du mich vor 26 Jahren erhört hast, du weißt nicht, was ich sonst angestellt hätte.«

»Du nimmst mich auf den Arm.«

»Natürlich. Ich hätte stillschweigend kapituliert und gelitten wie ein Hund. Crowley ist anders. Er ist ein unbeherrschter, exzentrischer Spinner, der eine Niederlage niemals hinnimmt. Ich schätze, Pixie hat ihn verschmäht, und das beschäftigt sein Ego bis heute.«

Eine Zeit lang sahen beide in das knisternde Feuer und nippten gedankenverloren an ihren Gläsern. »Da könntest du recht haben. Er ist es nicht gewohnt, dass ihm Frauen widerstehen.«

»Macht er dir Avancen?«, fragte Benjamin unsicher. »Deine neue Haarfarbe ist übrigens sehr hübsch.« Maggie lachte laut auf. »Dafür liebe ich dich. Erstens kannst du nicht lügen, du findest sie abscheulich …« Benjamin nickte zustimmend. »… und zweitens kannst du immer noch eifersüchtig sein.« Sie sprang auf und umarmte ihn. »Mein Schatz, wieso sollte sich Crowley so eine Alte wie mich nehmen, wenn ihm die jungen Hexenanwärterinnen die Tür einrennen. Außerdem«, sie zögerte und fuhr ihm durch das dichte weiße Haar, »ist er nicht mein Typ. Das bist noch immer du.«

»Da bin ich ja beruhigt.« Er beobachtete seine Frau, die zur Bar gegangen war, um sich nachzuschenken. »Ich habe da einige schockierende Geschichten über Crowley gehört. Könnte natürlich nur Tratsch sein, aber nimm dich in acht.«

»So, was hast du denn gehört?« Maggie drehte sich um.

»Er praktiziert angeblich … sexualmagische Riten.« Benjamin tat sich schwer, das Wort auszusprechen. »Riten, die man als äußerst radikal bezeichnen könnte.«

»Ach, das hat er längst hinter sich, es führte wohl nicht zur gewünschten Erleuchtung.« Lachend wickelte sich Maggie wieder in ihre Decke. »Aleister hat eben alles ausprobiert. Anscheinend ging es wirklich um die Suche nach Weisheit und nicht nur um puren Sex.«

»Aber stößt es dich nicht ab, wenn du hörst, dass er sich als die Wiedergeburt Satans bezeichnet und Tiere kreuzigt?« Mit zusammengekniffenen Augen wartete er auf eine Antwort. Maggie schwieg, schien zu überlegen, wie sie das entkräften sollte. »Vieles, was er macht, finde ich absurd und unnötig. Aber dann ist da noch diese verzweifelte Sinnsuche, dieses Hinausgehen über Grenzen. Das fasziniert mich.« Sie wiegte den Kopf hin und her. »Er überschreitet Grenzen für mich. Ich selbst brauche nichts zu tun, muss keine Gefahr auf mich nehmen. Er ist mein Stellvertreter bei Dingen, vor denen ich Angst habe. Bei ihm sehe ich, ob es funktioniert. Verstehst du, was ich meine?«

»Ich glaube, ein wenig.« Er seufzte. »War es dir sehr langweilig die letzten 26 Jahre – mit mir?«

»Nein, wo denkst du hin! Ich will es genauso, wie es ist. Dich als verlässlichen Mann hier, Aleister als verrückten Okkultisten dort. Außerdem werde ich bei diesem Projekt viel lernen und endlich wieder zeichnen. Du weißt, dass mich das glücklich macht.«

»Das ist das Wichtigste. Solange du dir von Crowley nicht den Kopf verdrehen lässt. Apropos, die Haarfarbe ist wirklich grässlich. Dieses Rot ist so – satanisch. Ich wäre dir sehr verbunden, wenn du das ändern würdest.«

Maggie lachte. »Themenwechsel. Was gibt es bei dir Neues?«

»Nichts Gutes. Ich sehe da etwas auf uns zukommen, das deinen lieben Aleister an Bösartigkeit bei Weitem übertreffen könnte.« Er stand auf und holte seine Pfeife. Während er sie stopfte, sagte er: »Dieser Hitler missachtet den Versailler Vertrag und rüstet auf. Niemand widerspricht, niemand stoppt ihn. Chamberlain macht mich mit seiner Beschwichtigungspolitik verrückt.« Benjamin sah sich suchend nach einem Feuerzeug um. »Ich verstehe nicht, dass keiner aufsteht und sagt: ›So geht es nicht, Mister Hitler.‹ Alle sind wie erstarrt.«

Maggie nahm einen Holzspan und zündete ihn im Kamin an. Als sie sich über Benjamin beugte, um ihm Feuer zu geben, nahm er ihre Hand und küsste sie. »Danke, Darling.« Nachdem seine Pfeife endlich zog und der süßliche Duft seines Lieblingstabaks den Raum erfüllte, sprach er weiter. »Heute hatte ich übrigens einen Art Gesandten von Hitler im Büro. Hans von Diggendorf, ein junger Journalist des Völkischen Beobachters. Er machte ein Interview mit mir.« Benjamin pausierte. »Diese Begeisterung in seinen Augen, als er von seinem Führer sprach, dieser Enthusiasmus hat mich erschreckt. Nicht mal du siehst so aus, wenn du von Crowley sprichst.«

»Ach hör auf«, erwiderte Maggie empört.

»Ja ich weiß, er ist nicht dein Führer, aber doch dein *Pfad*finder.«

Sie unterbrach ihn: »Erzähl mir lieber von diesem Journalisten, weshalb hat er dich interviewt?«

»Er wollte wissen, wie die englischen Liberalen zu Hitler stehen, ob wir uns einen Pakt mit Deutschland vorstellen könnten. Doch dich dürfte mehr interessieren, dass er von deinen Zeichnungen, die bei mir im Büro hängen, ganz hingerissen war.«

»Von welchen?«

»Den Entwürfen für die Freimaurer. Die Pyramide mit dem Auge hat es ihm besonders angetan. Er erzählte, er sammle esoterische Schriften. Vor Kurzem habe er ein schönes Kartenset in Cornwall erstanden, aber deine Bilder seien viel besser. Er hätte sie mir sofort abgekauft.« Benjamin lächelte.

»Oh wie charmant, der Mann hat Geschmack. Er kann kein schlechter Kerl sein.«

»Er nicht, aber sein Führer. Der bereitet mir Sorgen.« Benjamin seufzte, machte eine Pause. »Wie dein Crowley. Könntest du ihn nicht bitten, dass er den anderen wegzaubert? Dann fände ich am Okkultismus zum ersten Mal Gefallen.« Maggie lachte. »Ich werde ihn fragen. Und mach dir nicht zu viele Gedanken. Dieser Mister Hitler wird nicht wagen, einen Krieg vom Zaun zu brechen, wo Deutschland noch von der letzten Niederlage schwächelt.« Sie streichelte seinen Arm. »Ich werde Iris bitten, Hitlers Horoskop zu erstellen. Damit du siehst, dass er ein Spinner wie Aleister ist.«

»Wenn du meinst, Darling.« Benjamin lächelte matt und sah aus dem Fenster, wo ein gleißender Blitz über den Nachthimmel zuckte.

KAPITEL 8

Wien, Mittwoch 16. September

Thesi erwachte erschöpft nach einem unruhigen Schlaf. Sie stand auf, öffnete das Schlafzimmerfenster und hoffte, dass alles nur ein Traum gewesen wäre, doch der Wind blies in die verkohlten Trümmer ihres Gartenhäuschens und wirbelte Aschewölkchen in die Luft, die langsam auf den zerstörten Rasen sanken. Wenigstens ein fruchtbarer Dünger, dachte Thesi, drehte sich um und beobachtete den schlafenden Leon.

Er hatte sie gewarnt, sich nicht in ein neues Abenteuer hineinziehen zu lassen. Aber er hatte Sarahs Unfall gemeint. Thesi sah wieder aus dem Fenster. War es ein Unfall oder doch ein Mordversuch gewesen? Hingen der Brand und der Mordversuch zusammen? Sollte sie sich einmischen?

Ein Türknallen unterbrach ihre Gedanken.

»Kuscheln!« Dino kam aus dem Kinderzimmer geschlurft und schlüpfte zu Leon unter die Decke.

»Guten Morgen, mein Schatz.« Thesi küsste ihn auf die Stirn. »Möchtest du heute zu Hause bleiben? Bist du müde?«

»Nein, Mama!« Dino sprang aufgeregt auf. »Wir haben Theaterprobe, und ich muss allen von der Feuerwehr erzählen.«

»Ist die schon wieder da?«, gähnte Leon.

»Nein, schlaf weiter. Ich bringe Dino in den Kindergarten und fahre danach zu Sarah ins Krankenhaus«, sagte Thesi. »Dein erster Termin ist erst um elf.«

Leon war selbstständig und beriet große Telekomunternehmen bei allen anfallenden IT-Fragen. Einen internationalen Auftrag hatte er gerade abgeschlossen, und nun waren nur einige kleine Projekte am Laufen, die ihm viel Zeit für sein zweites berufliches Standbein, einen Online-Weinhandel, ließen.

»Der Termin wurde abgesagt, ich habe den ganzen Tag frei«, murmelte Leon, drehte sich um und schlief weiter.

Mit zwei dampfenden Bechern Kaffee in den Händen marschierte Thesi zur Intensivstation. Am Ende des langen eierschalenfarbenen Korridors saß Tom zusammengekauert auf einem der Besucherstühle. Seine Augen blickten ins Leere.

Er wirkt verletzlich wie ein kleiner Junge, dachte Thesi und drückte ihm den warmen Styroporbecher in die Hand. Ein trauriges Lächeln huschte über seine Lippen.

Thesi stellte ihre Tasche ab und fragte unsicher: »Wie hat Sarah die Operation überstanden?«

Tom erzählte, dass sie noch immer nicht aufgewacht war. Er wäre bis drei im Krankenhaus gewesen, dann kurz nach Hause gefahren, und seit sieben sei er wieder da, weil er sowieso nur die Decke angestarrt hatte. Er nahm einen Schluck Kaffee und sprach leise weiter: »Bis jetzt habe ich keinen Arzt getroffen, der mir etwas Konkretes sagen konnte.«

»Es wird ihr bald besser gehen«, versuchte Thesi zu trösten, wohl wissend, dass das nichtssagende Worte waren.

Trotzdem nickte Tom dankbar. Nach einer kurzen Pause fragte er: »Und hast du schon was rausgefunden?«

Thesi biss auf ihre Unterlippe: »Nein. Heute Nacht ist unser Gartenhäuschen abgebrannt – mit Sarahs Computer.«

Tom richtete sich auf, pfiff leise durch die Zähne. Dann wurde er noch blasser. »Nun haben wir nichts mehr in der Hand. Ohne Sarahs Daten …«

»Ich habe zum Glück vorher die Festplatte kopiert«, unterbrach ihn Thesi. »Ich hoffe, der Laptop war nicht allzu teuer.«

»Ach, die alte Kiste war wertlos. Dass die Daten gerettet sind, ist wichtiger«, antwortete Tom nachdenklich. Thesi sah, dass seine Hände zitterten und der Kaffee fast überschwappte. Kein Wunder, übernächtigt und aufgeregt, da spielten die Nerven verrückt. Wieder hatte sie das Gefühl, ihm beistehen zu müssen, aber wie? Sie setzte sich neben ihn und schwieg. Doch lange konnte sie nicht still sein.

»Ich will dich nicht unnötig aufregen, aber darf ich dir ein paar Fragen stellen?«

Er nickte.

»Wer könnte ein Motiv gehabt haben, Sarah absichtlich zu stoßen?«

Nach kurzem Zögern erzählte Tom, dass Sarah ein unglaublich impulsiver Mensch war, der oft undiplomatisch handelte. Dass sie wegen Nichtigkeiten Kleinkriege anzettelte und es immer wieder schaffte, in Situationen zu geraten, die grundlos eskalierten.

Das kam Thesi bekannt vor. Diplomatisches Geschick war auch keine ihrer Stärken. Ein paar Feinde hatte man schnell beisammen. Sie drehte stirnrunzelnd den leeren Kaffeebecher in den Händen, bis er zerbrach.

»Ich glaube nicht, dass sie gestürzt ist«, sagte Tom abschließend, fuhr sich mit der Hand durch die ungekämmten Haare und kratzte sich am Kopf. »Es gibt Leute, die sind ungeschickt …« Thesi musste sofort an Isa denken. »… und es gibt Leute wie Sarah. Sie ist seit Kurzem

Marathonläuferin und hat ein gutes Gleichgewichtsgefühl. Sie trug gestern keine hochhackigen Schuhe, und sie trinkt nicht mehr.«

Naja, dachte Thesi, sie hat mein Weinglas geleert, aber es war nicht so viel, dass sie nicht mehr hätte gehen können.

»Wer war heute Nacht noch im Krankenhaus? Ich hab Isa die Treppe herauf hecheln gesehen«, fragte sie und erwähnte Sarahs Trinkerei nicht.

»Hm«, überlegte Tom, »nach dir kam Isa. Und zwei andere, deren Namen ich nicht weiß. Eine kleine Dunkelhaarige mit einer riesigen Warze und eine etwas Elegantere im Businesskostüm. Die war untypisch für die Esofrauen, deshalb ist es mir aufgefallen.« Aha, also Irene und Rosaria, dachte Thesi.

»Ich bin aufs Klo gegangen, als ich sie kommen sah. Hatte keine Lust, mit denen zu reden«, fuhr Tom fort.

»Was hältst du eigentlich von Isa?«

»Willst du meine ehrliche Meinung hören?« Er knabberte an seinem Daumennagel. »Ach, ist ja egal, ob ich es dir sage. Also«, er machte eine kurze Pause, »ich finde sie extrem unappetitlich.«

Thesi zog eine Augenbraue hoch. »Eine eigenartige Aussage.«

»Ja, es klingt komisch, doch das kommt mir als Erstes in den Sinn, wenn ich an sie denke.« Er beugte sich vor und massierte seine Wade. »Hat mit einer Einladung zu tun. Vor ein paar Wochen waren wir bei Isa zu einem Hexenfest eingeladen. Es wundert mich, dass Sarah mich da überhaupt mitgenommen hat. Zu den Hexen.«

Tom machte eine Pause, als überlegte er, wieso er wirklich mitgehen durfte. »Die kleine Dunkelhaarige war übrigens auch da. Also, Isa empfing uns im Bikini und zog sich auch beim Essen nichts drüber. Als sie dann, während ich aß, ihr doch sehr …«, Tom zögerte neuerlich, »… dickes Bein auf den Tisch legte, um uns eine Operationsnarbe zu zeigen, da verging mir vollends der Appetit.« Er schaute angewidert zur Seite. »Doch das sind Nichtigkeiten, die mir egal wären, weil ich nichts mit ihr zu tun habe. Weit mehr stört mich, dass sie ständig schlecht über die abwesenden Netzwerkmitglieder spricht.« Thesi unterbrach ihn nicht. Tom hatte den moralischen Zensor ausgeschaltet, Gefühle und Wahrnehmungen flossen ungefiltert auf seine Zunge. Er schüttelte den Kopf und sagte: »Jetzt fallen mir wieder Dinge ein, die ich längst verdrängt hatte. Sie erzählte Intimitäten über Leute, die wir nicht mal kannten.«

Interessant! Thesi überlegte, ob sie ihren Notizblock aus der Tasche holen sollte, um mitzuschreiben, konzentrierte sich aber auf Toms Erzählung und verließ sich auf ihr gutes Gedächtnis.

»Dinge, die ich nie im Leben zu wissen wünschte, wurden bei diesem Hexenfest unauslöschlich in mein Hirn gemeißelt. Ich habe seit diesem Fest Angst, eine bestimmte Maklerkollegin zu treffen, weil ich ihr Hämorrhoiden-Problem kenne. Ich weiß von Abtreibungen, Seitensprüngen, kleinlichen Streitereien und großen linken Dingern. Über Geschäfte, die bald pleitegehen oder nie was abwerfen werden.«

»Wieso hast du Sarah nicht gesagt, dass du Isa so furchtbar findest?«, fragte Thesi und warf ihren kaputten Styroporbecher in einen Abfalleimer. Ein irregeleiteter Kaffeetropfen spritzte auf die Mauer, und eine Schwester, die gerade vorbei ging, sah Thesi tadelnd an.

»Sarah hat einen Filter. Wenn sie etwas will, blendet sie bestimmte Komponenten aus. Selektive Wahrnehmung.

Sie wollte unbedingt Teil dieser Gruppe sein.« Tom verschränkte die Arme hinter dem Kopf und dehnte sich. Thesi hatte ein schlechtes Gewissen. Teil dieser Gruppe sein. Das erinnerte sie an ihre Schulzeit, als Sarah vergeblich versucht hatte, in Thesis und Floras Clique aufgenommen zu werden.

»Sie plante eine eigene Zeitung und wollte alle Layouts für die ›Wiener Frauen‹ machen«, fuhr Tom fort, »um mit ihrem neuen Grafikstudio genug Geld zu verdienen und nie mehr ins Büro zu müssen. Sie hatte da ein Problem mit einem Vorgesetzten.« Tom stand auf und machte ein paar Schritte. »Entschuldige, ich muss mich bewegen, mein Bein ist gerade eingeschlafen.« Thesi folgte ihm. »Welche Zeitung wollte Sarah machen?«

»Ach, so ein Esoterik-Fachblatt. Ich hab nicht viel mitbekommen, weil ich ständig unterwegs war. Vielleicht findest du in den E-Mails Infos darüber.«

Tom blieb stehen, dachte kurz nach und setzte sich wieder. »Ich – ich weiß gar nicht, ob ich Sarah jemals so dezidiert wie dir meine Meinung über Isa gesagt habe. Wahrscheinlich wollte ich sie nicht kränken, ihren Enthusiasmus nicht bremsen. Und wahrscheinlich habe ich ihr damit keinen Gefallen getan. Aber ich konnte doch nicht wissen, dass …« Er vergrub den Kopf in seinen Händen.

In diesem Moment bog Isa um die Ecke und blickte sich um. Gestank von kaltem Zigarettenrauch, der sich in ihrem Haar festgesetzt hatte, mischte sich mit dem Kohlgeruch der Krankenhausküche. Thesi rümpfte die Nase.

Isa zuckte unmerklich, als sie Thesi sah. »Hallo, was machst du denn hier?«

»Ich habe Sarah gestern gefunden.«

»Ach ja. Richtig.« Geistesabwesend schweifte Isas Blick weiter und blieb an Tom hängen. Der wischte sich mit einem Papiertaschentuch über die feuchten Augen und sah die Netzwerkchefin, die auf ihn zukam, kühl an. »Du Ärmster. Ist Sarah inzwischen aufgewacht? Was gibt es Neues?«, fragte Isa.

»Nein, nicht aufgewacht, keine Neuigkeiten«, sagte Tom und schaute demonstrativ zur Seite. Isa schien seine Feindseligkeit nicht aufzufallen, während sie sprach, legte sie ihre Hand auf Toms Schulter: »Es tut mir so leid, was mit Sarah passiert ist …«

Er schüttelte sie unwirsch ab. »Schon gut. Ich gehe und suche einen Arzt.« Als er sich umdrehte, sagte Isa schnell: »Entschuldige, wenn ich dich jetzt damit belästige. Ich weiß, es ist unpassend, aber Sarah hatte wichtige Daten von uns auf ihrem Computer. Die würden wir dringend brauchen.«

»Und was erwartest du von mir?« Toms Tonfall war eisig. »Soll ich nach Hause fahren und sie holen, während meine Frau hier vielleicht stirbt? Also du hast vielleicht Nerven!«

»Gut, du befindest dich in einer Ausnahmesituation, doch so unhöflich musst du deshalb auch nicht sein. Es war nur eine Frage«, antwortete Isa beleidigt. Stumm verfolgte Thesi die Szene.

»Und ich habe sie beantwortet. Auf Wiedersehen.« Tom wandte ihr den Rücken zu und ging steif zum Schwesternzimmer. Ohne sich umzudrehen, rief er: »Übrigens, Sarahs Computer und alle ihre Daten sind heute Nacht verbrannt. Selbst wenn ich wollte, könnte ich dir nicht helfen.« Thesi meinte Schadenfreude in Toms Stimme zu hören, und beobachtete Isas Reaktion. Die war nicht verzweifelt, wie Thesi erwartet hätte, sondern schien eher zufrieden. Komisch, waren ihr nicht wichtige Daten verloren gegangen?

Unschlüssig stand Isa im Korridor, Thesis Anwesenheit schien sie vergessen zu haben. Als ihr Handy klingelte, wühlte sie in ihrer Tasche und entfernte sich grußlos. Nachdenklich sah Thesi der Netzwerkchefin nach. Es wurde wirklich Zeit, einen Blick auf Sarahs Daten zu werfen. Und etwas Schlaf nachzuholen. Als sie das Krankenhaus verließ, kamen ihr zwei Polizisten entgegen. Sie dachte, dass es komisch war, dass sich bis jetzt noch niemand wegen Sarahs Unfall bei ihr gemeldet hatte. Immerhin hatte sie den Kellnern beim Holzer doch ihre Visitenkarte gegeben.

Da Flora bis halb drei nicht aufgetaucht war, machte Thesi einen Kontrollanruf. »Was ist los mit dir?«

»Entschuldige, war gerade im Arbeitsflow, ich komme sofort. Wie geht es Sarah? Warst du schon bei ihr?«

»Ja, heute Vormittag. Die Operation scheint gut verlaufen zu sein, aber sie liegt noch immer im Koma.«

»Das musst du mir später genauer erzählen. Bin schon auf dem Weg.«

Thesi legte ihr Handy weg, lehnte sich im Gartenstuhl zurück, nippte an ihrem Eistee und betrachtete den verkohlten Holzhaufen. Sie überschlug im Kopf den ungefähren Schaden. Sarahs Computer, ihr eigener Computer, der Arbeitstisch, viele, viele Zeichnungen, die nicht ersetzbar waren.

War das ein Hinweis, mit alten Projekten abzuschließen und sich neuen Dingen zu widmen? Thesi seufzte. Sie dachte an die Tarotkarten, an den Tod. Zeit für einen Neubeginn? Das war doch nur esoterisches Schönreden. Sie schloss die Augen und döste ein.

»Was ist denn hier passiert?« Flora, die durch die offene Gartentür gekommen war, rüttelte Thesi an der Schulter wach.

»Er hat beim Grillen nicht aufgepasst.« Thesi deutete mit dem Kopf auf Leon, der gerade ein Tablett mit einer Flasche Weißwein und drei Gläsern aus dem Haus balancierte.

Flora sah Leon fragend an. »Hattest du Männerabend mit Paul und Boris, weil wir beim Heurigen waren?«

»Ach Unsinn, ein Teil der Familie will nur die Schuld auf den anderen Teil der Familie schieben«, erwiderte Leon und sah auf die Uhr. »Ich sause schnell, um Dino zu holen. Wollt ihr für mich einen neuen Wein testen? Ist ein ganz leichter.«

Leon stellte das Tablett auf den Tisch und verschwand in den Vorgarten.

Flora knipste mit ihrem Handy ein paar Fotos. »Entschuldige, ich bin kein Katastrophentourist, das ist die Macht der Gewohnheit. War die Polizei schon da?«

»Was soll die noch finden? Es ist ja nichts mehr übrig«, antwortete Thesi, froh darüber, dass sie nicht die Einzige war, die an Brandstiftung dachte.

»Aber sie könnten Spuren sichern, vielleicht hat der Täter etwas im Garten …«, Flora sah sich um, »… ähm verloren, wollte ich sagen. Aber hier werden sie nicht mehr viel aufstöbern. Das sieht echt schlimm aus.« Sie drückte wieder auf den Auslöser. »Nur zu Dokumentationszwecken.«

»Der Feuerwehrchef hat gesagt, dass heute jemand kommen wird.« Thesi setzte sich zu Flora, die den Wein für beide eingeschenkt hatte, und sagte: »Darf ich Robert anrufen und fragen, wie lange die sich bei so was Zeit lassen?« Floras Gesichtsausdruck verfinsterte sich.

»Ich glaube nicht, dass sich Robert mit Brandstiftung auskennt«, sagte Flora und fügt leise hinzu: »Falls er sich überhaupt mit was auskennt.«

»Na gut, ich werde Paul bitten, ob er in den Trümmern etwas finden kann«, antwortete Thesi und massierte ihre Schläfen.

»Salut! Sprecht ihr über mich?«, ertönte eine spöttische Stimme hinter ihnen.

Thesi sprang auf. »Paul, was machst du denn hier?« Sie ging zu ihm und stellte sich auf die Zehenspitzen, um ihn auf die Wange zu küssen. Paul Hohenau beugte sich zu ihr und seine um einen Hauch zu langen blonden Locken kitzelten sie in der Nase.

»Ich war eigentlich auf dem Weg zu einem Tête-à-tête«, antwortete Paul. Flora verzog fast unmerklich das Gesicht. »Aber Leon hat mich vor zehn Minuten angerufen und erzählt, was passiert ist. Ich wollte es mir nur kurz ansehen und wissen, ob ihr Hilfe braucht.« Er ging durch den Garten und betrachtete die Brandstelle. »Mon dieu, das sieht nicht gut aus. Aber es brennt wenigstens nicht mehr.«

»Na, das hätten wir alleine auch feststellen können«, murmelte Flora, doch Paul ignorierte sie.

»Morgen beim Jour fixe werde ich ein paar Untersuchungen machen. Und natürlich adäquates Gewand mitnehmen. So kurzfristig hatte ich nichts Passendes dabei.« Wie immer trug Paul einen seiner grauen Dreiteiler und dazu handgenähte Budapester.

»Wie machst du das auf der Uni, wenn du im Chemielabor Experimente vorführst? Streifst du dir da ein weißes Mäntelchen über?«, fragte Flora.

»Du bist jederzeit eingeladen, es dir anzusehen. Ein bisschen Bildung schadet niemandem.«

»Um mich in die Riege deiner Groupies einzureihen?« Flora schüttelte den Kopf. »Nein danke.«

Paul sah auf die Uhr: »Mesdames, ich bin auch schon wieder weg. Au revoir, wir sehen uns morgen.« Er winkte beiden zu und verschwand durch das Gartentor.

»Was für ein Auftritt. Schon ist er auf und davon, unser ›von‹ und ›zu‹. Auf dem Weg, das Herz einer seiner armen Studentinnen zu brechen.«

»Flora, das stimmt nicht. Er fängt nie etwas mit seinen Studentinnen an, sondern …

»Mir deren Müttern?«

Thesi lachte und setzte sich wieder. »Wir sollten mit Sarahs CD beginnen. Isa war heute im Krankenhaus und hat sich verdammt merkwürdig verhalten.«

»Eigentlich interessiert mich der Brand mehr. Wie konnte der passieren?«, sagte Flora und nahm einen Schluck Wein. »Oh, der ist sehr gut. Schön leicht, sonst würde ich sofort einschlafen.«

Thesi gähnte. »Wem sagst du das. Ich hole mir aber doch ein Glas Wasser.«

»Paul war ja beim Brand keine große Hilfe.«

»Ach hack' nicht immer auf ihm herum. Ich möchte wirklich wissen, was ihr beide habt«, antwortete Thesi. »Also, Leon verdächtigt mich und Dino, dass wir gezündelt oder etwas Brennendes im Haus vergessen hätten. Lächerlich!« Sie schnaubte. »Ich bin mir sicher, es war Brandstiftung.«

Flora lümmelte im Gartensessel, legte einen Fuß über die Armlehne, schwenkte ihr Weinglas sachte, betrachtete das rauchende Panorama und fragte, ob Thesi glaubte, dass der Mordversuch an Sarah und der Brand zusammenhingen.

»Schwer zu sagen. Es wäre schon ein unglaublicher Zufall, wenn innerhalb von vier Stunden zwei Verbrechen, die nichts miteinander zu tun haben, in meiner Umgebung passieren.« Nachdenklich sah Thesi zum Nachbargrundstück. »Aber möglich wäre es.«

»Wer sollte denn bei euch Feuer legen? Hat Leon Feinde?«

»Leon nicht, aber ich.«

»Du? Geh, das kann …«, warf Flora ein, aber Thesi unterbrach sie.

»Vielleicht war es eine Racheaktion dieses wahnsinnigen Polizeigenerals. Oder …« Thesi zögerte, den Verdacht auszusprechen.

»Ja?«

»Oder die Mutter aus dem Kindergarten.«

»Glaubst du wirklich, die rennt mitten in der Nacht herum, um sich an deinem Sohn zu rächen?«, antwortete Flora zweifelnd.

Als Thesi an die Geschichte zurückdachte, kam ihr das gar nicht so absurd vor. Vor zwei Wochen war Dino weinend nach Hause gekommen und hatte erzählt, dass ihn ein anderes Kind mit einem Holzhammer auf den Kopf geschlagen und ›Ich wünschte, du wärst tot‹ geschrien hätte. Thesi war am nächsten Tag zu seiner Erzieherin gegangen und hatte gebeten, Samuel und Dino zu beobachten, weil es da anscheinend ein Problem gäbe. Leider hatte die Kindergärtnerin Samuels Mutter davon berichtet. Und am selben Nachmittag wurde Thesi von ihr angerufen und wild beschimpft. Dino wäre die Wurzel allen Übels, ein Lügner und Betrüger, unerzogen und aggressiv. Thesi hatte ihr ungläubig zugehört und dann mit einem ›Sie sind nicht ganz dicht‹ aufgelegt.

»Dabei habe ich nichts Böses über Samuel gesagt, ich wollte nur, dass die Kindergärtnerin ein Auge auf die beiden hat, um zu sehen, ob es da wirklich Animositäten gibt«, seufzte Thesi.

»Na jetzt sicher«, sagte Flora und dachte kurz nach. »Und Frauen sind zu sehr irrationalen Handlungen fähig.«

»Ja besonders, wenn sie Mütter sind«, antwortete Thesi. »Wahrscheinlich bin ich bei anderen Gelegenheiten auch wie ein Elefant im Porzellanladen herumgestampft. Als ich dem Rentner, der drei Häuser weiter wohnt, zum hundertsten Mal gesagt habe, er solle die Hinterlassenschaften seines Dobermanns vor unserem Eingang wegräumen, war ich vielleicht etwas unhöflich.«

»Du hast es aber mit den Hundebesitzern«, lachte Flora. »Wem bist du sonst noch auf die Zehen gestiegen?«

»Einen gibt es, und du warst sogar dabei.«

»Ich?« Fragend sah Flora Thesi an.

»Denk an den Gartenzwerg.«

»Ach komm, das war doch nur ein Spaß. Niemand wird wegen so einer Lappalie deinen Schuppen abfackeln.«

»Dein Wort in des Nachbarn Ohr.« Thesi öffnete Floras Laptop. »Fangen wir an, die Mails zu lesen. Den Brand kann Paul klären, wozu hat man ein hauseigenes CSI-Team. Wir suchen Sarahs Schubser.«

Thesis Handy wanderte surrend über den Tisch, sie fing es ab, bevor es in die Wiese sprang. »Eine SMS von Leon. Er hat Dino zu seinem Freund gebracht, fährt nun einkaufen, und wir sollen das Spionieren der Polizei überlassen.«

»Es taucht aber weit und breit keine Polizei auf«, sagte Flora.

»Genau, deshalb müssen wir ihnen ein paar Indizien liefern, damit sie Handlungsbedarf haben.«

»Schönes Beamtendeutsch, Frau Oberst.«

»Vielleicht wäre ich eine bessere Polizistin als Illustratorin«, überlegte Thesi und stand auf, um Leons Computer zu holen.

Gerade als sie wieder vom Wohnzimmer in den Garten gehen wollte, klingelte es an der Haustür. Thesi ging zurück, öffnete, und zwei Polizisten standen vor der Tür. »Grüß Gott, sind wir hier bei Valier?«

Thesi zögerte. Es war schwer, nicht oberlehrerhaft zu klingen, wenn man jemanden verbesserte. Leons Familienname war zwar schön, aber unmöglich auszusprechen. »Man sagt ›Walié‹, wie bei Cartier oder Gautier.«

Bei den zwei Polizisten hatte sie soeben ausgespielt, das sah sie an ihren Gesichtern. Der größere zog die Stirn kraus und sagte: »Gut, Frau *Walli-eh*, wir wurden verständigt, dass es bei Ihnen gebrannt hat. Können wir uns den Tatort kurz anschauen?«

»Gerne, kommen Sie weiter. Möchten Sie einen Kaffee, Tee oder ein Glas Wasser?«

»Danke, gar nichts, wir müssen noch zu drei anderen Aufnahmen.«

Sie folgten Thesi über den schmalen Kiesweg neben dem Haus vorbei in den hinteren Teil des Gartens, wo sich Flora gerade ihr zweites Glas Wein einschenkte.

»Flora, wir haben Besuch von der Brandermittlung.«

»Nicht ganz«, sagte der zweite Polizist, der bis jetzt geschwiegen hatte. »Wir sind von der Außenstelle des LKA und nehmen den Vorfall nur auf. Wenn Brandstiftung, Versicherungsbetrug oder Personenschaden vorliegt, dann kommen die Kollegen vom Brand oder vom Mord.«

»Aha.« Thesi überlegte. Die Versicherung musste sie

auch noch anrufen. Diesmal hatten sie ja eine im Gegensatz zum vorigen Jahr, als ihr Bild gestohlen worden war.

»Aha«, sagte auch der erste Polizist, als er sich die Überreste des Gartenhäuschens ansah. »Wie bei Onkel Ludwig.«

Onkel Ludwig? War das ein geheimer Code? Ludwig 1 an Ludwig 2? Thesi schaute zu Flora, die grinsend einen Schluck Wein nahm.

»Wer ist Onkel Ludwig?«, fragte der zweite Polizist. Thesi war beruhigt, dass der ihn auch nicht kannte.

»Der Bruder meiner Mutter aus Mistelbach. Aber das ist egal. Wichtig ist nur die Tatsache, dass dieses Haus hier genauso alt und genauso gebaut ist wie sein Haus. Schau mal …« Er deutete auf die Überreste der vorderen Mauer, von der ein verkohlter Draht wegstand. »Pechummantelte Kabel, einfach in den Verputz gegipst, keine Leerverrohrungen. Da ist eine Isolierung ausgetrocknet und durchgeschmort. Ein wenig Wasser drauf, wie der Regen gestern Nacht, und puff – Kurzschluss. Brand. Aus.«

»Super, schreib ich gleich so auf, dann können wir gehen.«

»Gut. Also: Gartenhaus, circa drei mal vier Meter, Jahrhundertwendebau, Ziegel, Holzraumdecke mit Stroh gefüllt, nachträglich unprofessionell elektrifiziert, Selbstentzündung.« Er ging noch etwas näher, um die zwölf Quadratmeter ganz genau zu untersuchen. »Kein Personenschaden.«

»Aber …«, sagte Thesi und verstummte. Wenigstens hatten sie kein Skelett in der Brandruine gefunden. Trotzdem konnte das nicht stimmen. Sie hatte das Licht eben wegen der alten elektrischen Leitungen, die auch die Wände unter Strom setzten, nie benutzt, und die alten Drehschalter waren mit Paketband überklebt, damit niemand unabsichtlich draufdrückte. Licht hatte sie nur mit ihrer Petroleumlampe gemacht. Bevor sie noch fertig gedacht hatte, machten sich die zwei Polizisten wieder auf den Weg zurück zu ihrem Auto. »Gut, Frau Walli-eh, wir schicken Ihnen den Bericht in den nächsten Tagen zu.« Weg waren sie.

»Die waren aber von der ganz schnellen Truppe, was?«, sagte Flora, stellte das inzwischen leere Glas weg und klappte ihren Laptop auf. »Na, dann können wir endlich mit Sarahs Daten weitermachen.«

Thesi stand noch immer mit dem Computer in der Hand unschlüssig im Garten und sah den Polizisten nach. War das eben wirklich alles so schnell passiert? War der Brand wirklich geklärt? Wieso …

»Aufwachen! Komm setz dich zu mir und lass uns anfangen«, rief Flora ungeduldig.

»Jaja, bin schon wieder bei dir.« Thesi setzte sich an den Tisch. Dann überspielten sie die Daten von Floras CD auf beide Computer.

Sarahs Mails waren übersichtlich in Ordnern abgelegt. Schon wieder jemand, der sein Leben im Griff hatte, dachte Thesi und versank in der Welt des Frauennetzwerks.

Ordner: Prospekt EsoFemina

Von: *Sarah Hofer*
Datum: *Montag, 15.August, 18:30*
An: *Isa Kapfinger*
Betreff: *Arbeitsteilung*

Liebe Isa!

Wie besprochen, möchte ich die Aufteilung der Zuständigkeiten festhalten:

Layout, Redaktion, Bildredaktion und Produktion: Sarah
Anzeigenverkauf und Sponsorsuche: Isa
Die Druckkosten belaufen sich bei 24 Seiten und einer Auflage von 5.000 Stück auf 1.500 Euro.
Ich habe dir schon einen Anzeigenspiegel entworfen, den du an potenzielle Inserenten weiterschicken kannst.
Viel Erfolg!
Sarah

Von: *Isa Kapfinger*
Datum: *Montag, 17. August, 20:30*
An: *Sarah Hofer*
Betreff: *Re: Arbeitsteilung*

Liebe Sarah!
*Danke für deine E-Mail. Übrigens, alle ›Wiener Frauen‹, die auf dem Messestand mitmachen, erhalten einen Gratis-PR-Artikel. Ich schicke die Namen, und du kontaktierst sie wegen der Unterlagen, Fotos etc. Die Ersten wären Irene Falk, Rosaria Rohrau, Nadine Hochstaller, Edda Kayser und Lissy »Dharma, das Karma« *g* Scherrer.*
Sonnenstrahlen und Heiterkeit für deinen Tag!
Isa Kapfinger

Von: *Sarah Hofer*
Datum: *Donnerstag, 20. August, 10.20*
An: *Isa Kapfinger*
Betreff: *Eine gute Nachricht*

Liebe Isa!
Du wirst es nicht glauben, aber ich habe mit einem alten Bekannten gesprochen, und er übernimmt das General-

sponsoring. Für unseren Stand und ein Inserat in der Zeitung bezahlt er 3.500 Euro!

Dagegen gibt es mit den Netzwerkdamen Probleme. Obwohl sie von mir genaue Anweisungen für die benötigten Unterlagen bekommen haben, schicken sie sie nicht oder falsch oder zu groß oder zu klein. Ihre Fotos sind nicht verwendbar, und sie zicken herum. Ich hätte mir nicht gedacht, dass das so mühsam wird. Da ist Sponsoren gewinnen ja ein Kinderspiel ☺

LG

S.

P.S. Übrigens danke für die nette Einladung am Wochenende. Meinem Mann und mir hat das Hexenfest sehr gut gefallen.

***Von:** Isa Kapfinger*
***Datum:** Donnerstag, 20. August, 20:17*
***An:** Sarah Hofer*
***Betreff:** Re: Eine gute Nachricht*

Liebe Sarah!

Herzliche Gratulation! 3.500 Euro ist ja ein Wahnsinn. Nur würde ich das den anderen nicht mitteilen. Wir sagen einfach, du hast einen Sponsor für die Druckkosten aufgetrieben. Dass für uns pro Kopf und Nase nun 1.000,- Euro überbleiben, muss ja keiner wissen, sonst werden sie nur neidisch.

Über die Unfähigkeit der Damen, brauchbares Material zu liefern, kann ich ein Lied singen. Naja, die meisten sind halt mit Intelligenz nicht gesegnet.

Sonnenstrahlen und Heiterkeit für deinen Tag!

Isa Kapfinger

»Holla, da wird scharf geschossen.« Flora zog eine Augenbraue hoch.

»Tom sagte schon, dass Isa gerne über die anderen Mitglieder herzieht. Sie kam mir im ›Frauenberger‹ so nett vor. Ich bin halt nicht mit Menschenkenntnis gesegnet. Oh, da fällt mir ein, sie schuldet mir auch noch Geld.«

»Vielleicht sollten wir übermorgen zu diesem Treffen im ›Kakadu‹ gehen, da kannst du deine Schulden eintreiben, und wir haben die Gelegenheit, mehr über Sarahs Beziehung zu den anderen Frauen zu erfahren.«

»Wenn ich Leon überzeugen kann, dass danach nicht unser ganzes Haus abbrennt.« Thesi schüttelte den Kopf. »Ich verstehe nicht, wieso diese Frauen etwas gemeinsam machen und dann so gehässig übereinander herziehen.«

»Jede hofft, dort geschäftlich weiterzukommen. Dafür nehmen sie ein paar Zicken in Kauf. Und ist es nicht in jedem Job so, dass man mit widerlichen Typen zu tun hat?«, sagte Flora und holte ihr Handy aus der Handtasche. Thesi sah unschlüssig vom Laptop auf. »Deine Sitznachbarin schien nett gewesen zu sein, was hast du mit ihr den ganzen Abend lang gesprochen?«

»Du meinst Lizzy? Wie nannte sie Isa gleich noch mal? Dharma, das Karma.« Flora überlegte. »Bei uns ist kein einziges böses Wort gefallen. Wir haben über Auren und Chakren geredet. Ich wollte sie über den Verein ausfragen, aber über die ›Wiener Frauen‹ und die einzelnen Mitglieder verlor sie kein Wort. Zum Beispiel zum Logofriedhof, der neben dir saß …«

»Meinst du Nadine?«, unterbrach Thesi.

»Genau die. Zu ihr wollte Lizzy nichts sagen. Außer, dass sie wahrscheinlich als Ameise wiedergeboren wird.«

»Ich bin neidisch. Wieso hast du immer die netten Sitznachbarn, das war schon in der Schule so«, sagte Thesi und schmunzelte.

»Dein Selbstbewusstsein möchte ich haben.«

»Nicht wirklich. Also was weißt du noch über das Netzwerk, das ich auch wissen sollte?«

»Isa wird im nächsten Leben eine Hyäne, Rosaria eine Schlange und Irene ein Skorpion.«

»Dann hat sie doch geschimpft.«

»Nein, das ist meine Interpretation der ganzen E-Mails und …«, Flora zögerte, »… der Schwingungen, die ich gestern beim Holzer gespürt habe. Mit Lizzy habe ich wirklich nur über Auren und Chakren gesprochen. War sehr interessant. Ich werde mal zu ihr gehen, um zu sehen, was bei mir blockiert ist.«

Anton Dorf hatte seine zweistündige Praterrunde beendet und machte vor dem Hauseingang einige Dehnungsübungen. Die Haare klebten wie gegelt am Kopf. Der Schweiß begann zu trocknen, Salz kristallisierte auf seinen Lippen. Er betrachtete seine ausgemergelten Unterarme. Die Adern traten dunkelblau schimmernd hervor. Sieben Prozent Körperfett. Besser trainiert als jetzt war er noch nie. Von hinten hätte man ihm seine 60 nie angesehen, erst die tiefen Falten in seinem Gesicht ließen auf sein wahres Alter schließen.

Als er das Tor aufsperren wollte, kam ein dicklicher Mann schnaufend um die Ecke geeilt und rief seinen Namen. Seinen richtigen Namen! Dorf erstarrte. So hieß er doch seit zehn Jahren nicht mehr! Seit Vater tot war.

Unwirsch drehte sich Dorf weg und versuchte, auf die andere Straßenseite zu joggen, doch der Mann hielt seinen Arm fest. »Egon Kruger vom ›Express‹. Stimmt es, dass im Nachlass Ihres Vaters wertvolle Illustrationen gefunden wurden?«

Dorf antwortete nicht.

»Wussten Sie nicht, dass die Zeichnungen ein Vermögen wert sind, als Sie sie verkauften?«

»Was geht Sie das an?«

»Ich recherchiere für eine Story, die eventuelle Käufer sicher interessiert.«

»Kein Kommentar.«

»Sind die Zeichnungen echt? Sind sie gefälscht? Stecken Sie mit der Verkäuferin unter einer Decke?«

»Lassen Sie mich in Ruhe, Sie ...« Er wollte gehen, doch der Journalist ließ ihn nicht los. Dorf entwand sich dem Griff und stieß den Mann zur Seite, der stolperte und fiel gegen die Mauer. Dorf startete los und beschloss, die Praterrunde noch mal zu laufen. Gut, dass er in Topform war.

Er lief, nein, er rannte. Keuchend. Auf der Flucht. Die Gedanken ratterten in seinem Kopf.

Wieso fragte dieser Reporter nach seinem Vater? Der alte Diggendorf war tot und sein gesamter Nachlass zerstört. Von welchen Zeichnungen sprach dieser Typ? Unablässig kreisten die Fragen in seinem Kopf. Er hatte doch dafür gesorgt, dass nichts von diesem braunen Dreck erhalten blieb. Es gab ohnehin noch zu viel davon. Und zu viele kranke Sammler.

Nach einer halben Stunde hatten Thesi und Flora die meisten Mails gelesen und erfahren, dass Isa erfolglos beim Inseratenverkauf agierte, und Sarah mehr als missmutig darüber gewesen war. Thesi musste sich anstrengen, ein Gähnen zu unterdrücken. Flora biss gedankenverloren in ein Grissini. »Ich habe das Gefühl, dass Isa gerne andere für sich arbeiten lässt.«

»Ja, das hat Nadine schon erwähnt«, sagte Thesi.

»Und diese Mauschelei wegen des Geldes ist komisch. Wieso dürfen das die anderen nicht erfahren?«, fragte Flora.

»Vielleicht war es anders abgemacht. Dass es dem gesamten Verein und nicht nur den beiden zugutekommt«, antwortete Thesi. »Kein Wunder, dass Isa den Laptop wollte. Oh, da läutet mein Festnetztelefon. Muss eine der Omis sein, die sind die Einzigen, die das noch benutzen. Liest du inzwischen weiter?« Thesi rannte ins Haus.

Ihre Schwiegermutter war dran. Sie hielt Thesi einen langen Vortrag über die Gefahren, die Feuer barg, besonders für kleine Kinder, und dass sie ja gut auf Dino aufpassen solle, damit er nicht mehr zündelte. Leon! Seine Mutter war ziemlich schwerhörig, da kam vieles falsch an. Oder hatte er es so erzählt? Thesi erklärte, dass alles in Ordnung sei, dass nicht Dino der Brandstifter war und dass ihr Atelier und nicht das Haus gebrannt hatte. Und zu Weihnachten würde sie ihr endlich den Hörapparat schenken.

»Na, was Interessantes gefunden?«, fragte Thesi, nachdem sie es sich wieder im Gartensessel bequem gemacht hatte.

»Nein. Von Isa kamen einige zickige Mails, in denen sie sich über alles Mögliche aufregt und …« Mitten im Satz verstummte Flora und starrte zum Gartentor. Dort stand Robert Kiesling. Verlegen wischte er sich seine dunkelbraunen Haare, die wieder mal einen Schnitt vertragen hätten, aus dem Gesicht und versuchte ein unverbindliches Lächeln.

»Oh, der Herr Oberinspektor«, rief Thesi und sprang auf. »Was verschafft mir die Ehre?«

»Hallo Thesi. Ich habe da etwas läuten gehört, dass euer Haus abgebrannt ist.«

»Hast du mit meiner Schwiegermutter telefoniert?«

»Nein.« Robert lachte, seine Nase zog sich kraus, und die kleinen Sommersprossen schienen darauf zu tanzen. Er warf einen scheuen Seitenblick zu Flora, die hastig ihre Tasche einpackte und sich zum Aufbruch bereit machte. Sie flüchtet, dachte Thesi und überlegte, was wichtiger war: Solidarität unter Freundinnen oder die Aufklärung des Brandes. Sie entschied sich für die Aufklärung, vielleicht konnte sie dabei auch was anderes klären, und sagte zu Robert: »Komm rein. Wie du siehst, steht unser Haus noch. Hier hinten hat es gebrannt.« Sie deutete auf die verkohlten Überreste.

»Ich bin dann mal weg. Tschüss, Thesi. Bis morgen. Ich komme zum Frühstück.« Flora schnappte ihre Tasche, nickte Robert, der sie unschlüssig ansah, kurz zu und verließ den Garten.

Thesi betrachtete Kiesling. Seine Stirn war jetzt genauso faltig wie sein Sakko, das eine Nummer zu groß an seinen Schultern hing. Hatte er abgenommen? Armer Kerl. Thesi nahm ihn an der Hand und führte ihn zum Tisch.

»Ich hol dir schnell Kaffee.«

Als er versorgt war, fragte sie: »Und?«

»Und nichts. Reden wir über den Brand. Leon hat mich gefragt, ob die Feuerwehr den Brand an die Kripo meldet.«

»Er hat dich auch angerufen?« Thesi hob eine Augenbraue. Er dachte also nicht mehr, dass sie oder Dino schuld waren? Sie lehnte sich entspannt zurück. »Es waren heute schon zwei Kollegen von dir hier. Sie haben sich drei Minuten lang alles angesehen und scheinen von Selbstentzündung auszugehen.«

»Drei Minuten, das scheint mir etwas kurz. Aber wir leiden unter Personalknappheit, da müssen alle Voruntersuchungen schnell gehen. Ich werde mir die Kollegen trotzdem mal vorknöpfen.« Kiesling nahm einen Schluck

Kaffee, und seine Züge entspannten sich. »Kannst du mir alles über den Brand erzählen?«

»Gestern um … nein, heute um drei Uhr in der Früh bin ich aufgewacht, da stand das Gartenhäuschen in Flammen. Stopp, eigentlich muss ich doch gestern beginnen, denn da gab es noch eine Sache, die …« Thesi stockte. »Es ist eine sehr lange Geschichte, ich versuche, sie nicht zu kompliziert zu machen.«

Sie berichtete ausführlich, was gestern beim Holzer, im Krankenhaus und im Garten passiert war. Kiesling hörte anfangs nur zu, dann holte er sein Diktiergerät aus der ausgebeulten Sakkotasche und stellte es auf den Tisch, um das Gespräch aufzunehmen. Thesi bemerkte es wohlwollend.

»Hm«, sagte Robert, nachdem sie geendet hatte, »du hast Sarah kurz vor Mitternacht bewusstlos gefunden. Wer war sonst noch beim Holzer?«

»Nur die zwei Kellner und ein betrunkener Stammkunde. Er kannte die Vornamen der Kellner.«

Robert machte zusätzliche Notizen in seinem kleinen Block. Da er wie Thesi Linkshänder war, sah es etwas ungelenk aus, weil er von unten nach oben schrieb. »Der Unfall wurde auf jeden Fall der Polizei gemeldet und wird wahrscheinlich schon untersucht. Ich werde mal nachfragen, zu welchen Schlüssen die Kollegen gekommen sind. Ich kann dir nicht versprechen, dass die Sache weiterverfolgt wird, falls sie von einem Unfall ausgehen.«

»Könntest du nicht ermitteln?«

»Nein, ich bin die Mordkommission. Es wäre anders, falls Sarah …« Er räusperte sich. »Entschuldige, ich wollte nicht taktlos sein, sondern nur erklären, wieso …«

Thesi winkte ab. »Ich weiß. Danke, dass du dich überhaupt drum kümmerst. Flora und ich forschen auch weiter.«

Robert stöhnte. »Muss das sein? Du weißt, dass, sollte dein Verdacht stimmen, es für dich auch gefährlich werden könnte. Ich glaube, deshalb hat mich Leon angerufen. Damit du dich nicht wieder einmischst.«

»Es wäre mir sowieso lieber, wenn sich die Polizei darum kümmern würde. Aber ihr legt es als Unfall zu den Akten. Und der Täter könnte es noch mal versuchen!« Ihre eigenen Überlegungen erschreckten sie. Daran hatte Thesi noch gar nicht gedacht. Gut, dass Tom vor Sarahs Tür saß. Aber er konnte nicht rund um die Uhr auf sie aufpassen. Solange Sarah nicht aufwachte, war sie sicher. Oder nicht? Ihre Gedanken schwirrten durcheinander. Was wollten Isa, Rosaria und Irene mitten in der Nacht im Krankenhaus? Sollte sie Robert um eine Bewachung bitten?

»Was ist los? Du bist blass«, meinte Robert. Thesi sagte ihm, was ihr durch den Kopf ging. Er seufzte, fuhr sich mit beiden Händen durch die Haare und sah zum Himmel. »Okay, Thesi, ich kümmere mich darum. Ich werde heute den Oberarzt anrufen. Wie heißt er gleich?«

»Hochstaller, wie seine Frau, die übrigens auch beim Holzer war. Nadine Hochstaller.« Thesi zählte noch mal die Namen der anderen Teilnehmerinnen auf. Robert notierte alles.

»Und vielleicht sprichst du mit Tom, Sarahs Ehemann. Er glaubt auch nicht an einen Unfall.«

Robert deutete auf den verkohlten Bretterhaufen. »Und wer könnte das gewesen sein?« Thesi blies die Luft aus ihren Backen. »Wenn ich es wüsste. Ich will niemanden beschuldigen. Was hat Leon eigentlich gesagt?«

»Er wollte wissen, ob gerade ein Brandstifter unterwegs ist, ob euer Häuschen zu einer Serie gehört. Das habe ich schon überprüft. Kein Pyromane weit und breit.«

»Apropos überprüfen. Es gibt da eventuell einen Verdächtigen, einen pensionierten Polizeioberst.« Thesi beschrieb ihn, so gut sie konnte. »Kennst du den?«

»Nein, ich werde mich mal erkundigen. Aber glaubst du wirklich, der robbt in der Nacht durch fremde Gärten, um Brände zu legen?« Robert wiegte den Kopf hin und her. »Und das drei Tage später? Wenn er so ein Heißläufer ist, dann hätte er sich doch sofort gerächt, oder?« Das war ein Argument, das Thesi fast überzeugte.

»Wen hast du sonst noch im Verdacht?« Roberts Handy klingelte. »Entschuldige.« Er sah aufs Display und nahm das Gespräch an. »Geza, was gibt's? Hoffentlich keinen Mord.« Er hörte kurz zu und sagte: »Gut, das schafft ihr ohne mich. Ich bin hier noch – in einer Ermittlung. Erklär ich dir, wenn ich ins Büro komme. Servus.«

»Was Schlimmes?«, fragte Thesi.

»Nein, Interpol hat einen Wiener in Thailand gefunden, der zwei Frauen ermordet und verbrannt hat. Aber den Papierkram wegen der Auslieferung kann der Zipser allein machen.« Inspektor Geza Zipser war Kieslings Adlatus, Thesi hatte ihn auch während der Mordermittlungen im Vorjahr kennengelernt, und er war ihr anfangs viel sympathischer gewesen als der unfreundliche Oberinspektor.

Kiesling steckt sein Handy ein, nahm die Kaffeetasse und drehte sie am Tisch hin und her. »Weißt du, was mit Flora los ist? Von einem Tag zum anderen sagt sie, es sei aus, und rührt sich nicht mehr. Geht nicht ans Telefon und – wie du gerade selbst miterlebt hast – ignoriert mich.«

Thesi zögerte, ganz verstand sie Floras Verhalten auch nicht. Wie sollte sie da Tipps geben? Und am größten Problem – Roberts beiden Töchtern aus erster Ehe – die Flora boykottierten, wo sie nur konnten, vermochte selbst Thesi nichts zu ändern. »Versuch mal, mit deinen Mädchen über Flora zu reden. Du willst ja nicht, dass sie dein Leben bestimmen, oder?«

Robert nickte: »Ich weiß, es wurde in letzter Zeit immer schlimmer. Hat sie sonst noch etwas gesagt?«

»Naja, deine Ex-Frau hat sie kurz erwähnt.«

Er errötete. »Ach. Was genau hat sie erzählt?«

Thesi schaute ihn skeptisch an. Verdächtig. War da was gewesen? »Nur, dass sie deine Töchter aufhetzt«, sagte sie leise.

Scheinbar erleichtert stand Robert auf. »Gut, dann werde ich jetzt mal ein paar Nachforschungen für dich anstellen.«

KAPITEL 9

Tageskarte für Donnerstag, 17. September
Neun der Kelche

Ein schöner Tag liegt vor Ihnen. Mit einer neu gewonnenen Leichtigkeit gehen Sie an Ihre Aufgaben heran, und alles entwickelt sich erfreulich. Sie sind zufrieden und wieder fröhlich gestimmt. Steigern Sie Ihr Wohlbehagen und treffen Sie sich mit Freunden oder der Familie, um gemeinsam diese positive Zeit zu genießen.

Punkt zehn stand Flora mit Croissants und allen Tageszeitungen vor der Tür. »Schau mal, Rosarias Tarotkarten sind heute fast überall der Aufmacher der Kulturseiten.« Sie schob Thesis Zeichenutensilien in ein Eck des Wohnzimmertischs, legte eine Zeitung daneben und schlug sie auf. Bunt leuchteten die ›Königin der Kelche‹ und die ›Hohepriesterin‹ aus dem Artikel.

Thesi überflog die Headline. »Unglaublich, die erwarten sich eine Million Euro.« Sie lehnte sich nachdenklich zurück. »Schon traurig. Die Illustratorin hat für die Arbeit laut Isa ein Butterbrot dafür bekommen.«

»Ja, sie ist sogar verarmt gestorben, steht hier.« Flora runzelte die Stirn.

»Da zeichnet man die berühmtesten Tarotkarten der Welt und hat im Grunde nichts davon. Künstler ist ein verdammt undankbarer Beruf. Das große Geld gibt es erst, wenn man tot ist«, sagte Thesi.

»Wenn überhaupt«, meinte Flora. »Aber ich darf nicht klagen, ich habe wieder zwei Aufträge erhalten.« Neben ihrem Brotjob als Food-Fotografin war Flora auch Künstlerin. Sie stellte Stillleben alter Meister nach, fotografierte und bearbeitete sie am Computer. Diese Bilder druckte sie großformatig aus und spannte sie auf Keilrahmen. Eines dieser neu interpretierten Stillleben hatten auch Thesi und Leon im Wohnzimmer hängen. Flora hatte Empirekrüge, die Thesi von ihrem Vater geschenkt bekommen hatte, ins Bild eingebaut. Die Krüge standen nun vor dem Gemälde und verstärken die Wirkung.

Floras erste große Ausstellung vor ein paar Monaten war ein großer Erfolg gewesen, und es tröpfelten alle paar Wochen neue Anfragen herein.

»Du hast wenigstens nicht das Gefühl: ›Eigentlich braucht und will das, was du machst, keiner‹«, seufzte Thesi. »Vielleicht sind meine Zeichnungen einfach nur schlecht.«

»Ach komm, dass dein Kinderbuchverlag in Konkurs geht, ist nicht deine Schuld. Und die monatlichen Illustrationen für das Hype-Magazin sprechen doch für sich.«

»Ja schon. Nur – leben könnte ich davon nicht.«

»Dann musst du wohl ein Heim für katholische Priester in Cornwall leiten«, sagte Flora und klopfte auf die Zeitung, die am Tisch lag. »Das tat Colman Smith. Eine ungemein interessante Frau übrigens.« Flora erzählte, dass Pamela Colman Smith halb Amerikanerin, halb Jamaikanerin gewesen war. Sie hatte Malerei in New York studiert und danach längere Zeit eine fahrende Schauspielertruppe begleitet, bis sie in London sesshaft geworden war. Dort hatte sie Bücher von Bram Stoker und William Butler Yeats illustriert. Aber ihr wichtigstes Werk waren die Tarot-Illustrationen, die sie im Auftrag von Arthur Waite gemalt hatte. 1909 war das Kartendeck erstmals veröffentlicht worden, heute ist es als Rider-Waite-Tarot bekannt. Rider deswegen, weil der Verlag, der die Karten gedruckt hatte, so hieß. Colman Smith hatte ein paar Jahre später London überraschend verlassen und war nach Cornwall gegangen. Ihre Tarotillustrationen galten als verschollen. Gefunden wurden sie vor Kurzem im Nachlass eines deutschen Journalisten, der in den 30er Jahren in London gearbeitet hatte.

Thesi betrachtete das Foto von Colman Smith. Schwarze, mädchenhafte Knopfaugen sahen sie verträumt an, die langen dunklen Haare umspielten Kopf und Schultern. »Sieht faszinierend aus. Sie hatte sicher ein aufregendes Leben. New York, Jamaika, Bram Stoker, das bourgeoise London der Zwischenkriegszeit …«

»Ja, aber schlussendlich starb sie verarmt«, holte Flora Thesi aus ihren romantischen Schwelgereien zurück. »Ich möchte viel lieber wissen, wie sich Rosaria gefühlt hat, als sie die Karten zum ersten Mal in der Hand hielt und entdeckte, wie wertvoll sie sind.«

»Das kannst du sie morgen im ›Kakadu‹ fragen«, sagte Thesi und biss in ein Croissant.

»Noch ein Grund mehr, hinzufahren.«

»Ich muss nur Leon überzeugen, dass uns nichts passieren wird.« Thesi überlegte, wie sie das anstellen sollte. Nach den Aufregungen im Vorjahr, als sie und Dino von einem Mörder entführt worden waren, versuchte er, sie von gefährlichen Situationen, die Thesi scheinbar magisch anzog, fernzuhalten.

»Machen wir mit den Mails weiter?«, fragte Flora.

»Was? Ach ja. Gestern, nachdem Robert weg war … willst du über ihn …«

»Nein.« Flora klappe ihren Laptop auf.

»Gut, als er weg war, habe ich ein paar ganz böse Drohmails entdeckt.«

»Zeig her.«

Thesi deutete auf einen Ordner, und Flora öffnete ihn.

»Wer schreibt denn so etwas Ekelhaftes?!« Sie wandte sich angewidert ab.

»Der Absender wird schwer zu finden sein, das ist eine Yahoo-Adresse, die man sich in jedem Internetcafé zulegen kann.«

»Hm, da muss uns Boris weiterhelfen.« Boris Moser, der fünfte in ihrer Freundesrunde, war ein Computerfachmann, der mit einem Internet-Start-up zum Jahrtausendwechsel sehr reich geworden war. Dieses Geld hatte er in eine Stiftung für Waisenkinder eingebracht und lebte nun – nach dem Verkauf seiner Firma – ein mehr oder weniger bescheidenes Leben als Privatier. Und war deshalb immer zur Stelle, wenn Thesi und Flora Hilfe brauchten.

»Vielleicht gibt es in den Mails der Netzwerkschwestern, die in den letzten Tage verschickt wurden, Hinweise, wer diese Drohmails geschrieben haben könnte«, antwortete Thesi. »Es wird uns nicht erspart bleiben, alles zu lesen.«

Und so machten sich die beiden wieder ans Werk.

Dorf warf die Zeitung in die Ecke. Das hatte der Journalist also gemeint. Tarotkarten! Er stand auf, nahm die Brille ab und massierte seine Nasenwurzel. Versuchte, sich zu erinnern. Kurz nach Vaters Tod hatte er alles ungeordnet in Kisten und Schachteln verpackt und das widerliche

Zeug zum Müllplatz führen lassen. Zwei Zimmer waren vollgeramscht gewesen mit den Überresten der Operation ›Ahnenerbe‹, Himmlers vergeblicher Suche nach dem echten Germanentum.

Wenn Dorf mit seinem Vater über die Nazizeit reden wollte, war er gegen eine Mauer aus Ignoranz und Unverständnis gelaufen. Niemals hatte der sture alte Bock das Unrecht des Dritten Reichs eingesehen. Bis zu seinem Tod publizierte Hans von Diggendorf revisionistischen Schmutz. Starrsinniges, menschenverachtendes Gedankengut. Dorf hatte nicht verstehen können, dass sein Vater so uneinsichtig gewesen war und weitergelebt hatte, als wäre sein Führer nie gestorben, als wären seine Gräueltaten nie ans Licht gekommen.

Dorf zog sich aus, stellte sich unter die Dusche. Würde er jemals seine Erziehung loswerden? Diese eingepflanzten Verhaltensweisen, dieses Gedankengut, gegen das er sich wehrte, so gut es ging. Es war Kindesmisshandlung gewesen. Jetzt konnte er es erkennen. Heute wusste er, wie hilflos er seinem Erzieher ausgeliefert gewesen war. Er spürte, dass Vaters abstruses Gedankengut teilweise in ihm weiterlebte, und das brachte ihn zur Verzweiflung. Er schrubbte sein Gesicht, sah sich in den Spiegel. Nachdem Vater gestorben war, hatte Dorf versucht, die Erinnerung an ihn auszulöschen. Langsam hatte ein Heilungsprozess eingesetzt.

Und nun sollte der Name des unverbesserlichen Revisionisten Diggendorf wieder in den Medien breitgetreten, sollten die alten Wunden aufgerissen werden?

Sein Unterarm begann zu schmerzen, wie immer, wenn er an Vater dachte. Er massierte ihn. Wieso musste er ihn lieben, obwohl er ihn gehasst hatte?

Flora sah vom Bildschirm auf. »Wow, hör dir das an. Von Sarah an Isa. ›Wenn die 1.250 Euro morgen nicht auf meinem Konto sind, werde ich die Sache meinem Anwalt übergeben und den anderen die Augen über dich öffnen. Du falsche Schlange.‹«

Thesi nahm einen Schluck Wasser: »Wäre das ein Motiv für Isa, Sarah aus dem Weg zu räumen?«

»Keine Ahnung. Diese Prospektproduktion hat sich ziemlich aufgeschaukelt. Zuerst waren die Mails nett, und plötzlich – wumm! Beschimpfungen von allen Seiten. Rosaria schreibt Sarah, sie solle sich nicht so blöd verhalten, als Retourkutsche kommt, dass Rosaria eine dumme Kuh ist, weil sie sofort in die Bresche springt.«

»Und über allem sitzt Isa wie eine dicke Spinne, als Auslöserin für die Streitereien«, sinnierte Thesi.

»Wobei Sarah nicht ganz unschuldig ist. Mimosenhaft alles abzublasen, weil Isa nicht mehr bitte und danke schrieb.«

»Naja, ich glaube, Sarah stieg aus, weil Isa trotz mehrmaliger Aufforderung einfach nicht zahlte. Obwohl – Höflichkeit ist auch wichtig.« Thesi stand auf und ging ins Haus. »Wie wäre es mit noch etwas Kaffee?«

»Ja bitte. Danke!«

»He, ich bin nicht Sarah. Außerdem kenne ich dich und weiß, dass du keine Manieren hast. Hab mich dran gewöhnt, mag dich trotzdem«, rief Thesi aus der Küche und suchte nach der neuen Packung Kaffeebohnen, die sie vor Kurzem gekauft und irgendwo verstaut hatte.

»Ich hätte Isa statt der armen Sarah gestoßen. Dieses falsche ›Heiterkeit und Sonnenstrahlen für deinen Tag‹ am Ende jedes Mails ist ja zum Kotzen. Und als Sarah aufgemuckt hat, hat ihr Isa die Sonnenstrahlen entzogen. Wie die Sonnenkönigin.« Flora war Thesi gefolgt, fischte die Bohnen unter dem Tisch hervor, leerte sie in die Kaffeemaschine und drückte auf die Taste für Cappuccino.

»Bei unserem ersten Treffen konnte Isa mich fast überzeugen, den ›Wiener Frauen‹ beizutreten. Sie hatte etwas Einlullendes. Jetzt würde ich es manipulierend nennen. Ich möchte wissen, was sie den Frauen bei den Tarotsitzungen einredet. ›Die Karten sagen: Inseriere in der Zeitung. Du willst es, dein Unterbewusstsein weiß es schon.‹«

»Ich habe beim Treffen nicht mit ihr gesprochen, nur ihre Auftritte erlebt. Sie scheint eine autoritäre Herrscherin zu sein, die sich ihr eigenes kleines Reich geschaffen hat, wo sie ein strenges Regiment führt.«

»Die anderen nennen sie deshalb auch die *große Vorsitzende*«, erinnerte sich Thesi. Sie stellte Kaffeetassen, Milch und Zucker auf ein Tablett und trug es in den Garten.

Flora kam mit einem Korb frischer Croissants nach. »Klein-China also. Wo alle wie die Ameisen um sie herumwuseln und für sie arbeiten.«

Sie setzten sich und stöberten weiter in Sarahs Daten.

»Schau mal, da ist ein versteckter Ordner«, rief Thesi plötzlich und tippte auf den Bildschirm.

»Aber nicht sehr gut versteckt, wenn du ihn schon gefunden hast«, antwortete Flora.

»Sehr witzig. Warte mal, der heißt – Nazi!« Thesi öffnete eines der Dokumente. Auf der Seite erschienen nur Zahlen. »Verschlüsselt.«

Flora betrachtete die Zahlenkolonnen. »Könnte Leon das dechiffrieren?«

»Eher Boris«, antwortete Thesi und versuchte vorsichtig, mit ihrem Ärmel ihren Fingerabdruck vom Bildschirm zu wischen.

»Das wird immer mysteriöser: Drohmails, Verbindungen zu Nazis, Streit im Netzwerk«, sagte Flora.

Wie kann ich Leon das bloß verschweigen? Er wird sich wieder unnötig Sorgen machen, dachte Thesi und klappte den Laptop zu. »Könntest du mir einen Gefallen tun, und diesen Naziordner und die bösen Mails Leon gegenüber nicht erwähnen? Ich werde Boris bitten, alles zu dechiffrieren, und erst, wenn sie wirklich relevant sind, werden wir den anderen davon erzählen.«

Flora nickte, und Thesi atmete erleichtert aus.

»So, für heute habe ich genug geschnüffelt. Obwohl ich zugeben muss, in den Mails anderer Leute zu spionieren, ist schon prickelnd. Ich fühle mich ein bisschen wie der Lauscher an der Wand.« Flora stand auf und ging Richtung Gartenhaus. »Gibt es eigentlich was Neues wegen des Brands?«

»Nö. Robert ist gestern nur deinetwegen gekommen. Wieso redest du nicht wenigstens mit ihm?«

»Thesi, was soll ich tun? Ihn vor die Wahl stellen? Ich oder seine Töchter? Ich habe Angst, zu verlieren, da mache ich lieber gleich Schluss.«

»Ich glaube, er würde dich wählen.«

»Aber das will ich auch nicht, wie kann man mit jemandem zusammen sein, der sich gegen seine Töchter entscheidet? Es ist eine Pattsituation. Ich warte einfach mal. Wenn man Dinge lange genug vor sich herschiebt, erledigen sie sich von selbst.«

»Das könnte aber heißen, Robert findet eine andere.«

»Oder seine Mädels werden flügge.«

»Flora …«

»Thesi bitte, ich möchte nicht darüber reden. Ich zerbreche mir seit Wochen den Kopf und finde keine Lösung.

Lassen wir es ruhen, so wie die Mails.« Mit einem Kopfnicken zum Gartenhaus wechselte sie das Thema. »Wann räumt ihr endlich den Dreck hier weg?«

»Ich denke mal, wir müssen auf den Abschlussbericht der zwei eiligen Polizisten warten, oder? Außerdem wollte Paul noch ein paar Untersuchungen machen.«

»Bevor die Polizei wiederkommt, gehe ich. Wir sehen uns heute um sieben beim Jour fixe. Gute Inspiration beim Zeichnen in der Zwischenzeit.«

»Karoline bringt in einer halben Stunde die Kinder vom Kindergarten, da lohnt es sich nicht mehr, etwas Neues anzufangen.«

Nachdem Flora gegangen war, betrachtete Thesi die Überreste ihres zerstörten Gartens. Der Feuerwehreinsatz hatte ziemliche Verwüstungen zurückgelassen. Karolines blühende Wildrosenhecke, die über den Zaun wucherte, war nun der einzige Lichtblick. So wie Karoline selbst. Sie war Thesis Lieblingsnachbarin und hatte einen Sohn in Dinos Alter. Die beiden gingen gemeinsam in den Kindergarten und würden bald dieselbe Schule besuchen. So konnten sich Thesi und Karoline bei vielen Dingen helfen, und die zwei Jungs mussten nicht wie Einzelkinder aufwachsen.

Der Blick zur anderen Gartengrenze ließ sie seufzen. Leider hatte sie auch hier Nachbarn. Neue Nachbarn. Die betagte Frau Brunnhuber war vor ein paar Monaten gestorben, und ihre Erben waren nicht so ganz Thesis Fall. Vor allem nicht deren Gartengestaltung.

Laute Stimmen rissen sie aus ihren Gedanken. Karoline, ihr Sohn Georg und Dino waren gekommen. Die Kinder schlossen scheppernd das Gartentor und stürmten zu den

Überresten des Schuppens, wo Dino mit stolzgeschwellter Brust von den Ereignissen der Brandnacht berichtete.

Dorf gab den Suchbefehl ›Tarotkarten Brody's‹ ein. Er überflog die ersten Links. Der Verkäufer der Karten wurde nirgendwo genannt. Ob die Mitarbeiter von Brody's ihm diese Auskunft geben würden? Kaum. Vielleicht, wenn er sich als Journalist ausgab. Journalist! Wie hieß der noch mal? Dieser Schleimbeutel wusste sicher, wer der Besitzer war. Wenn er Dorfs richtigen Namen ausgeforscht hatte, war der des Verkäufers eine Leichtigkeit für ihn. Aber bei welcher Zeitung arbeitete er noch mal? Dorf las aufmerksam alle Presseberichte, die in den letzten Tagen erschienen waren. Wenn der Reporter ihm auf der Spur war, hatte er wahrscheinlich bereits über die Versteigerung berichtet. Dorf notierte sich die Namen der Journalisten und suchte im Internet die Fotos dazu. Der vierte Link war ein Treffer.

Er lehnte sich zurück. Machte es überhaupt Sinn, was er da tat? Würde er den Einbringer der Karten dazu überreden können, den Namen Diggendorf aus dieser Sache rauszuhalten, damit er aus den Schlagzeilen verschwand? Unwahrscheinlich, sein Vater diente ja als Herkunfts- und damit als Echtheitsnachweis der Tarotkarten. Dorf nahm seine Brille ab und massierte den schmerzenden Nasenrücken. Aber er musste etwas tun. Er atmete tief durch.

Erst mal musste er sich erinnern. Was stand in Vaters Tagebüchern? Hatte er jemals Illustrationen erwähnt? Er verstärkte den Druck auf seine Nase und griff sich an die Schläfe. Hm, da war noch etwas. Irgendetwas. Vor zehn Jahren hatte er die Tagebücher gelesen. Weil er mehr über seine Mutter, Vaters Verhältnis zu ihr und zu seinen Kindern wissen wollte. Allein – die Familie war nicht wichtig gewesen in Hans von Diggendorfs Leben. So gut wie nie hatte er sie erwähnt. Wenn, dann waren es flüchtige Notizen über Belanglosigkeiten. Niemals schrieb er über seinen Sohn oder seine Tochter mit so viel Liebe, Mitgefühl und Enthusiasmus wie über seinen Führer. Der Gedanke schmerzte. Sein Magen verkrampfte sich. Schwerfällig stand er auf und holte aus der Küche sein Medikament, das er in etwas Wasser auflöste und gierig hinunterstürzte.

Flora drückte Thesi ihren prall gefüllten Einkaufskorb in die Hand und wischte sich den Schweiß von der Stirn. »Danke, dass du ihn mir abnimmst. Es ist so schwül heute, nicht auszuhalten. Wird der Jour fixe heute draußen stattfinden?«

»Ja, Leon will grillen, um die letzten schönen Tage auszunutzen. Er hat neben der Brandruine alles aufgebaut und versucht gerade, die Kohle so schön zum Glosen zu bringen … so wie das Gartenhaus.«

»Asche zu Asche«, murmelte Flora.

Thesi schmunzelte. »Boris bringt Fisch, Paul die Steaks. Ich habe Soßen gemacht.« Sie deutete auf den Küchentisch, der mit unzähligen Schälchen vollgestellt war. »Hilfst du mir, alles rauszutragen?«

»Sicher, aber erst brauche ich ein Glas Wasser.«

Ein Läuten kündigte den nächsten Gast an. Boris stand mit einer mächtigen Kühltasche vor der Tür. »Grüß Gott, wohin mit den Kerlchen?«

»Gleich zu mir«, rief Leon, der zufrieden seine Glut betrachtete. Boris küsste Thesi und Flora auf die Wange, warf Dino im Vorbeigehen einen Marzipandelfin zu und überreichte Leon die Forellen. Der legte sie neben das gemischte Gemüse, das er schon vorbereitet hatte, in eine Aluschale und stellte alles auf den Rost. »Ach perfekt.«

»Ich verdurste, darf ich mir schon was zu trinken holen?«, fragte Boris und schenkte sich gleichzeitig ein Glas Wasser ein. »Und hungrig bin ich wie ein Bär.« Er strich mit beiden Händen über sein graues Hemd, das er schon getragen haben musste, als ihn Thesi und Flora kennengelernt hatten, und unter dem sich jetzt ein kleines Bäuchlein abzeichnete. Die grau melierten dunklen Haare standen strubbelig nach allen Seiten ab. Und wie immer hatte er aufs Rasieren vergessen, denn schwarze Bartstoppeln zierten sein Kinn.

»Der erste Gang wird bald fertig sein, keine Angst, Boris. Aber wir müssen sowieso noch auf seine Lordschaft warten.«

»Ach, ich höre, ihr sprecht über mich? Und da bin ich schon.« Paul war ohne Umweg übers Haus durch die offene Gartentür gegangen, stellte seinen Einkaufskorb und eine Reisetasche beim Griller ab und gesellte sich zu Boris, um sich etwas zu trinken einzuschenken. »So, das persönliche CSI-Team der Familie Valier steht zu Diensten.«

»CSI? Sag bloß, du kannst hier noch etwas finden«, rief Thesi aus der Küche.

»Überall gibt es Spuren«, antwortete Paul. Seine Augen leuchteten. »Forensische Chemie wollte ich immer schon ausprobieren. Vielleicht finde ich Fingerabdrücke.«

»Fingerabdrücke? In der verkohlten Hütte?« Flora sah ihn zweifelnd an.

»Visuprint-System, ma chère. Dämpfe aus Cyanoacrylat, besser bekannt als Superkleber. Machen Fingerabdrücke auf rußbedeckten Gegenständen sichtbar. Ich kann es nur leider nicht sofort untersuchen, sondern muss die Teile ins Labor mitnehmen.«

»Aber was fangen wir mit den Fingerabdrücken an?«, fragte Thesi.

»Der Polizei übergeben. Wir haben doch gute Kontakte zu einigen Polizisten?«, sagte Paul mit einem Seitenblick auf Flora.

»Du vielleicht. Ich nicht mehr. Wo ist der Wein?« Flora ging in die Küche, um den Kühlschrank zu durchsuchen.

»Fisch ist in zwei Minuten fertig! Flora, bitte bring gleich beide Flaschen mit«, rief Leon und legte die Steaks auf den Grill.

»Genau, setzen wir uns erst mal und untersuchen später«, sagte Boris, der das gegrillte Gemüse auf eine große Porzellanplatte stapelte. »Das gute Essen soll nicht kalt werden, nur weil ein Brandstifter sein Unwesen treibt.«

»Ein Brandstifter, der wahllos Gartenhäuschen anzündet, ist es nicht. Robert hat es überprüft.« Thesi brachte einige Soßenschalen in den Garten.

»Hm, ihr könntet doch der Beginn einer Serie sein«, antwortete Boris, während er Zucchini auf seinen Teller schaufelte.

»Der Gedanke, dass wir Ziel eines Anschlags waren, macht mich ziemlich sauer«, sagte Leon und stellte die fertigen Forellen auf den Tisch.

»Und der Brand ist hundertprozentig nicht selbst entzündet?«, fragte Paul, während er einen Fisch nahm und ihn fachmännisch zu filetieren begann.

»Nein, den Schwachsinn mit dem Kabelbrand glaube ich nicht. Ich habe im Gartenhaus alles selbst isoliert und sicher gemacht«, antwortete Leon.

»Und dass die elektrischen Leitungen von kleinen Nagetieren angeknabbert wurden?«, fragte Paul und sah lächelnd zu Dino.

Thesi und Dino schüttelten den Kopf. Die Kaninchen waren im Haus gewesen, und Mäuse gab es wegen der vielen Katzen in der Nachbarschaft nicht.

»Kein Lappen mit Leinöl? Die könnten sich bei Hitze leicht entzünden«, bohrte Paul weiter und wollte ein Stück seiner Forelle aufspießen. Doch Dino hatte Pauls Teller genommen und ihm wieder einen ganzen Fisch vor die Nase gestellt.

Währenddessen war es Thesi kalt über den Rücken gelaufen. Die Lappen hatte sie ganz vergessen! Wo waren die Putztücher, mit denen sie den Weichholztisch vor ein paar Tagen eingelassen hatte? Angestrengt durchforstete sie ihr Hirn. Als sie sie auswaschen wollte, hatte da nicht gerade das Telefon geläutet?

Leon, der ihre Qual kurz beobachtet hatte, kam ihr zu Hilfe: »Ich habe sie gefunden und auf der Wiese ausgebreitet, keine Sorge.« Erleichtert atmete Thesi auf.

»Habt ihr Heu für Dinos Kaninchen gesammelt und gelagert?«, fragte Paul, während er erneut Gräten entfernte. Thesis Entspannung verflüchtigte sich innerhalb von Sekunden.

»Ja, wieso?« Sie dachte an den schönen Spaziergang am vorigen Montag, als Dino mit einem Riesenpacken nassem Heu angerannt gekommen war und in den Rucksack gepackt hatte, um einen Wintervorrat für die Kaninchen anzulegen.

»Wenn das Heu trocken ist, passiert nichts. Aber wenn es feucht ist, kann es sich selbst entzünden«, sagte Paul und hob das Fischgerippe auf den Grätenteller.

»Auch hier darf ich Entwarnung geben, ich habe das stinkige Zeug weggeworfen.« Leon schien Thesis ›Deus ex Machina‹ zu sein, der immer hinter ihr her huschte, wenn sie grade Gefahr lief, ihr Haus niederzubrennen. Beruhigt lehnte sich Thesi zurück.

»Vielleicht war es eine dieser Wunschlaternen, die mit Teelichtern aufsteigen und dann irgendwo runterfallen«, schlug Flora vor. »Ich wollte das vor Kurzem machen, hätte es aber der Flugsicherung melden müssen.«

»Nur – wer lässt so etwas um drei Uhr morgens bei euch steigen?«, sagte Paul und sah fragend in die Runde. Als er schließlich seinen Fisch essen wollte, war der abermals unversehrt, und Flora saß grinsend vor einer ausgelösten Forelle.

Thesi schüttelte den Kopf und schaute zu Boris. Er saß wortkarg und steif am Tisch, machte nur ab und zu komische Verrenkungen, um jeden, der gerade sprach, genau ins Gesicht zu sehen.

Leon hatte in der Zwischenzeit die fertigen Steaks geholt und auf den Tisch gestellt.

»Beeilt euch, als Nachspeise gibt es Crème brûlée – passend zum Gartenhaus«, sagte Flora.

»Gut, dass wenigstens du deinen Humor nicht verloren hast, ma bobonne. Ich schaffe es heute irgendwie nicht, meine Forelle zu filetieren.«

Boris drehte sich langsam und ungelenk von Flora zu Paul.

»Sag mal, was ist mit dir los? Hexenschuss?«, fragte Thesi.

»Ach, ist es so auffällig?« Er senkte das Kinn und sah auf den Kugelschreiber in seiner Brusttasche.

»Was denn?« Sie starrte auf Boris' Hemd. Er zog den Kuli heraus, deutete auf ein kleines Loch und sagte: »Na, diese Minikamera. Es ist ein Geschenk für Dino, ich wollte nur vorher probieren, ob sie funktioniert.«

Dino sprang auf, rannte zu Boris und umarmte ihn. »Du bist der Beste. Danke.«

»Gerne. Schau mal«, sagte Boris. Er zog den Kuli auseinander, und eine USB-Schnittstelle wurde sichtbar. »Hochauflösend, in Farbe, mit Mikro, das Stimmen im Umkreis von 15 Metern aufzeichnet. Zwei Gigabyte Speicher reichen für zwei Stunden Film. Du steckst es einfach in den Computer und siehst dir an, was du gefilmt hast.« Sein Gesicht glühte.

Flora nahm den unteren Teil des Kulis und zeichnete eine Glühbirne auf die Serviette. »Und schreiben kann das Wunderding auch noch. Wow«, sagte sie ironisch. »Männer und ihre Spielzeuge.«

»Ach sei nicht so«, antwortete Boris. »Als Kind wäre ich für so etwas gestorben.« Er war in einem SOS-Kinderdorf aufgewachsen, und Thesi wusste, dass er sehr darunter gelitten hatte, jedes Spielzeug mit seinen zehn Kinderdorfgeschwistern teilen zu müssen.

Dino hüpfte auf und ab: »Können wir uns schon ansehen, was du heute aufgenommen hast?«

»Sicher, wenn es einen Computer hier gibt.«

»Zwei sind gerade in der Hütte zerschmolzen«, brummte Thesi. »Aber Leon hat noch einen.«

»Meine Lieben, ich verzichte auf die Nachspeise und werde, solange es noch hell ist, sehen, ob ich Spuren sichern kann, denn eine Selbstentzündung haben wir ja ausgeschlossen.« Paul holte aus seiner Reisetasche je ein Paar Gummistiefel und Handschuhe. Er zog beides an und ging zur Brandruine. Dort schob er elegant mit seiner Fußspitze einige verkohlte Latten zur Seite. »Quel désastre!« Er ging durch die kläglichen Überreste des Eingangs, der nur noch aus einem halben hüfthohen Türstock bestand, sah sich um und murmelte: »Viel ist da nicht mehr übrig geblieben.« Er hob einen zerschmolzenen Plastikwürfel auf, der sich bei genauerem Hinsehen als Thesis Laptop entpuppte. »Das ist fast schon moderne Kunst. Du hast hoffentlich gesichert.«

»Natürlich nicht. So gut müsstest du mich inzwischen kennen«, sagte Thesi, der wieder schmerzlich bewusst wurde, was sie alles verloren hatte.

»Wieso darf Paul drinnen spielen?«, rief Dino empört und legte seinen neuen Stift zur Seite. Seit dem Brand war er ständig um die Ruine geschlichen und hatte auf einen günstigen Zeitpunkt zum Erforschen gewartet. Doch Thesi war ihm meist zuvorgekommen.

»Ich habe es Paul erlaubt, weil er Indizien sammelt. So kann er beweisen, dass wir keine Schuld am Brand haben«, sagte Thesi, nahm Dino auf den Schoß und warf Leon einen herausfordernden Blick zu. »Wir zwei sind Verdächtige und dürfen uns daher dem Objekt nicht nähern, um keine Beweise verschwinden zu lassen.« Dino öffnete den Mund, um etwas zu sagen, stand dann aber auf und ging wortlos ins Haus.

»Was ist los?«, fragte Flora.

»Ich weiß nicht. Das sollte ein Scherz sein. Er reagiert komisch in letzter Zeit. Vielleicht hat ihn der Brand doch mehr erschüttert, als ich angenommen habe. Oder es gibt im Kindergarten wieder Probleme.«

Plötzlich hörten sie ein Poltern in der Hütte und kurz darauf ein gezischtes ›merde‹. Paul kam hustend aus der Tür, eine zerbrochene Öllampe in der Hand. Sein Ärmel war rußig schwarz, und am Hosenbein klaffe ein Riss. »Alors, wie es aussieht, habe ich unter Einsatz meines Anzugs die Brandursache gefunden. Die Lampe muss vom

Tisch auf den Boden gefallen sein. Dort sind die meisten Brandspuren. Dann griffen die Flammen auf Sessel, Kasten und Wände über.«

Thesi starrte die verdreckte Lampe an und überlegte, ob sie die in der Nacht angezündet hatte. Nein. Sie war überhaupt nur zur Hütte gegangen, weil die Tür offen gestanden und geknarzt hatte. Dann war Thesi, weil sie schon mal da war, schnell reingegangen und hatte den Kopfschmuck für die Theateraufführung im Kindergarten geholt – und dabei die Tasche mit Sarahs Computer auf dem Sessel vergessen.

»Bist du sicher, dass die Lampe die Brandursache ist?«, fragte sie.

»So sicher, wie ich mir nur sein kann. Wenn du keine Angst um deine Jeans hast, komm und …«

»Nein Paul, ich glaube dir schon, aber ich war es nicht. Irgendjemand anderer muss die Lampe angezündet haben und dann …«

»… ist jemand eingebrochen, und es handelt sich um Brandstiftung«, unterbrach Leon grimmig. »Ich schau mal, was Dino macht.« Er stand auf und ging ins Haus.

»Wer hätte Grund dazu?«, fragte Boris.

»Schwer zu sagen«, seufzte Thesi und sah Leon nach, der längst im Haus verschwunden war. »Ein cholerischer Polizist, eine hysterische Mutter.« Sie erzählte kurz von den beiden Vorfällen. »Eventuell die neuen Nachbarn«, sagte Flora und sah Paul, der sich wieder zu ihnen an den Tisch gesetzt hatte, herausfordernd an.

»Wegen des Zwergs? Aber sie haben uns nicht gesehen, oder?«, antwortete er. »Ich fühle mich jetzt etwas schuldig, war es doch mein Meisterschuss, der …«

»Keine Sorge Paul, ich bin mir sicher, es war der wahnsinnige Hundebesitzer.«

»Thesi, sei nicht leichtfertig mit Verdächtigungen«, unterbrach Leon, der zurückgekommen war. »Außerdem werden wir uns diesmal aus den Nachforschungen raushalten und die Polizei ihre Arbeit machen lassen. Deine Freundin liegt im Koma, und es ist ungewiss, ob sie jemals aufwacht. Dann brennt unser Schuppen ab. Was kommt als Nächstes? Ich habe ein ganz schlechtes Gefühl.«

»Bitte beruhige dich, Schatz. Es ist nicht so schlimm wie damals mit dem Bild. Jetzt haben wir nichts, was irgendjemanden interessieren könnte.«

»Und die Computerdaten?«, fragte Flora.

»Davon weiß doch niemand«, konterte Thesi etwas zu schnell.

»Bist du ganz sicher?« Eindringlich blickte ihr Leon in die Augen. Sie nickte. 100-prozentig wusste sie es natürlich nicht. Vielleicht hatte Tom doch jemandem erzählt, dass sie Sarahs Festplatte kopiert hatte.

»Die beiden Verbrechen müssen gar nichts miteinander zu tun haben, und wer weiß, ob es überhaupt Verbrechen waren.« Gestern, als Robert da war, hatte sie noch auf einem Zusammenhang bestanden, doch nun musste sie erst Leon beschwichtigen. »Könnten wir einfach gemeinsam die Fakten analysieren?« Thesi sah bittend in die Runde.

»Dann erzählt alles haargenau«, sagte Boris, fischte einen zerknitterten Zettel aus seiner Hemdtasche und nahm Dinos Spionstift. »Wer hatte Grund, Sarah zum Schweigen zu bringen, wer war sauer auf Thesi oder Leon.«

Paul hatte in der Zwischenzeit die Gummihandschuhe und einen Stiefel ausgezogen. Als er das zweite Bein hob, starrte Flora verdutzt auf seine Sohle. »Warte mal, da glänzt was.« Sie zog ein kleines gebogenes Goldstück aus dem Gummiprofil und hielt es hoch. »Leute, entweder ist

Paul gerade auf eine Goldader in eurem Garten gestoßen, oder er hat sich ein Beweisstück eingetreten.« Sie zog spöttisch die Augenbrauen zusammen: »Jaja, unser CSI-Profi.«

»Sacrément! Wirklich! Aber dort drin ist alles schwarz und dreckig. Egal wohin du steigst, das Gold wäre dir, liebste Flora, auch nicht aufgefallen.« Mürrisch packte er Stiefel und Handschuhe weg, während Thesi das Goldstück nahm und betrachtete. Ihr fielen Isas Armbänder ein, das Feuerzeug und die Handschuhe in ihrer Tasche. Isa hatte sie im Krankenhaus gesehen und von der Gartenhütte gewusst.

Thesi wetzte auf ihrem Sessel hin und her, sah zu Leon, der sie argwöhnisch beobachtete. Er liest in mir wie in einem offenen Buch, dachte sie und legte das Corpus Delicti schnell auf den Tisch. Was sollte sie tun? Den Verdacht aussprechen? Dann durfte sie sicher nicht zum Netzwerktreffen morgen, aber da musste sie hin, um mehr über Sarah und ihren Unfall zu erfahren.

Sie räusperte sich und sagte: »Ich werde mein Bettelarmband untersuchen, vielleicht ist ein Anhänger zerbrochen und genau im Gartenhaus runtergefallen.« Sie zuckte die Schultern und versuchte, unschuldig zu lächeln.

»Also wie beginnen wir?« Boris fuchtelte mit Zettel und Stift in der Luft herum.

»Zuerst Datensammlung, dann Faktenanalyse«, antwortete Paul. »Mädels, berichtet, was genau am Dienstag, als ihr uns so schmählich ausgeladen habt, passiert ist. Boris, du schreibst mit, Leon schenkt ein, ich denke.«

Thesi erzählte. Vom Netzwerktreffen, den Frauen und den bösen Mails, die sie sich geschickt hatten, von den Intrigen und den Bosheiten, die sie untereinander austeilten. Flora sprang immer wieder ergänzend ein, wenn Thesi ungenau wurde. Die obszönen Mails und den Nazi-Ordner verschwiegen beide.

Die Schilderung des Brandes und des Feuerwehreinsatzes übernahm Leon, mit verschränkten Armen im Sessel lehnend. Als die drei geendet hatten, sagte Paul lapidar: »Ihr hattet wahrlich eine aufregende Nacht.«

Boris schüttelte jammernd seine Hand. »Viel mehr hätte nicht passieren dürfen. Ich bekomme gleich einen Krampf in den Fingern. Ich werde mir wie Kiesling ein Diktafon zulegen müssen.«

»So, meine Herren, die Analyse«, sagte Flora.

»Das zeitliche Zusammenfallen der beiden Geschehnisse ist natürlich schon merkwürdig.« Boris betrachtete seine Aufzeichnungen. »Aber wieso brennt Sarahs Angreifer euren Schuppen nieder? Könnte es sein, dass Thesi schon beim Heurigen das Opfer sein sollte, sich der Täter geirrt und Sarah versehentlich gestoßen hat?«

»Unmöglich«, antwortete Flora. »Die zwei sehen sich überhaupt nicht ähnlich. Die Möglichkeit kannst du sofort ausschließen.«

»Auch dass es eine Verbindung zwischen Netzwerk und Gartenhaus gibt«, überlegte Paul. »Thesi verließ das Krankenhaus um circa ein Uhr morgens, um drei Uhr brannte es. Sie kannte außer Sarah beim Treffen niemanden. Wie kann jemand so schnell herausfinden, wo sie wohnt, arbeitet und ihre Unterlagen aufbewahrt?«

Thesi seufzte und zeichnete mit ihrem leeren Weinglas auf dem Tischtuch kleine Kreise.

»Valier ist kein sonderlich verbreiteter Name. Da genügt ein Blick ins Online-Telefonbuch, um unsere Adresse herauszufinden«, warf Leon ein. »Wer, sagst du, war noch im Krankenhaus?«

Zögernd antwortete sie: »Isa, Irene und Rosaria. Rosaria habe ich aber nicht gesehen, Tom hat es mir erzählt.«

»Also wussten die drei, dass du Sarah gefunden hast«, sagte Paul.

»Und Nadine, da der Primar wahrscheinlich ihr Mann ist«, sagte Flora.

»Das heißt, wir haben vier verdächtige Netzwerkfrauen«, schloss Boris zufrieden und zeichnete einen langen Strich unter seine Notizen. »Weiter zum zweiten Fall, der eigentlich der erste ist. Wer konnte Sarah nicht ausstehen und wollte, dass sie stirbt?«

Thesi gab es einen Stich. Vielleicht war das Ganze doch zu gefährlich.

»Wenn ich es richtig in Erinnerung habe, tauchen da wieder drei der Netzwerkschwestern auf, die wir schon im Fall eins als mögliche Täterinnen stehen haben«, sagte Paul. »Isa, Irene und Rosaria. Mit diesen Dreien hatte sie doch Querelen, oder?« Er wandte sich an Thesi.

»Ja schon …«, antwortete sie. »Genau genommen schien zwischen fast allen Frauen Missstimmung zu herrschen.«

»Frauen«, stöhnte Boris.

»Was soll das heißen?«, fragte Flora spitz.

»Ach, wenn ich mir das anhöre mit den kleinlichen Streitereien und der Stutenbissigkeit. Dieses Aufschaukeln beim Mail-Verkehr. Überhaupt muss ich immer öfter feststellen, Internet ist nur etwas für Männer.«

Paul grinste, Flora fiel die Kinnlade runter, und Thesi sog laut hörbar die Luft ein. Was war mit Boris los? Er führte seit einem halben Jahr eine Fernbeziehung mit Adriana, die in Italien eines der Kinderheimprojekte seiner Stiftung leitete. Über sie hatte er schon längere Zeit nichts mehr erzählt, fiel ihr auf. Kein gutes Zeichen.

»Wie kommst du auf diese absurde Idee?«, hakte Flora nach.

»Frauen können nicht mailen. Mails taugen nur zur Übermittlung von Information ohne jegliche emotionale Komponente«, antwortete Boris und kritzelte einen Blitz auf seine Mitschrift.

»Genau, Mails sind was Männliches«, pflichtete Leon bei. »Sobald ein Konflikt diskutiert wird, gibt es nur Missverständnisse.«

»Mail-Verkehr mit Frauen ist wie ›Stille Post‹ auf elektronisch. Man tippt was ein, und bei der Empfängerin kommt etwas total anderes heraus. Sie interpretiert Dinge hinein, die dem Sender nie in den Sinn gekommen wären«, seufzte Boris. Aha, dachte Thesi. Freudscher Versprecher. Sie *interpretiert*. Er spricht in der Einzahl. Also meint er Adriana.

»Das erinnert mich an unsere Teenager-Zeit, als ich mit Thesi ein ›Ich ruf dich an‹ stundenlang diskutieren und vom Heiratsantrag bis zum Schluss machen alles darin lesen konnte«, überlegte Flora.

»Siehst du? Und gemeint war, ganz simpel, so wie Männer eben sind, dass er sie anruft. Frauen sind Meisterinnen der Interpretation und …«, Boris zögerte, »… der Missinterpretation.«

Die Tageszeitung lag zerfleddert auf dem Küchentisch, daneben sein ledergebundenes Fotoalbum. Dorf kam vom Klo zurück. Er hatte sich übergeben. Nachlässig fuhr er mit einer Serviette über den Mund, trank einen Schluck kalten Kaffee, um den Geschmack nach bitterer Galle loszuwerden. Er setzte sich und begann im Album zu blättern. Sein Vater. Schmuck in SS-Uniform. Seine Mutter

Evelyn. Eva hatte er sie genannt. Eva, die beim Bund deutscher Mädchen gelernt hatte, sich dem Mann unterzuordnen, und deren einziges Ziel war, so viele Kinder wie möglich für Hitler zu gebären.

Dorf berührte mit seinem Zeigefinger ihre Wange. Wie eine Versagerin hat er dich behandelt, als du nach Mechthild nur noch Fehlgeburten hattest. Keinen Nachwuchs für den Führer.

Erst als Mutter fast 40 war, kam er, der Nachzügler. Fünf Jahre nach Kriegsende, und trotzdem hatte sein Vater darauf bestanden, ihn, seinen einzigen Sohn, Adolf zu nennen. Unbelehrbar! Und sie hatte mich nicht schützen können, so wenig wie sich selbst.

Dorf boxte mit der Faust gegen die Mauer, dass die Kristalle der Wandleuchten klirrten. Sein Ärmel rutschte nach hinten. Schnell zog er das Hemd wieder vor, damit er die Vernarbungen nicht anschauen musste. Wulstig und schmerzhaft, da die Wunden nie fachgerecht versorgt worden waren.

Er ging ins Schlafzimmer, legte die Fotoalben zurück und holte eine Kassette mit einem verzierten goldenen Schloss aus dem Schrank. Der Schlüssel steckte. Er sperrte auf, nahm den Inhalt heraus. Nur das hatte er von Vaters Gerümpel behalten. Eine Walther PPK und eine Schachtel Patronen. Er berührte die Intarsien am Griff. Zwei Hs aus Elfenbein. Sonderanfertigung. Himmler hatte sie Vater geschenkt. Für dessen Verdienste in London. Weil er ihm die Handschrift der Helena Blavatsky gebracht hatte. Hans von Diggendorf hatte die Geschichte oft erzählt. Doch da war meist ein bitterer Nachgeschmack dabei gewesen.

Dorf versuchte, sich zu erinnern. Aber wenn es um den Führer und die ›Aktion Ahnenerbe‹ gegangen war, hatte er sich meist ausgeblendet. Seine Gedanken auf Reisen geschickt und den Vater in braunen Erinnerungen schwelgen lassen.

Thesi war über die Wendung des Gesprächs froh. Weg von den Verbrechen hin zu leichtem Geplänkel. Flora versuchte, Paul, Leon und Boris zu überzeugen, dass Frauen doch fähig sind, im World Wide Web zu kommunizieren, und Thesi konnte in Ruhe überlegen. Dass Isa alle Bedingungen für Verbrechen eins und für Verbrechen zwei erfüllte, musste sie diskret verschweigen. Nur Robert würde sie einweihen und bitten, Isa beobachten zu lassen.

»Und was sagst du?« Flora nahm Thesi am Arm.

»Ähm wozu?« Sie blinzelte.

»Na, dass wir am Samstag Hummer bei dir kochen.« Geistesabwesend nickte Thesi. Wie kamen sie jetzt auf Hummer? Flora fuhr fort: »Wir holen ihn in der Früh am Naschmarkt.«

»Wen?«

»Na den Hummer. Dann könnten wir gleich beim Flohmarkt vorbeischauen, vielleicht finde ich ein neues Stück für meine Bilder. Hast du Lust?«

Thesi sah zu Leon. Der nickte. Samstagvormittags ging er meist klettern, und Thesi unternahm etwas mit Dino. »Ich werde ihn, bevor ich zur Hohen Wand fahre, bei meiner Mutter vorbeibringen.«

»Gut, dann komme ich gerne mit, Flora«, sagte Thesi, und weil sie an ihre Schwiegermutter dachte, um geschätzte zehn Dezibel lauter als notwendig.

»Über Mail und Hummer haben wir unsere Detektivarbeit vergessen«, warf Boris ein. »Ist die Liste unserer Verdächtigen vollständig? Bis jetzt stehen nur ein paar Netzwerkschwestern hier.«

»Was ist mit Tom, Sarahs Mann?«, fragte Flora. »Was hältst du von ihm, Thesi. Könnte er ein Motiv haben?«

»Sicher. Reinsehen kann man in niemanden. Aber er hätte sich beim Holzer unsichtbar machen müssen und wäre irgendwie ins AKH geflogen, weil er vor mir da war. Doch ich musste ja noch mal zurück.« Sie überlegte. »Trotzdem, möglich wäre es. Und obwohl er mir sehr sympathisch ist – ich weiß nicht, wie es um ihre Ehe bestellt ist.«

»Wir sollten ihn hinzufügen. Vielleicht war es ein perfekt ausgeklügelter Plan, der nur an der Ausführung scheiterte«, sagte Boris und schrieb den Namen auf seine Liste.

Thesi runzelte die Stirn. »Tom hat mir erzählt, dass Sarah es immer schaffte, Leute gegen sich aufzubringen.« So wie ich, fügte sie in Gedanken dazu.

»Ich glaube, das reicht fürs Erste, keine schlechte Ausbeute für ein Abendessen. Und die sollten wir so, wie sie ist, mitsamt dem Goldklumpen Robert übergeben«, sagte Leon. Thesi seufzte innerlich und erwiderte: »Für die Polizei ist aber der Brand eine Selbstentzündung. Und bei Sarah werden sie wegen des Alkohols von einem Unfall ausgehen. Dann verstauben unsere Beweise und Überlegungen in irgendeinem Eck seines Büros.«

»Aber wieso wir, Thesi?« Leon sah sie verzweifelt an. »Wieso müssen wir uns darum kümmern?«

»Weil es sonst niemand tut.«

»Das letzte Mal wärt ihr fast getötet worden.«

»Ich weiß.« Thesi nahm Leon am Arm. »Diesmal ist es nicht gefährlich. Und wenn, dann nur für Sarah. Wir müssen uns um sie kümmern.« Jetzt endlich.

KAPITEL 10

London, Jänner 1939

Crowley eilte im Zimmer auf und ab, die Hände am Rücken verschränkt. Was hatte Maggie gesagt? Ein deutscher Nazi habe in Cornwall Tarotkarten gekauft? Das mussten Pixies Karten sein! Wer sonst lebte in Cornwall und besaß Tarotkarten. Er ging noch schneller, sein langer Mantel wirbelte bei jeder Kurve Staub vom Boden auf, der Crowley in die Nase stieg und ihn zum Niesen reizte. Er verzog das Gesicht, blieb stehen und biss in den Knöchel seines Zeigefingers. Ihm hätte sie die Karten nie verkauft. Eher wäre sie verhungert. Sie schien unvorsichtig zu werden. Das musste er ausnutzen.

Wieder begann er, durchs Zimmer zu eilen. Diesen Diggendorf ausfindig zu machen, konnte nicht so schwer sein. Völkischer Beobachter. Er wollte Hitler immer schon eine Ausgabe seines eigenen Buches schicken, nun könnte er beides verbinden. Er musste nur das ›Liber Legis‹ in der Redaktion vorbeibringen und diesen Redakteur ausfragen. Nun war er Pixies Karten und seiner Vergeltung so nah wie nie zuvor!

KAPITEL 11

Donnerstag, 17. September

»Aufgabenteilung!«, sagte Boris und sah auf die Uhr. »Ich werde das Internet zu den Netzwerkdamen befragen.«

Paul stand auf, holte einen großen schwarzen Müllsack aus seiner Reisetasche, zog die Handschuhe wieder an und begann, ein paar Planken des Gartenhäuschens einzusammeln, die rußgeschwärzten Türschnallen und zwei verkohlte Bretter der Eingangstür. »Ich analysiere die Brandursache, versuche, Fingerabdrücke zu finden, und werde das Goldstück einer Prüfung unterziehen. Einen Versuch ist es allemal wert. Und sei's nur, um ein neues Verfahren auszuprobieren.«

Leon sah dem Treiben missmutig zu. »Ich weiß nicht, was ich beisteuern kann, außer nochmals zu betonen, dass es das Beste wäre, alles der Polizei zu übergeben. Ich habe meinen Part erledigt und Robert kontaktiert.«

»Und was hat es gebracht?«, fragte Thesi herausfordernd.

»Na zaubern können sie auch nicht, aber ein paar Rädchen sind schon in Bewegung gesetzt«, erwiderte er und stapelte geräuschvoll die Dessertschüsseln aufeinander.

»Morgen ist die Messe in Sankt Pölten«, sagte Flora. »Da fahren wir zwei hin.« Eine Schüssel zerbrach scheppernd, und Flora zuckte zusammen. Sie sah Thesi fragend an. Die warf einen Seitenblick auf Leon und verzog das Gesicht.

»Ich weiß nicht«, antwortete sie zweifelnd. Leon trug wortlos das Geschirr ins Haus.

»Was hat er?«, fragte Flora.

»Angst um Thesi. Das ist doch offensichtlich. Du verstehst die Zeichen der Männer wirklich nicht«, sagte Paul, dann wandte er sich an Thesi. »Und außerdem ärgert er sich, weil er weiß, dass es keinen Sinn hat, dir etwas auszureden, weil du sowieso machst, was du willst.«

Thesi lief rot an. Wie kam Leon dazu, ihr etwas verbieten zu wollen, und wie kam er dazu, mit Paul darüber zu reden? »Wir fahren morgen auf jeden Fall dorthin.«

»Aber mit welcher Begründung sollen wir da auftauchen?«, fragte Flora.

»Wir erklären, noch immer an einem Beitritt interessiert zu sein. Sarah war zu kurz beim Holzer, um uns über alle Intrigen zu informieren. Die haben gesehen, dass wir kaum miteinander gesprochen haben, und sie werden uns nicht verdächtigen. Es ist die optimale Gelegenheit, sie auszuhorchen.«

In der Zwischenzeit war Leon zurückgekommen. »Ich wiederhole, dass ich glaube, es ist keine gute Idee, sich einzumischen.«

»Ich passe schon auf mich auf«, zischte Thesi.

»So wie auf unseren Schuppen?«

»Als ob ich ihn angezündet hätte!« Empört funkelte sie ihn an.

»Wer weiß«, antwortete Leon, räumte die Weingläser betont vorsichtig auf ein Tablett und trug sie ins Haus. Als er in der Küche verschwunden war, fragte Thesi: »Wie kann ich ihn nur davon überzeugen, dass mir nichts passieren wird?«

»Indem dir nichts passiert«, antwortete Paul lakonisch und holte seine Reistasche.

Da sowohl Leon als auch Paul abgelenkt waren, nahm Thesi Boris zur Seite und gab ihm die CD mit Sarahs

Daten. »Bitte lies meine Anweisungen, es wären ein paar Dinge zu recherchieren, ohne dass Leon davon erfährt. Ich möchte ihn nicht noch mehr reizen. Vielleicht stellt sich alles als ganz harmlos heraus.«

Boris rieb an seinen Bartstoppeln und flüsterte: »Ich werde es mir heute Nacht noch ansehen.«

Dorf starrte zur Decke. Sinnlos, ans Einschlafen zu denken. Das Gewebe um seine Narben pochte. Ständig fühlte er seinen Namen. Er hatte sich nicht wehren können, damals im Internat. Als er am Weihnachtsabend aus dem Schlafsaal gezerrt, im Waschraum von ein paar Vermummten, die ihm einen stinkenden Knebel in den Mund gesteckt hatten, als Nazischwein beschimpft und ausgezogen worden war. An jedem Arm und jedem Bein hatten ihn zwei der verkleideten Jungen festgehalten, während der Anführer ein großes Messer gezückt und etwas in seinen rechten Unterarm geritzt hatte. »Damit du beim Hitlergruß sofort jedem zeigen kannst, wie du heißt.« Er hatte schreien wollen: ›Ich hasse diesen Namen genauso wie ihr, bitte lasst mich gehen.‹ Aber nur ein Würgen war aus seiner Kehle gekommen.

Dorf schnaubte, schaltete das Licht ein und massierte die Narbe. Nichts, was sie ihm in den vier Jahren Internat sonst noch angetan hatten, war so schlimm gewesen wie das.

Nicht ich! Nicht ich, sondern Vater hätte dort im Waschraum am Boden liegen müssen!

Dieser unbelehrbare Sturkopf. So starr, dass er sich zum Schluss selbst versteinert hatte. Als ob die Krankheit sein Denken manifestiert hätte – das Münchmeyer Syndrom, eine der seltensten Krankheiten der Welt. Muskeln und

Bindegewebe verwandelten sich langsam in Knochen und machten den Körper zur Statue. Kurz vor seinem Tod konnte er sich nicht mehr bewegen, musste gepflegt werden wie ein kleines Kind, und trotzdem behandelte er seinen Sohn weiter wie seinen Leibeigenen. Frucht meiner Lenden, somit mein Besitz. Und dennoch hatte Dorf dieses Gefühl der Liebe niemals abtöten können. Oder war es Mitleid gewesen?

Dorf betrachtete seine Hand, schloss sie zur Faust, öffnete sie langsam und versuchte, jeden einzelnen Finger zu spüren. Die Krankheit war dominant vererbbar. So dominant wie Vater.

Wann würde es bei ihm beginnen? Der exzessive Sport war Dorfs Kampf gegen das Unabwendbare. Vielleicht konnte er es hinausschieben. Er wollte nicht, dass er von seinem Körper in Besitz genommen wurde, entthront und beherrscht.

KAPITEL 12

London, Jänner 1939

»Ich will es aber genauso!« Sein langer Mantel glich einem Derwischkleid, als er sich schwungvoll zu ihr drehte. Böse starrte er Maggie an.

Wie sollte sie ihm nur klarmachen, dass sie es unmöglich so zeichnen konnte? Seufzend packte Maggie ihre Utensilien zusammen und wandte sich zur Tür.

»Bleib hier!«, schrie er ihr nach.

Sie würdigte ihn keines Blickes mehr und ging provozierend langsam Richtung Ausgang. Zwei Wochen hatte sie über den Entwürfen gesessen, seine Bücher studiert und versucht, die Quintessenz abzubilden, die Kabbala einfließen zu lassen und die griechische Mythologie. Zwei Wochen hatte sie Tag und Nacht gearbeitet und die besten Illustrationen ihres Lebens gezeichnet, und die wollte er nicht? Das hatte sie nicht notwendig, nicht sie, Lady Margaret Melrose. Selbst wenn Crowley und das Projekt noch so faszinierend waren.

»Stopp! Ich war es, der dich initiiert hat! Ich habe dir alles beigebracht, bleib sofort stehen! Ohne mich wärst du ein Nichts!« Die Stimme wurde leiser. »Komm zurück, oder ich verfluche dich …« Er rannte zu seinem Tischchen mit der Räucherschale und warf ein paar Kräuter in die Glut, während er etwas Lateinisches murmelte.

Wen wollte er damit beeindrucken? Sie sicher nicht! Er ist wirklich wahnsinnig, Benjamin hat recht, dachte Maggie, soll Aleister mich doch mit einem Fluch belegen. Sie glaubte sowieso nicht an das ganze Brimborium. Sein ständiges Gerede über Gott Thoth, der ihm erschienen war, über die Erweckung, die Weisheit und die Weltmacht – alles, was sie anfangs noch beeindruckend fand, ging ihr mittlerweile auf die Nerven. Wieso hatte sie diesen Auftrag nur angenommen!

»Bleib sofort stehen, ich befehle es dir, ich, die Wiedergeburt Satans!«

Widerwillig drehte sie sich um und betrachtete ihn mitleidig. Wie er da stand, eine lächerliche Figur, verkleidet in einem wallenden purpurnen Mantel mit Hermelinbesatz, der alternde König des Okkultismus bei seinem letzten Aufbäumen.

Ihre Gefühle schwankten zwischen Ärger und Bedauern. Als er eine Glaskugel nach ihr warf, der sie gerade noch ausweichen konnte, bevor sie in 1000 Splitter an der Wand zerbarst, gewann der Zorn überhand. Es geschah selten, dass sie ihre Fassung verlor, aber wenn, dann richtig.

»Die wahre Künstlerin, die deine Visionen zu Leben erweckt, bin ich!«, schrie sie ihn an. »Ohne meine Vorstellungskraft und mein Können wären deine Beschreibungen nicht mehr als 26 unterschiedlich aneinandergereihte Buchstaben! Gefasel, Gelaber, Gebrabbel eines alten wahnsinnigen Egozentrikers. Ich war diejenige, die deinen Gedanken Leben einhauchen konnte. Wenn es dir nicht reicht, dann such dir doch eine andere!«

»Noch nie hat jemand so mit mir gesprochen, außer … Pixie.« Crowley sank wie jedes Mal, wenn er ihren Namen aussprach, in sich zusammen und schien zu zerfließen.

Maggie rückte ihre Frisur, die ihr rotes Haar in einer Nackenrolle bändigte, zurecht und setzte ihren Hut auf. »Ich gehe jetzt, Aleister. Die Arbeit an den Karten mache ich nach meinen Vorstellungen weiter. Ob es dir passt oder nicht.«

Sie verließ Crowleys Stadtpalais in der Regent Street und nahm die nächste Tram, die Richtung Regent Park fuhr. Eigentlich hätte sie ihr Atelier zu Fuß erreichen können, aber sie war mit Iris verabredet und schon etwas spät dran.

Die Freundin wartete schon vor dem Atelier. Während Maggie aufsperrte und beide den Vorraum betraten, erzählte sie von Crowleys Ausbruch. Dann warf sie ihre Zeichnungen in eine Ecke, ließ den Hut zu Boden fallen und holte sich einen Brandy aus dem kleinen Barschrank.

»Er macht mich noch wahnsinnig!«

Iris folgte ihr, hob den Hut auf, klopfte ihn ab und legte ihn auf den Tisch. »Bitte nicht. Es reicht doch, dass er verrückt ist. Ich meine, er hat sich ein Buch von einer außerirdischen Existenz diktieren lassen, er ist doch nicht zurechnungsfähig.« Iris goss sich auch ein Glas Brandy ein und setzte sich zu Maggie auf die Chaiselongue. »Ich weiß, es war damals heiß in Kairo, und die Mittagshitze kann schon mal Halluzinationen auslösen, aber Aleister übertreibt.«

»Du magst ihn nicht, und ich frage mich«, Maggie sah ihre Freundin mit zusammengekniffenen Augen an, »wieso du mich bei diesem Projekt unterstützt.«

»Weil die Karten fantastisch werden. Dein Stil, deine Vorstellungskraft, sie werden als die Maggie-Melrose-Karten der Wahrheit in die Geschichte eingehen. Und das unterstütze ich. Nicht Crowleys Projekt, ein Tarotdeck zu schaffen, das die Menschheit um- und unterwirft.«

»Wie kommst du auf die Idee?«

»Ach, worum geht es denn bei den Spielchen der großen Magier? Den Ritualen der Freimaurer? Sie wollen besser sein als der Rest der Welt und diese irgendwann unterwerfen. Es ist doch immer dasselbe.«

Maggie überlegte, während sie das schwere Kristallglas

in beiden Händen drehte. Iris hatte recht. Crowley machte wirklich ab und zu solche Andeutungen.

»Und unter Freundinnen, weil ich gerade am Schimpfen bin, darf ich dir sagen, dass dir deine neue Haarfarbe ganz und gar nicht steht? Was meint Benjamin dazu?«

»Er hasst sie auch.«

»So wie er Crowley hasst, oder?«, fragte Iris und nahm eine Strähne von Maggies flammend roten Haaren zwischen Daumen und Zeigefinger. »Ich finde es außergewöhnlich großzügig, dass er dir erlaubt, dich mit Crowley abzugeben. In seiner Position als Politiker müsste er doch auf seinen Ruf achten.« Iris stand auf und nahm eine Zeitung von Maggies Zeichentisch. »Aber zurzeit hat die Presse sowieso andere Themen. Haben sich die Schreiberlinge bei der Abdankung und der Hochzeit noch diskret zurückgehalten und die Sensationsartikel den amerikanischen Zeitungen überlassen, scheinen sie die Besuche von Edward und Wallis bei Hitler und Mussolini nicht zu goutieren. Sei froh, da ist ein verrückter Magier nicht mehr so interessant.«

Maggie nahm Iris das Titelblatt aus der Hand.

»Ich habe das noch gar nicht gelesen, weil ich mit Aleister zu beschäftigt war. Hm ja. Dieser Hitler scheint plötzlich überall aufzutauchen.« Sie legte die Zeitung zur Seite und holte ihre Zeichnungen. »Aber machen wir bei den Illustrationen weiter.«

»Sicher. Was will die Tarotmeisterin wissen?«

»Einfach alles. Was kannst du mir noch über projektive Geometrie erzählen? Wie könnte ich damit die Idee der Anthroposophie darstellen?«

Iris begann zu sprechen, machte nebenbei als Erläuterung ein paar Skizzen, und Maggie hörte fasziniert zu.

KAPITEL 13

Tageskarte für Freitag, 18. September
Sieben der Stäbe

Dies ist die Karte der Verteidigung. Hitzige Diskussionen kommen auf Sie zu, andere werden Sie anfeinden und an Ihrem Stuhl sägen. Doch Sie haben eine gute Position und gehen als Sieger hervor, auch wenn Sie sich gegen mehrere Angreifer behaupten müssen. Neid und Missgunst schwingen den ganzen Tag über mit. Bei der Arbeit gibt es Widerstände und sie bringt außer Anerkennung nichts ein, oft sogar nicht mal das.

Thesi legte seufzend den Bleistift zur Seite. In drei Tagen musste sie ihre Zeichnungen für das Hype-Magazin abgeben. Diesmal musste sie einen Artikel illustrieren, der von Frauen handelte, die alles vor sich herschoben.

»Ich verstehe euch so gut«, sagte Thesi und stand auf. »›Verschiebe nichts auf morgen, was auch übermorgen noch erledigt werden kann.‹ Das ist doch mein Thema, wieso fällt mir da nichts ein?«

Sie ging in den Garten, betrachtete die Brandruine und wagte ein paar Schritte auf Leons Slackline, die vom Feuer verschont geblieben war. Das Telefon rief sie ins Haus zurück.

Auf dem Display sah sie Roberts Nummer. Dankbar für die Ablenkung nahm sie ab: »Hi, gibt es was Neues?«

»Ich habe Sarah Hofer durch den Computer geschickt und vier Treffer gelandet.«

»Vier?«, unterbrach Thesi. »Was hat sie denn alles angestellt?«

»Sie nichts. Es gibt noch eine Sarah Hofer, die wegen Betrugs zweimal verurteilt wurde, doch die ist zu jung und kann nicht mit euch in der Schule gewesen sein. Die am 13.7.1970 geborene Sarah Hofer scheint einmal als Zeugin und einmal als Klägerin auf.«

Sehr interessant, überlegte Thesi. Deshalb brauchte sie den Rechtsanwalt. Doch Tom hatte keinen Prozess erwähnt. Wusste er nichts davon?

»Worum geht es bei der Klage?«

»Einen Moment, ich muss schnell blättern. Ich sitze gerade im Auto und lege kurz das Handy weg.«

»Wie wäre es mit einer Freisprechanlage? Pass auf, dass dir Geza nicht einen Strafzettel verpasst.«

»Der sitzt neben mir und telefoniert ebenfalls. Er fährt übrigens. Geh Geza, hör sofort auf und konzentrier dich auf den Verkehr. Außerdem ist es strafbar. Kannst du mich bei den Valiers rauslassen?«

Thesi hörte im Hintergrund ein ärgerliches Brummen von Zipser.

»Ich darf doch einen Sprung vorbeikommen?«, wandte sich Robert wieder an Thesi.

»Natürlich, ich habe nichts zu tun.« Nichts, was nicht warten konnte. Sie lächelte und hatte plötzlich die Idee für ihre Illustration.

Fünf Minuten später stand Kiesling vor der Tür, Zipser winkte kurz aus dem Auto, und seine muskulösen Oberarme glänzten in der Sonne. Ölte er sie etwa ein? Und durften die Beamten im Dienst ihre Ärmel hochkrempeln?

»Gefällt dir unser Mister Universum?«, fragte Robert mit einem breiten Lächeln auf den Lippen. »Dein Mund steht nämlich offen.«

»Nein, ich finde es nur faszinierend, wie man sich so aufpumpen kann. Seit ich ihn kennengelernt habe, hat sich sein Oberarmumfang verdoppelt. Mir gelingt das nur hier.« Thesi klopfte auf ihren Bauch. »Aber komm rein und erzähl.«

Robert folgte ihr in die Küche. Dort bereitete sie Kaffee zu, legte die übrig gebliebenen Croissants vom Vortag auf einen Teller und trug alles in den Garten. Der Inspektor trottete ihr hinterher und kramte in seinen Unterlagen.

»Da sind die Ausdrucke. Sie hat einen gewissen Johann Bauer, Anzeigenverkäufer bei der Tagespost, wegen Stalkings angezeigt.«

Bei ›Tagespost‹ klingelte etwas bei Thesi. Dort hatte Sarah doch gearbeitet. Der Typ hatte sie also belästigt, deshalb war sie gegangen.

»Und gab es da schon eine Verhandlung?«

»Nein, die Anzeige erfolgte erst vor zwei Wochen.«

»Was hat dieser Bauer genau gemacht?«

»Warte.« Robert überflog noch mal die Kopien und schüttelte den Kopf. »Er habe sie ständig angerufen, angemailt und mit Fotos auf – ich glaub' es ja nicht – auf einschlägigen Sexseiten beworben.«

Jetzt glaubte Thesi zu wissen, wer der Absender der anonymen Mails war. »Die arme Sarah, dass sie mit so einem ekligen Typen zusammenarbeiten musste. Da bin ich froh, allein zu Hause zu sitzen. Obwohl mir manchmal die Decke auf den Kopf fällt.«

»Deshalb bin ich ja da«, lächelte Robert. Thesi sah ihn schief an, denn der eigentliche Grund seiner Anwesenheit war gerade abwesend. Sollte sie ihm sagen, dass Flora keine Entscheidung treffen konnte? Und wahrscheinlich brauchte es wirklich Zeit, gewisse Dinge zu überdenken und emotionsloser zu betrachten. Wenn sie mit Leon Streit gehabt hatte, dann …

Robert holte sie aus ihren Gedanken und sprach über den zweiten Fall, bei dem es um Körperverletzung mit Todesfolge ging. Sarah und ein weiterer Zeuge hatten im Mai einen Überfall beobachtet. Ein rumänischer Tourist war vor dem ›Hotel Okzident‹ von zwei Männern niedergestochen und ausgeraubt worden. Kurz danach war er verstorben. Sarah hatte gleich nach dem Überfall ein paar Phantombilder von den Tätern gezeichnet. Mithilfe dieser Skizzen konnten die beiden bald gefasst werden. Beim Prozess vor vier Wochen waren sie zu fünfeinhalb Jahren verurteilt worden.

Thesi pfiff durch die kleine Lücke zwischen ihren Vorderzähnen. Da tauchten ja plötzlich Unmengen an Verdächtigen auf. Der Stalker, den sie vor Gericht, und die Verwandten der zwei Messerstecher, die sie hinter Gitter gebracht hatte.

»Waren Sarahs Zeichnungen und Aussagen der ausschlaggebende Grund, dass die Täter identifiziert wurden?«, fragte sie und goss Robert etwas Wasser ein.

»Ja, scheint so. Sonst war niemand auf der Straße.«

»Wieso, wann ist der Überfall denn passiert?«, fragte Thesi stirnrunzelnd.

»Um drei Uhr morgens.«

»Aha, welcher Wochentag war das? Was tut Sarah allein um diese Uhrzeit vor dem ›Hotel Okzident‹? Das ist doch ein … ähm …«

»Stundenhotel, genau«, sagte Robert. »Glaubst du, sie …«

»Nein. Sarah war keine …« In Thesis Gehirn poppte das

Pornobanner auf der Netzwerkhomepage auf. Und gleich wieder zu. »Ins ›Okzident‹ gehen auch Liebespaare«, fuhr sie fort. »Wenn sie nicht gesehen werden wollen, dann …« Thesi verstummte kurz. »… sollten wir vielleicht den zweiten Zeugen interviewen. Oder besser, du solltest das tun.«

»Ja, ich werde versuchen, mir in den nächsten Tagen ein bisschen Zeit freizuschaufeln«, seufzte Robert.

»Ist Sarahs Fall eigentlich schon ein Fall?«, fragte Thesi und beobachtete gedankenverloren, wie die Ascheteilchen vom Wind zum Nachbargrundstück geblasen wurden. Wieso wusste Tom nichts von den beiden Gerichtsverhandlungen? Wenn Sarah es verschwiegen hatte, dann gab es etwas zu verbergen. Eindeutig – sie betrog ihn. Damit wurde auch Tom wieder verdächtig. Aber wieso hatte er dann darauf bestanden, dass es kein Unfall war? Er hätte nur still sein müssen und den Dingen ihren Lauf lassen. Nur wenn es später herausgekommen wäre? Dann … Robert hatte gerade einen Namen gesagt, der bis zu ihrem Gedankenknoten durchgedrungen war.

»Stopp, was hast du eben vorgelesen?«, schnitt sie ihm das Wort ab.

»Hochstaller Edwin, der zweite Zeuge vor dem ›Okzident‹.«

»Hochstaller?«

»Kennst du ihn?«

»Klar, das ist der Primar im AKH, der Sarah operiert hat. Wolltest du ihn nicht anrufen?«

Roberts Wangen färbten sich rot. »Sorry, Thesi, ich hatte keine Zeit, und das Band hab ich mir auch noch nicht angehört. Und um das Thema zu wechseln, hier steht, dass dieser Edwin Hochstaller Diplomingenieur ist. Da wird er schwerlich operieren.«

»Diplomingenieur?« Thesi biss auf ihre Lippe. »Innerhalb von zwei Tagen tauchen drei Hochstaller auf, das ist doch verdächtig, oder?«

Robert griff sich mit Zeige- und Mittelfinger in seinen Hemdkragen und zog ihn etwas weg. »Eigentlich hätte ich dir diese Ausdrucke gar nicht bringen dürfen. Versprich mir, dass du keinen Unsinn machst.«

Sie sah ihn beleidigt an, und er fuhr fort. »Ich werde mich um die Sache kümmern – Ehrenwort. Aber da sind noch zwei andere Fälle, die gerade durch die Presse geistern und die wir vorrangig behandeln müssen. Du hast sicher vom Diskomord und der Kirchenstrangulation gehört, oder?«

»Klar, na dann …«, … brauche ich auf deine Hilfe nicht zu hoffen, dachte sie den Satz zu Ende.

»Ja, das ist auch der Grund, warum ich schon wieder gehen muss. Ich ruf mir noch schnell ein Taxi. Kann ich hier warten?«

Natürlich, denn über Flora mussten sie auch noch sprechen.

Als Kiesling weg war, überdachte Thesi das eben Gehörte noch einmal. Da waren plötzlich ganz andere Kaliber als mögliche Verdächtige im Spiel. Dieser Stalker oder die Freunde der beiden Messerstecher. Und wenn Sarah eine Affäre gehabt hatte? Der Ehemann, der Liebhaber, eine betrogene Ehefrau?

Sie versuchte, Tom zu erreichen, um zu fragen, ob Sarah inzwischen aufgewacht war, erwischte jedoch nur die Mailbox und hinterließ eine Nachricht. Sollte sie ins Krankenhaus fahren, um selbst nachzusehen, wie es ihr ging? Da könnte sie gleich überprüfen, was der Primar mit den beiden anderen Hochstallers zu tun hatte. Doch dazu war keine Zeit mehr, sie musste ihren Sohn vom Kindergarten abholen und endlich ihre Idee zu Papier bringen, bevor sie sie wieder vergaß.

Egon Kruger staunte nicht schlecht, als er den Telefonhörer abnahm. Gestern hatte ihn Dorf noch beschimpft, heute rief er an? »Was kann ich für Sie tun? Wollen Sie sich entschuldigen? Meine Jacke hat einen Riss, ich musste sie wegwerfen.« Stimmte zwar nicht, brachte Dorf aber in eine Bringschuld.

»Wie? Ach ja, tut mir leid«, antwortete Dorf. Dann war Stille am anderen Ende der Leitung.

»Also, ich höre?« Kruger zündete sich eine Zigarette an, warf das Zündholz achtlos neben seinen übervollen Aschenbecher.

»Können wir uns kurz treffen?« Dorf hatte seine Stimme wiedergefunden. »Ich weiß, sie wollen Informationen von mir, ich will auch Informationen von ihnen. Vielleicht können wir einen Deal machen.«

»Gerne, jederzeit«, sagte Kruger erfreut. »Wann und wo?«

»Schlagen Sie etwas vor. Ich gehe so selten weg und kenne keine guten Kaffeehäuser mehr.«

»Wie wäre es mit dem Café Josef Hörl? Rotenturmstraße.«

»Werde ich finden. Heute 17.00 Uhr?«

»Okay. Bis später.« Kruger legte auf, sog genussvoll an seiner Zigarette, dass die Glut rot aufleuchtete, und lehnte sich entspannt zurück.

Endlich würde er bei diesem Artikel weiterkommen. Er war kurz davor gewesen, ihn zu verwerfen. Hatte sich sein Instinkt doch als richtig herausgestellt. Und vielleicht könnte er sogar noch Geld herausschlagen. Denn wenn Dorf etwas von ihm wollte, war er sicher bereit, dafür zu zahlen.

Lächelnd dämpfte er die halb gerauchte Zigarette aus und begann leise ›Nessun dorma‹ von Puccini zu pfeifen.

Vincerò, vincerò, vincerò!

Im Kindergarten erwartete Thesi eine böse Überraschung. Dinos Shirt war blutverschmiert. Ihre Knie wurden weich, als sie ihn sah. Er aber lächelte und schien selbst keine Verletzungen zu haben. »Was ist passiert?«, fragte sie aufgeregt.

»Ich hab Samuel den Vorderzahn verbeult«, antwortete er.

»Was?« Thesi wäre am liebsten im Boden versunken. Ausgerechnet Samuel!

»Nicht absichtlich, Mama. Ich bin ihm reingelaufen und plötzlich stand sein Zahn schief. Den haben wir gleich herausgeholt.«

»Oh mein Gott, wie denn?«

»Ich hab einen Faden herumgebunden und bin vom Krähennest gesprungen. Ging ganz schnell, und der Zahn baumelte dran. Das hat vielleicht geblutet.«

»Ja, das sehe ich.«

»Morgen bringt er mir 50 Cent mit, wir teilen uns den Euro von der Zahnfee.« Dino grinste. »Wir sind jetzt beste Freunde.«

Hoffentlich sieht Samuels Mutter das auch so, dachte Thesi, als sie, nicht ohne einen besorgten Blick über die Schulter zu werfen, ihren Sohn ins Auto schob. Auf dem Heimweg bereitete sie sich seelisch auf einen weiteren Anruf der Furie vor.

Als sie die Haustür aufschließen wollte, rief Frau Sonnberger, die gegenüber wohnte, sie möge doch einen Moment warten. Thesi seufzte. Frau Sonnberger war zwar lieb, aber sie erzählte stets so lang und ausufernd über ihre Krankheiten, dass Thesi meist versuchte, ihr aus dem Weg zu gehen. Sie sperrte auf und flüsterte Dino zu, dass er schon reingehen könne. Der Arme musste nicht die gesamten Sonnberger'schen Gebrechen mit anhören. Obwohl – für das Zähneausschlagen hätte er es sich verdient.

»So«, keuchte Frau Sonnberger. »Bin schon da.« Sie war noch keine 60 Jahre alt, schlurfte aber wie eine 80-Jährige und zog sich auch so an. »Frau Valier, das muss ich Ihnen unbedingt erzählen.« Na klar, dachte Thesi, sonst wären wir nicht hier. »Am Mittwoch in der Nacht hat mich mein Ischias wieder so gequält, dass ich stundenlang nicht schlafen konnte. Schmerzen sind das, ich sag Ihnen …« Sie rieb sich die Hüfte und sah geziert zum Himmel. »Also, ich steh auf und suche meine Schmerztabletten, weil es sonst einfach nicht auszuhalten ist …«

»Mama«, schrie Dino, und Thesi hörte, dass er in der Küche hantierte, wahrscheinlich auf der Suche nach Süßigkeiten. Bitte komm zum Punkt, flehte sie in Gedanken, während aus Frau Sonnbergers Mund langsam die Informationen plätscherten. »Ich gehe ins Badezimmer, lasse mir ein Glas Wasser aus dem Wasserhahn einlaufen, und das dauert ja ewig, bis es endlich schön kalt ist, wissen Sie, und dabei sehe ich aus dem Fenster.«

Es klirrte in der Küche, Thesis Nacken verspannte sich. Sie sah die alte Frau gequält an und sagte: »Ich muss zu meinem Sohn, der stellt mir sonst das ganze Haus auf den Kopf. Könnten wir morgen weiterreden?«

»Ich bin ja schon fertig, wollte Ihnen nur sagen«, rief

Frau Sonnberger der flüchtenden Thesi nach, »dass ich also aus dem Fenster geschaut habe und da sah ich jemanden in Ihren Garten huschen.«

Thesi drehte sich jäh um. Mittwoch? Das war doch die Nacht des Brandes! »Wirklich? Können Sie die Person beschreiben?«

Frau Sonnberger hatte sich schon zum Gehen gewandt und grummelte: »Sie hatte einen Tarnanzug an. Aber an mehr kann ich mich nicht erinnern, denn da durchzuckte mich wieder so ein wahnsinniger Schmerz. Ich sag Ihnen, furchtbar. So ein unerträglicher Schmerz, dass mir das Glas aus der Hand gefallen ist. Als ich die Scherben weggekehrt hatte, war niemand mehr zu sehen.«

Nun da Frau Sonnberger endlich Thesis volle Aufmerksamkeit genoss, schlurfte sie langsam zurück nach Hause.

»Warten Sie – bitte.« Thesi durchforstete ihr Hirn nach ein paar schmeichelhaften Worten, um sie zum Bleiben zu bewegen. Doch ihr fiel nichts ein, deshalb fragte sie nur: »Können Sie sich erinnern, wie die Person aussah? Groß, klein, dick, dünn, blond, schwarz?«

Wieder schepperte es in der Küche.

»Hm, nein leider, mehr kann ich nicht sagen. Sie hat mich nur ungemein an eine Hexe erinnert.« Frau Sonnberger kratzte sich am Kopf und humpelte davon.

Hexe? Thesi sah im Geiste eine von Harry Potters Lehrerinnen im Tarnanzug durch ihre Gartentür huschen. Das relativierte die Aussage ihrer Nachbarin, und Thesi führte die Beobachtungen auf die Wirkung der starken Medikamente zurück. »Ja danke, dass Sie mir das erzählt haben. Schönen Nachmittag noch, Frau Sonnberger. Ich muss nun meinem Sohn helfen, er scheint zu kochen.«

Sie hastete in die Küche und sah, dass Dino gerade

die Scherben einer Blumenvase zusammenkehrte. Er sah sie schuldbewusst an. Thesi überprüfte die Blutspritzer auf seinem T-Shirt, und da keine neuen hinzugekommen waren, half sie ihm gelassen, die restlichen Bruchstücke einzusammeln.

»Dein Sohn, die Zahnfee …«, lachte Flora und lehnte sich an Thesis Küchentisch.

»Nicht lustig. Ich sitze auf glühenden Kohlen und erwarte jeden Moment eine gerichtliche Verfügung, dass Dino einen Mindestabstand von drei Metern zu Samuel halten muss, oder so was Ähnliches«, murrte Thesi.

»Dann düsen wir jetzt sofort nach Sankt Pölten, und niemand kann die einstweilige Verfügung entgegennehmen. Wie lange werden wir brauchen?« Flora holte einen grellroten Lippenstift und einen aufklappbaren Spiegel aus der Tasche und zog ihre Lippen nach.

»Das Navi sagt, in 38 Minuten sind wir dort. Das wäre viel zu früh. Außerdem bin ich gerade nicht mehr davon überzeugt, dass unsere ›Wiener Frauen‹ mit den zwei Verbrechen zu tun haben. Da gibt es ein paar neue Infos.«

Thesi drückte Flora auf einen der wackeligen Küchensessel, ließ die ›Saeco‹ rattern und erzählte von Roberts Besuch.

Flora nickte stumm und wickelte eine Haarsträhne um den Zeigefinger. »Hm, da war ja einiges los in Sarahs Leben. Ich würde aber trotzdem zu dieser Messe fahren. So können wir diese Spur nachher ganz klar ausschließen. Und betrachte es als Mädelsabend. Außerdem – der Babysitter ist besorgt, das muss ausgenutzt werden. Übrigens, wer passt auf Dino auf?«

»Meine Mutter. Er schläft auch bei ihr. Sie bringt ihn

morgen wieder nach Hause«, antwortete Thesi, noch immer nicht ganz überzeugt.

Flora legte den Arm um ihre Schultern. »Komm – Freitagabend! Das ist wie in alten Zeiten, wir können fortgehen, so lange wir wollen, und morgen nach dem Katerfrühstück am Naschmarkt herumlungern, wie es uns gefällt.«

»Na gut, dann lass uns fahren.« Vor allem, bevor Leon nach Hause kommt, dachte Thesi und begann ihre Tasche, ihre Autoschlüssel und ein paar Visitenkarten zu suchen. Man konnte ja nie wissen.

Das Café Josef Hörl war winzig klein und so verraucht, dass man kaum die Hand vor Augen sah. Kruger saß neben dem Herrenklo an einem zerschrammten Tisch, den Laptop offen vor sich. Dorf nickte ihm zu, als er sich setzte. Er bestellte einen Pfefferminztee und beobachtete Kruger, der sich mit seinen nikotingelben Fingern eine neue Zigarette anzündete. Ekelhaft, dachte Dorf, wie muss erst seine Lunge aussehen. Ein Verbrechen, dass Menschen mit ihren Körpern so umgehen durften. Er hüstelte kurz und meinte, dass sie es hinter sich bringen sollten. Er wolle nur wissen, wer der Einbringer der Tarotkarten bei Brody's sei. Dann würde er erzählen, ob die Karten echt oder gefälscht wären. Unter der Voraussetzung, dass Kruger den Namen seines Vaters in der Zeitung nicht erwähnte.

»Falls er für die Story nicht relevant ist, kein Problem.«

»Egal, auch wenn er für die Geschichte wichtig wäre. Haben Sie mich verstanden? Diggendorf ist tabu. Ich will diesen Namen nie mehr lesen.«

»Nennen Sie sich deswegen nur noch Dorf? Aber das ist doch sehr ähnlich. Konnten sich nicht ganz von Ihrer Vergangenheit trennen, was?« Interessiert beugte sich Kruger vor, und Dorf musste den Gestank von Kantinenessen und ungewaschenen Kleidern einatmen.

»Das geht Sie nichts an.« Sollte er Kruger drohen? Nein, er würde es erst so versuchen.

»Also ich höre: Wenn die Geschichte ein Hammer ist, dann werde ich sie ohne Namensnennung bringen.«

Dorf war unsicher, wie er den Journalisten einschätzen sollte. Trotzdem begann er zu erzählen. Dass er die Karten niemals gesehen hatte und sie niemals im Besitz der Familie gewesen waren. Er wäre alle Dokumente seines Vaters nach dessen Tod genau durchgegangen, hätte aussortiert und begutachtet, was zu behalten und was zu entsorgen sei. Diese Illustrationen wären ihm definitiv im Gedächtnis geblieben.

»Und dass er vorher einen Teil seiner Sammlung verkauft hatte, ohne dass Sie davon wussten?«, fragte Kruger.

»Nein, unmöglich. Erstens hätte er sich nie von einem Stück seines esoterischen Rechtfertigungsfundus getrennt, zweitens wäre er aufgrund seiner Krankheit nicht dazu in der Lage gewesen.«

Kruger hämmerte die Informationen in den Computer. Jedes Mal, wenn Dorf seine Erzählung unterbrach, um an seinem Tee zu nippen, zog der Journalist gierig an der Zigarette. Seine Miene verriet, dass er mit dem Gehörten sehr zufrieden war.

Dorf sah ihn mit zusammengekniffenen Augen an und wurde das Gefühl nicht los, dass er gerade einen Fehler beging. Etwas später, als er seine Gegenleistung einforderte, bestätigte sich seine Vermutung.

»Ich bin Journalist und gebe meine Quellen nie preis«, winkte Kruger ab, machte eine kurze Pause und grinste kaltschnäuzig. »Aber für ein paar Hundert Euro könnte ich eine Ausnahme machen.«

Dorf kämpfte einige Sekunden mit sich, wollte schon zu seiner Brieftasche greifen, dann siegte der Ärger über den Verrat. Seine Hand ballte sich zur Faust, mühsam öffnete er sie wieder. Dorfs Gedanken rasten zu seinem Vater. Von ihm hatte er gelernt, Gegner leise und innerhalb einer Hundertstelsekunde auszuschalten. Er rutschte blitzschnell zu Kruger und drückte ihm mit drei Fingern die Halsschlagader zu. Bevor der Journalist reagieren konnte, lag er bewusstlos auf dem Tisch. Keiner der Anwesenden im Lokal hatte etwas von dieser Aktion mitbekommen. Dorf schnappte sich Krugers Computer, warf einen Zehneuroschein auf den Tisch und stand auf. Beim Hinausgehen steckte er dem Kellner weitere 20 Euro zu und sagte: »Mein Freund schläft seinen Rausch aus, bitte stören Sie ihn die nächste halbe Stunde nicht.«

Er hastete zur U-Bahn-Station am Schwedenplatz und nahm die U1 zum Praterstern. Das Gespräch war nicht so verlaufen, wie er es sich vorgestellt hatte, doch spätestens jetzt sollte Kruger wissen, dass mit ihm nicht zu spaßen war. Er würde ihm noch eine unmissverständliche Drohung schicken, damit er seinen Mund hielt.

Langsam wurde Dorf ruhiger, er rieb seinen pochenden Unterarm und betrachtete durch das Fenster die vorbeifliegenden Mauern.

Im Café ›Kakadu‹ herrschte geschäftiges Treiben. Die ›Wiener Frauen‹ schienen das gesamte Lokal in Beschlag genommen zu haben, ein paar Tische waren zusammengestellt worden, und überall lagen Zeitungen, Prospekte und Flugzettel herum. Als Thesi und Flora die Tür hinter sich schlossen, starrten Isa und Irene die beiden Neuankömmlinge verblüfft an.

»Hallo«, sagte Isa und räusperte sich, »mit euch habe ich gar nicht gerechnet.« Sie eilte zu Thesi und schüttelte ihre Hand.

»Die Messe und die Vorbereitungen interessieren uns«, sagte Thesi.

»Aber …« Isa sah sie skeptisch an.

»Hast du nicht gesagt, wir könnten kommen?«, fragte Flora.

»Doch, aber nachdem Sarah verunglückt ist, nahm ich an, dass …« Isa verstummte.

»Ja, die arme Sarah, ich hatte gar keine Zeit, mit ihr zu sprechen. Schade, denn wir hatten uns fast 20 Jahre nicht mehr gesehen.« Wenn die wüssten, was ich schon alles über sie erfahren habe, dachte Thesi und versuchte, ein Pokerface aufzusetzen.

Nadine, die hinter Rosaria aus einer Ecke ins Licht trat, blickte Thesi böse an. »Sarah hat dir doch geraten, den ›Wiener Frauen‹ nicht beizutreten.« Ihre langen Ohrringe, zwei verschlungene Cs, wackelten bedrohlich.

»Sie hat gemeint, dass wir uns vorher genau ansehen sollen, ob wir hierher passen. Ich habe das so verstanden.« Thesis Wangen glühten. »Deshalb sind wir hier.«

»Genau, immer auf der Suche nach guten Geschäften«, kam ihr Flora zur Hilfe.

Skeptisch drehte sich Nadine wieder zu Petra, der Schamanin, die heute ganz in Orange gekleidet war, und unterhielt sich weiter mit ihr.

Isa stand unschlüssig im Raum und meinte dann: »Also gut. Wir bereiten hier unsere Werbeunterlagen vor, in jeden Prospekt werden die Visitenkarten oder Flyer der einzelnen Teilnehmerinnen eingelegt. Und wir machen einen Plan, wer wann Standdienst hat.« Sie wartete einen

Moment, ging zögernd zurück zu Irene, die etwas abseits an der Bar Karten mischte, und setzte sich.

Thesi begrüßte die anderen Netzwerkschwestern, die um den großen Tisch versammelt waren. Rosaria trug wieder wuchtige silberne Kreolen, die sie ständig nervös auf- und zuklappte. Nadine war in weißes Chanel gehüllt und Petra, der Lichtblick der Runde, in eine sonnenfarbige Tunika.

»Kennst du Edda Kayser? Sie macht Klangmassagen.« Petra deutete auf die Frau mit den Dreadlocks, die Thesi schon beim ersten Netzwerktreffen aufgefallen war. Sie nickte Edda zu und betrachtete fasziniert ihre Haare, die mit einem violetten Schal zusammengebunden und zu einem riesigen Dutt hochgesteckt waren.

Wie ein kleines Nest, dachte Thesi und sah einen blauen Eisvogel landen, der seinen Jungen einen Wurm vorbeibrachte. Sie schüttelte den Kopf und überlegte, wo sie sich hinsetzen sollte, um die beste Lauschposition zu haben. Da es nur noch einen freien Platz gab, war diese Frage schnell geklärt. Sie sah sich nach Flora um, die sich am Nebentisch zu ›Karma Dharma‹ Lizzy gesellt hatte und bereits in ein Gespräch mit ihr versunken war. Mechanisch begannen die beiden, so wie der Rest der Netzwerkerinnen, Prospekte einzusortieren. Auf Lizzys linken Unterarm entdeckte Thesi zwei Delfine, die durch die Muskelbewegung zu springen schienen.

Sie wandte den Blick ab und beobachtete unauffällig die beiden Frauen an der Bar. Isa legte Irene, die ihre Hände so fest knetete, dass die Fingerknöchel weiß hervortraten, die Karten. Die Netzwerkchefin sagte etwas, Irenes Gesichtsausdruck verfinsterte sich und sie starrte gebannt auf die bunten Bilder, die vor ihr lagen. Isa legte eine neue

Karte dazu und sprach leise weiter. Thesi versuchte, näher zu rutschen, aber sie war eingeklemmt zwischen Yoko, die wieder unzählige ihrer Filz-Perlenketten trug, und einer Netzwerkerin, die sie bis jetzt noch nie gesehen hatte. Das musste Luisa sein.

Sie war eine kleine, unscheinbare Mittfünfzigerin, die im brummenden Haufen der anderen Frauen ein bisschen verängstigt wirkte und mit gesenktem Kopf unablässig Prospekte öffnete und schloss. Ihre weißen Omalöckchen wippten im Takt des Einsortierens, und die Goldrandbrille rutschte ihr ständig von der Nase. Thesi streckte die Hand aus und stellte sich vor: »Hallo, ich bin neu hier, Theresa Valier.«

Erschrocken sah die Frau hoch und antwortete: »Oh ja, schön. Mein Name ist Luisa Fürnstrahl.«

»Sind das deine Flyer? Darf ich mal?« Thesi nahm eines der Blätter und las den ersten Absatz. Ungläubig schloss sie die Augen, öffnete sie wieder – es stand noch immer da.

Luisa war ein Engelsmedium. Sie konnte laut ihres Werbetextes den persönlichen Schutzengel auspendeln, Verbindung zu ihm herstellen und helfen, Informationen von ihm zu bekommen. Thesi musterte die kleine Frau von der Seite. Sahen so abgefeimte Betrügerinnen aus? Hinterlistige Hexen, die gutgläubigen Heilsuchenden das Geld aus der Tasche zogen? Nein. Luisa schien selbst eine Gutgläubige zu sein. Überzeugt davon, mit Engeln kommunizieren zu können. Thesi rückte etwas zur Seite näher zu Yoko und überlegte, welchen Small Talk sie beginnen sollte.

Flora lachte laut auf, nachdem ihr Dharma etwas zugeflüstert hatte. Ihre weißen Zähne leuchteten, und Thesi fiel in diesem Moment ein, dass sie unbedingt einen Zahnarzttermin für Dino ausmachen musste. Sie seufzte. Wieso war sie immer so leicht abzulenken? Sie wollte doch mehr über Sarah und ihre Feindinnen herausfinden. Yoko, die wie eine Maschine Flyer einsortierte – auf, rein, zu, weglegen, auf, rein, zu, weglegen … –, würde sie zuerst aushorchen.

»Ich war gestern bei Sarah im Krankenhaus, sie liegt noch im Koma.«

»Ein Wahnsinn, dass ihr das passieren konnte«, antwortete die pausbäckige Asiatin. »Dabei ging sie schon so lang zu den ›Anonymen Alkoholikern‹, aber Rückfälle gibt es wohl dauernd. Wie bei Nadines Mann. Sie leidet ja sehr darunter.« Mit falschem Bedauern sah sie zu Nadine hinüber und legte den Kopf schief.

In Thesis Gehirn ratterten die Rädchen. Nadines Mann war auch Alkoholiker? Als Primar? Oder war es der Hochstaller vom Okzident? Wie sollte sie herausbekommen, welcher von beiden Nadines Mann war? Und ob er Nadine wirklich mit Sarah betrog? Der Überbringer dieser Nachricht wollte Thesi nicht sein, zumal sie sich nicht 100-prozentig sicher war.

»Nadines Mann trinkt? Und das als Arzt?«, fragte sie, denn wenn Yoko wusste, dass er trank, wusste sie sicher auch, was er arbeitete.

»Arzt?« Verächtliches Schulterzucken, die Asiatin beugte sich zu Thesi und flüsterte: »Das hätte sie wohl gern. Nein, er ist arbeitsloser Architekt.« Prospekt auf, Zettel rein, Prospekt zu, weg.

Bingo! Nadine war mit dem Diplomingenieur verheiratet. Und der hatte höchstwahrscheinlich ein Verhältnis mit Sarah gehabt. Ich bin eine Superspionin, dachte Thesi, klopfte sich gedanklich auf die Schulter und sah in die Runde. Ihr Blick blieb an Luisa, der Engelflüsterin, hängen. Ob sie wohl mit Menschen, die im Koma lagen, kommunizieren konnte? War ja auch so eine Art Zwischenwelt. Dann müsste sie nur kurz bei Sarah anfragen, was passiert war. Sie ertappte sich, dass sie Luisa anstarrte, und schaute schnell zur Seite. Direkt in Nadines stahlblaue Augen, die plötzlich neben ihr aufgetaucht war und sie gefährlich böse anfunkelte. »Was tuschelst du da mit Yoko?«

»Ähm, nichts, nur …«, stotterte Thesi. »Ich wollte gerade Luisa fragen, ob sie mit Sarah Kontakt aufnehmen könnte.«

Nadine wurde bleich und musste sich am Sessel festhalten. »Was ist los, brauchst du ein Glas Wasser?« Thesi sprang hastig auf, stieß gegen den Tisch, und ein Teil der Prospekte flatterte zu Boden.

»Oh mein Gott, ist Sarah etwa gestorben?«, stammelte Nadine. Alle anderen Netzwerkschwestern hoben die Köpfe und sahen Thesi, der es heiß den Rücken hinunterlief, fassungslos an.

»Nein, nein, sie lebt! Liegt aber noch immer im Koma, ich meinte nur, dass Luisa vielleicht …« Sie setzte sich wieder und beobachtete aus dem Augenwinkel Isa und Irene, die aufgestanden und zum Tisch gekommen waren. In ihren Gesichtern lag gespannte Erwartung. Kein Entsetzen, kein Bedauern.

Luisa legte fürsorglich ihre Hand auf Thesis Arm und lächelte sie warm an. »Nein, mit einem schlafenden Menschen kann ich nicht reden. Der Geist hat sich noch nicht weit genug vom Körper entfernt, um von mir befragt zu werden.«

Dorf fuhr den Computer hoch. Als der Passwortschutz aufpoppte, gab er ›admin‹ ein, weil das fast immer funktionierte. Und wirklich, sofort wurde der Desktop sichtbar. Lächerlich, wozu gab es überhaupt Passwörter, dachte Dorf und öffnete das Mailprogramm.

Schon die erste Nachricht war ein Volltreffer. Er las alles aufmerksam durch und machte sich ein paar Notizen. Rosaria Rohrau. Das also war die Besitzerin der Tarotkarten. In seinem Hirn blinkte ›Betrügerin‹ grellrot auf. Er hatte zwar Kruger erzählt, dass sein Vater die Illustrationen niemals besessen hatte, sicher war er aber nicht. Er konnte sich einfach nicht erinnern, was er alles gesehen oder gelesen hatte. Wenn er nur die Tagebücher noch hätte. Doch die waren anscheinend auch im Besitz dieser Rohrau. Sie hatte Auszüge von Vaters Einträgen als Herkunftsnachweis der Karten angegeben.

Unbändiger Zorn durchflutete Dorf, er stand auf, stieß den Sessel um und trat so heftig dagegen, dass ein Bein zersplitterte. Seine Hände zitterten. Er musste die Tagebücher holen. Und – er musste sich wieder unter Kontrolle bringen.

Flora winkte. »Kommst du mal mit aufs Klo? Ich brauche ein … was von dir.« Thesi folgte ihr, kramte in der Tasche und drückte Flora im Vorraum der Toilette einen Tampon in die Hand.

»Nein danke, das war nur ein Vorwand. Ich wollte ungestört mit dir reden. Dharma hat mir eine absolut irre Geschichte …«

Die Eingangstür wurde geöffnet, und zwei Netzwerkerinnen kamen herein, ohne Thesi und Flora, die um die Ecke standen, zu sehen.

»Ist das nicht unglaublich? Diese blöde Kuh!«

Flora deutete Thesi, still zu schein, huschte in eine Kabine, zerrte Thesi nach und schloss leise die Tür. Thesi zeigte ihr den Vogel, stieg dann aber auf die zugeklappte Kloschüssel und rutschte zur Seite, damit Flora neben ihr Platz hatte.

»Nicht nur, dass sie ein Flittchen war, jetzt müssen wir ihretwegen hier einsortieren.« Nadines Stimme. Also weiß sie es, dachte Thesi und stützte sich an der Mauer ab, um das Gleichgewicht nicht zu verlieren.

»Ich mochte sie auch nie, ständig ließ sie ihren Busen so raus hängen. ›Seht mal, wie gut ich bestückt bin.‹ Das mag vielleicht bei Männern ziehen …« Der Stimme nach musste es Irene sein, doch Thesi hatte noch nie richtig mit ihr gesprochen und war sich nicht sicher.

»Hier ist, was du wolltest.«

»Danke, was bekommst du?«, fragte Nadine.

»Wie immer.«

Sie hörten, dass Taschen geöffnet wurden, Geldscheine raschelten, und kurz darauf verließen die zwei Frauen die Toilette.

Flora atmete auf und deutete Thesi, aus der Kabine zu verschwinden, als noch mal die Tür aufging. Sie huschten zurück und gingen wieder in Lauschposition.

»Ich halte diese ganzen Weiber nicht mehr aus.« Isas Stimme klang genervt.

»Wie meinst du das?«

»Rosa, mir fehlt die Zeit und allmählich die Lust, mich ständig mit diesem Kleinkram abzugeben. Es rechnet sich nicht. Ich muss mir neue Einkommensquellen suchen. Vielleicht sollten wir doch mehr …« Isa verstummte, als noch jemand den Raum betrat.

»Wir sehen uns draußen«, sagte Rosaria.

In Thesis Hosentasche vibrierte es. Schnell drückte sie das Telefonat weg und schaltete ihr Handy aus. Sie zog an der Spülung, öffnete die Tür einen Spaltbreit, damit Flora nicht gesehen wurde, und zwängte sich hinaus. Isa starrte sie erschrocken an, dann verließ sie fluchtartig die Toilette.

Ja, ich habe euer nettes Gespräch belauscht, dachte Thesi.

Nun war nur noch Luisa, die Isa und Rosaria durch ihr Eintreten vertrieben hatte, im Vorraum und wusch sich die Hände. »Druckerschwärze«, meinte sie lächelnd. »In zehn Minuten brechen wir übrigens alle zur Messehalle auf, wenn du mitkommen willst.« Sie drehte sich um und schloss die Tür hinter sich.

»Du kannst jetzt rauskommen. Und mach das ja nie mehr wieder. Du kennst doch meine Platzangst.«

Flora trat aus der Kabine und grinste sie an. »Nicht persönlich. Aber wir haben doch einige interessante Dinge erfahren.«

»Apropos Fahren, du willst nicht mit zur Messe, oder? Gehen wir lieber …« Das Klingeln von Floras Handy unterbrach sie.

›Boris‹ erschien auf dem Display. Flora drückte auf Lautsprecher, damit Thesi mithören konnte.

»Ich habe tolle Neuigkeiten!«, sagte er. »Leider kann ich Thesi nicht erreichen. Wo bist du gerade?«

»Am Klo im ›Kakadu‹ – mit ihr.«

»Aha.« Lange Pause. »Na gut. Frauen. Ähm, kannst du reden?«

»Sicher. Hast du die Dokumente dechiffriert?«

»Ja. Und es sind noch zwei versteckte Ordner aufgetaucht.«

»Das ist ja wie beim Ostereiersuchen«, flüsterte Flora.

Thesi schnappte sich das Telefon und sagte, dass sie schon auf den Weg nach Wien seien. Sie bat ihn, Paul und Leon zu verständigen, dass sie sich alle in einer Stunde beim ›Goldwirt‹ treffen würden.

Wie in alten Zeiten, freute sich Boris und versprach alles zu organisieren. Der ›Goldwirt‹ war vor Dinos Geburt das

Stammlokal der Fünf gewesen. Später hatten sie ihre Treffen in die gemütliche Küche von Thesi und Leon verlegt.

»Welche Ausrede verwenden wir bei den Ladys, oder empfehlen wir uns auf Französisch?«, fragte Flora.

»Hm nein, ich schiebe Dino und den ausgeschlagenen Zahn vor, diese Geschichte, etwas umgeschrieben und aufpoliert, funktioniert schon«, sagte Thesi und sah dann vorsichtshalber in alle Kabinen, um sicherzugehen, dass sie nicht belauscht wurden.

KAPITEL 14

London, Feber 1939

Zufrieden blickte Crowley auf die aneinandergereihten Entwürfe. »Sie werden immer besser, meine Liebe.«

Die Figuren auf den Blättern schienen zu fließen, zu gleiten, zu schweben. Maggie hatte Rudolf Steiners Ideen meisterhaft umgesetzt. Genauso hatte er es sich vorgestellt. Die Karten sprachen zu ihm, sie hypnotisierten ihn, sie bewegten ihn und das würden sie ab nun mit der ganzen Welt tun. Er nahm Maggie in die Arme und drehte sich mit ihr wie ein übermütiges Kind. So gut hatte er sich seit Langem nicht mehr gefühlt, und bald würde noch ein Wunsch in Erfüllung gehen.

»Ich habe sie gefunden«, keuchte er, nachdem er sich atemlos auf einen Sessel fallen hatte lassen.

»Wen?«

»Die Originalkarten! Jahrelang war ich auf der Suche, hab Unmengen an Geld ausgegeben, und dann lagen sie fast direkt vor meiner Nase.«

»Welche Originale? Die Karten des Visconti-Sforza-Tarot?«

»Nein, doch nicht die. Ich meine Pixies Karten. Du hast mir doch den Tipp mit dem deutschen Journalisten gegeben.«

Maggie setzte sich neben ihre Zeichnungen auf den Tisch, ließ die Beine baumeln und sah Crowley herausfordernd an.

»Pixies Karten? Was willst du damit? Glaubst du, dass du sie damit zurückeroberst? Nach mehr als 20 Jahren?« Sie hob die Illustration der ›Hohepriesterin‹ auf und wischte einen kleinen roten Käfer, der dort gelandet war, weg.

»Nein, wie oft soll ich dir noch sagen, ich will sie nicht zurück, ich will sie vernichten! Und zwar, indem ich die Erinnerung an sie auslösche. Ich werde ihre Karten zerstören. Wir werden unsere auf den Markt bringen, und kein Mensch wird nach ihrem Tod jemals wieder von Pamela Colman Smith sprechen. Oder ihre Karten benutzen. Die ganze Welt wird das Crowley Thoth Tarot befragen!«

Empört legte Maggie ihre Zeichnung zur Seite. »Crowley Thoth Tarot? Und wo bleibt mein Name?«

»Wieso dein Name? Du bist nur die Zeichnerin. Ich bin der Erfinder, der Visionär. Ohne mich wärest du nie auf die Idee gekommen, etwas so Einzigartiges zu erschaffen.«

»Das haben wir doch schon besprochen. Ohne mich wären diese Visionen nie so zu Papier gebracht worden.« Sie rutschte vom Tisch, begann die Zeichnungen zusammenzuraffen.

»Pass auf, du verbiegst sie ja noch«, sagte Crowley.

»Es sind meine Entwürfe, und ich kann damit machen, was ich will!«, schrie sie ihn an.

»Nein, das kannst du nicht, ich habe dich schon dafür bezahlt, und sie sind mein Eigentum.«

Maggie holte ihren Geldbeutel, warf ein paar Geldscheine auf den Tisch, nahm den Stapel Zeichnungen und ging zum Kamin. »Die paar Pennys kannst du zurückhaben. So, nun gehören sie wieder mir. Und jetzt sieh dir an, was ich noch damit machen kann.« Drohend hob sie die Zeichnungen über den Kamin, da sprang Crowley nach vorne, schubste sie weg und riss ihr die Blätter aus den Händen.

»Frauen! Nur ihr könnt euch selbst oder das, was ihr liebt, zerstören, um andere zu bestrafen. Du bist wie Pixie!« Er vergrub die Hände im Gesicht und begann leise zu schluchzen. »Wieso tut ihr so etwas?«

»Weil wir sonst keine Chance haben, euch Kontra zu bieten. Körperlich seid ihr uns überlegen. Wir können nur das vernichten, was euch etwas bedeutet. Auch wenn es uns meist mehr schmerzt als euch.«

Crowley saß zusammengekauert in seinem Stuhl und wimmerte. Maggies Zorn schien verraucht zu sein, sie hockte sich zu ihm und sah in voll Mitleid an.

Er hob den Kopf, starrte ins Leere und erzählte die Geschichte seines Kindes. Seines ungeborenen Kindes. »Pixie hatte mich schon lange verlassen wollen, weil ich ständig andere Frauen gehabt und wegen meines Asthmas zu viel Heroin genommen hatte. Als sie bemerkte, dass sie ein Kind erwartete, war für sie klar, dass sie es nicht bekommen würde. Kaltherzig erklärte sie mir, dass sie lieber bei einer Abtreibung sterben würde, als mein Kind auszutragen. Für immer an mich erinnert zu werden, wäre ihr unerträglich gewesen.« Er stockte. »Dabei hätte ich dieses Kind geliebt! Genauso wie meine erste Tochter. Die mit zwei Jahren starb. Nun werde ich nie mehr Kinder bekommen können. Nichts wird von mir bleiben, außer den Karten. *Meinem* Crowley Tarot.«

Er stand auf und fasste Maggie am Arm. »Und das willst du mir zerstören. Hast du nicht zwei wunderbare Söhne? Weshalb müssen die Karten auch deinen Namen tragen? Lass mir wenigstens diesen Triumph. Dieses winzige Überleben.«

KAPITEL 15

Freitag, 18. September

Der ›Goldwirt‹ war brechend voll, doch Boris hatte es geschafft, ihren alten Tisch zu ergattern. Groß prangte ein Schild mit der Aufschrift ›SOKO Sarah‹ in der Mitte. Typisch Boris, dachte Thesi, als sie ihre Tasche über die Stuhllehne hängte, alles perfekt organisiert. Wahrscheinlich hatte er außerdem die dechiffrierten Mails in fünffacher Ausführung ausgedruckt und gleich zusammengeheftet.

Ein paar Minuten später tauchten Paul und Leon auf. Als alle mit Getränken und ein paar Broten versorgt waren, fassten die Mädels ihren Lauschangriff im ›Kakadu‹-Klo zusammen.

»Ehebruch, Drogen und Hellseherei. Da ist ganz schön viel kriminelle Energie gebündelt«, meinte Paul.

»Und es kommt noch mehr.« Boris griff in seine Tasche, holte einen Stapel gehefteter Skripten heraus, drückte jedem einen Ausdruck in die Hand und erklärte, wie er den Code in den versteckten Ordnern entziffert hatte.

»Welcher Code, welcher Ordner?«, fragte Leon und sah Thesi durchdringend an.

»Sie wusste nichts davon, waren ja versteckte Ordner. Ich habe sie erst gestern Nacht entdeckt«, log Boris und erzählte, was er herausgefunden hatte. Der Code war ein Link, eine Art WWW-Storage, wo Unmengen an Mails, Bildern und Recherchematerial lagen.

Flora öffnete den Mund, setzte zu einer Frage an, aber

Paul meinte, sie müsse nicht alles verstehen, und Boris solle sich nicht unterbrechen lassen.

»Wie ihr sehen könnt, hat Sarah im Ordner ›NAZI‹ Material über Fälschungen gesammelt. Gefälschte Handschriften, gefälschte Aquarelle und Ölbilder. Wieso sie es unter NAZI abgelegt hat, weiß ich nicht, da es sich bei den Beispielen nicht um Nazi- oder Raubkunst handelt, sondern um Bilder, die um die Jahrhundertwende entstanden sind.«

»Fälschungen«, überlegte Thesi. »Das Einzige, was auf Echtheit überprüft wurde, waren die Tarotkarten. Dann hatte sie also Rosaria in Verdacht, dass die Illustrationen gefälscht sind?«

»Wann wurden die Originale gemalt?«, fragte Paul.

»Um 1910 herum, wenn ich mich richtig erinnere«, sagte Flora.

»So etwas zu fälschen, ist ein Kinderspiel«, meinte Paul. Er erklärte, dass man dazu nur Papier und Farben aus der Zeit brauchte, um die Chemiker hinters Licht zu führen, sowie einen Künstler, der den Stil perfekt beherrschte.

Thesi erinnerte sich, dass das Kopieren berühmter Meisterwerke zur Ausbildung auf der ›Graphischen‹ gehört hatte. Jeder Schüler versuchte sich als Schiele und Klimt. Einer ihrer Kollegen war kurze Zeit berühmt gewesen, weil er einen Picasso so gut nachgeahmt hatte, dass er sogar die Experten einiger Auktionshäuser täuschen konnte. Leider hatte das Ganze ein gerichtliches Nachspiel.

Sie trank einen Schluck Wein. Was wohl aus ihm geworden war? Irgendwo musste sie noch eine seiner Zeichnungen haben, oder war die auch im Gartenhaus gewesen?

»Aber für ein Tarotdeck braucht man mindesten 78 gleiche Blätter«, riss Flora sie aus den Gedanken. »Und dann müsste jedes Bild beim ersten Versuch gelingen. Wo bekommt man so viel altes Papier her?«

»Bestände aus den Lagern von Papierfabriken, auf den Dachböden verstorbener Künstler …«, überlegte Boris.

»Dem werden Flora und ich nachgehen«, sagte Thesi, »ist ja unser Fachgebiet. Morgen am Naschmarkt können wir gleich Ausschau nach altem Büttenpapier halten.«

Leon nahm betont langsam einen Schluck Wein und sagte nichts.

Boris blätterte in den Ausdrucken und erzählte, dass Sarah Informationen über alle ihre Bekannten gesammelt und über deren Leichen im Keller Dossiers geführt hätte.

»Pfft!« Flora hob ihren Papierstapel hoch. »Das scheint in Arbeit auszuarten, hier mal auszumisten.«

Boris lächelte und antwortete, das sei aber noch längst nicht alles; um sämtliche Unterordner in Sarahs Storage zu sichten, hätte er zu wenig Zeit gehabt.

Das Gespräch erstarb, weil sie begannen, die Ausdrucke zu lesen.

»Keine echte Sympathieträgerin, wenn ich mir das so ansehe«, meinte Leon nach ein paar Minuten.

Deshalb sollten sie sich mit den Nachforschungen beeilen, sagte Thesi, bei den vielen potenziellen Tätern, wäre die Chance groß, dass es einer im Krankenhaus noch mal versuchen würde. Sarah liege übrigens noch immer im Koma, es sei keine Besserung eingetreten.

»Bei Krankenhaus fallen mir Drogen und die Szene im ›Kakadu‹-Klo ein. Irene hat doch Nadine irgendetwas verkauft, oder, Thesi?«

Ihr erster Gedanke sei Kokain gewesen, antwortete Thesi, aber sie könne es sich bei beiden nicht vorstellen, wahrscheinlich waren es Vitaminpillen oder ein Tee. Sie müsse mal nachsehen, was Irene eigentlich anbiete außer ihrer Arbeit als Sarahs Nachfolgerin.

»Wenn wir so planlos weitermachen, werden wir keinen der beiden Fälle lösen können«, sagte Boris. »Wie wäre es, wenn wir ein Detektivbüro gründen. Ich stelle euch alle an, jeder hätte sein Spezialgebiet, und gemeinsam könnten wir tolle Aufträge an Land ziehen.«

»Lösen wir mal diese beiden Fälle und dann hoffen wir, dass wir nie wieder in solche Situationen geraten – und untreue Ehemänner zu observieren, ist nicht mein Lebensziel«, dämpfte Leon den Enthusiasmus seines Freundes.

»Na gut, du Spielverderber.« Boris sah in die Runde. »Wer übernimmt was?«

Sie einigten sich darauf, dass Thesi in Nadines Boutique vorbeischauen würde, um ihr Alibi zu überprüfen und um herauszufinden, was genau sie von Irene gekauft hatte. Leon wollte bei der Tagespost Johann Bauer unter dem Vorwand, ein Inserat für seinen Weinversand zu schalten, einen Besuch abstatten und ihn unauffällig ausfragen. Flora sollte versuchen, an Irene heranzukommen, und Paul versprach, eine Veranstaltung der ›Anonymen Alkoholiker‹ auf der Suche nach Nadines Mann zu besuchen. Obwohl er meinte, das sei eher die Aufgabe von Leon. Dann könnte er als Drogendealer gleich sehen, was seine Klientel so treibe.

Leon seufzte. »Wein ist ein Genussmittel, wenn nicht sogar ein Heilmittel. Es kommt immer auf die Dosis an, wie bei Giften. Arsen zum Beispiel. Alles kann bei psychologischer Disposition zur Sucht werden. Lob, Spiel …«

»Sport«, warf Thesi ein.

»Oder Essen. Ist dann jeder Greißler ein Drogenhändler?«, schloss Leon.

»Excusez-moi, ich wollte keine Grundsatzdiskussion entfachen, nur einen Scherz auf deine Kosten machen. Sei nicht so empfindlich.« Paul hob sein Weinglas und prostete Leon zu, der säuerlich lächelte.

»Mir fällt noch was zu Abhängigkeit ein. Ich glaube, dass Irene von Isas Karten abhängig ist«, überlegte Thesi. »Was ich da heute gesehen habe, war schon eigenartig.«

»Ich werde mich darum kümmern«, sagte Flora. »Treffen wir uns morgen direkt am Naschmarkt, oder soll ich dich abholen?«

KAPITEL 16

Tageskarte für Samstag, 19. September
Drei der Kelche

Die Drei der Kelche zeigt Menschen, die feiern. Heute steht Kommunikation im Mittelpunkt. Sie werden mit mehr als drei Menschen intensive Gespräche führen. Egal, welche Themen angesprochen werden, zum Schluss werden Sie zu einem gemeinsamen Ziel kommen.

Als der dicke Journalist weg war, ging Rosaria ins Hinterzimmer, goss eine Tasse Kamillentee ein und aß eine Handvoll Nüsse. Nervennahrung. Wie kam er auf die Idee, dass die Karten gefälscht seien? Schlechte Presse konnte sie vor der Versteigerung auf keinen Fall gebrauchen. Als sie vor einer Woche das erste Mal mit ihm gesprochen hatte, war er noch nett und zuvorkommend gewesen. Was war in der Zwischenzeit geschehen?

Glücklicherweise hatte sie alle seine Unterstellungen entkräften können, hatte ihn sogar die Originaltagebücher von Diggendorf lesen lassen. Besser als mit diesen Büchern konnte man die Echtheit der Illustrationen nicht dokumentieren. Sie ging in den Verkaufsraum und setzte sich in den abgewetzten Plüschsessel, der sonst ihren Kunden als kuschelige Leseecke diente. Das Tagebuch lag geöffnet daneben. Da sie allein war, las sie es nochmals durch:

15. Dezember 1938

Ausflug nach Cornwall gemacht, St. Michael's Mount besichtigt. Diese Burg auf der kleinen Felseninsel ist eine mögliche Gralsstätte. Trotz intensiver zweitägiger Suche und der Bestechung einiger Burgaufseher, konnte ich keinerlei Hinweise finden. Eine ernüchternde Reise, trotz der majestätischen Schönheit des Bauwerks, doch ich bin nicht hier, um – wie nennen es die Engländer – Sightseeing zu betreiben. Habe außerdem eine Frau getroffen, die mir von einem Londoner Kollegen empfohlen worden war. Gute Zeichnerin, hatte schöne Tarotkarten, die Himmler sicher gefallen werden.

Die Frau, deren Namen ich schon wieder vergessen habe, schien ein Mischling gewesen zu sein, keine schwarze Hautfarbe, aber doch ein dunkler Typ. Wahrscheinlich in Geldnot, akzeptierte sie ein sehr geringes Angebot von mir sofort.

10. Jänner 1939

Nach den Feiertagen zurück in London, es schneit schon wieder. Bin froh, wenn ich diese verdammte Stadt endlich verlassen kann, doch ein paar Dinge muss ich noch erledigen. Habe einige Hinweise, wo ich Informationen über Tibet herbekomme. Schäfer wird mir dankbar sein, wenn ich ihm weitere Berichte zukommen lassen kann.

12. Jänner 1939

Hatte heute einen Interviewtermin mit Sir Benjamin Melrose, dem Fraktionsgeschäftsführer der Liberal Parliamen-

tary Party. Er steht Hitler skeptisch gegenüber, wird schwer sein, hier einen Verbündeten zu finden. Werde es sofort an das Büro von Ribbentrop weiterleiten, damit sie einen anderen Ansprechpartner suchen. Habe dort exzellente Zeichnungen von Freimaurersymbolen gesehen, angeblich von seiner Frau gemalt. Auch diese Karten wollte mir Melrose nicht verkaufen. Kein ergiebiger Termin also. Meine Recherchen ergaben, dass Lady Margaret Melrose ein geschätztes Mitglied der Londoner Gesellschaft ist. Verwunderlich, dass sie für die Freimaurer arbeitet.

13. Jänner 1939

Ribbentrop ist über die neuerliche Ablehnung der Liberals erzürnt. Generell ist er den Engländern immer weniger gewogen, seit die britische Presse ständig über ihn witzelt. Die Kollegen hier auf der Insel verhalten sich ganz ungeschickt, erkennen den Ernst der Lage nicht.

Habe in der Zwischenzeit noch mehr über diese Lady Melrose in Erfahrung gebracht, sie scheint wirklich Malerin zu sein, außerdem Mitglied bei einer esoterischen Geheimloge. In letzter Zeit wurde sie öfter mit einem gewissen Aleister Crowley, einem Sektenführer, gesehen. Werde ein paar Beobachter darauf ansetzen, vielleicht könnte ein Skandal seiner Frau und eine kleine Erpressung unsererseits diesen Melrose umstimmen, doch noch mit uns zu kooperieren.

Rosaria schloss das Buch. Der Bericht über den Kauf in Cornwall, der unmissverständlich auf Pamela Colman Smith schließen ließ, musste den Schnüffler zufriedengestellt haben. Sie hatte ihm noch ein paar andere Schriftstücke aus Diggendorfs Nachlass gezeigt, und er schien überzeugt gewesen zu sein. Etwas enttäuscht vielleicht, aber überzeugt. Da hatte sie ihm wohl einen Knüller kaputtgemacht, eine Fälschergeschichte wäre sicher interessanter als eine einfache Auktion, dachte sie, klemmte sich das Buch unter den Arm, stand auf und räumte ein Stehpult zur Seite. Dahinter in der Holzvertäfelung befand sich eine kaum wahrnehmbare halbhohe Tür. Rosaria öffnete sie, und ein kleiner Raum, gerade groß genug, um ein paar Folianten unterzustellen, wurde sichtbar. Sie schob das Tagebuch zu den fünf anderen ledergebundenen abgegriffenen Bänden. Auf der Vorderseite jeden Buches prangten in dunkelroter Kursivschrift die Buchstaben H v D.

Kruger hatte sich in einer schicken Stehbar am Naschmarkt ein Glas Champagner und ein halbes Dutzend Austern bestellt, obwohl es keinen Grund zu feiern gab. Es war eher ein Frustessen, denn die Geschichte war alles andere als eine Sensation. Die Rohrau konnte nachweisen, dass die Karten echt waren. Wieso beharrte der junge Diggendorf darauf, dass sie gefälscht seien und er sie niemals gesehen hatte? Er erinnerte sich an den schmerzhaften Griff an seinem Hals und die kurze Ohnmacht. Wer weiß, wozu dieser Verrückte sonst noch fähig war. Vielleicht wäre es doch besser, wenn er sich raushielte. Es gab andere Storys, die darauf warteten, von ihm geschrieben zu werden. Schade um die Zeit, die er schon investiert hatte. Und um das Geld. Für den ersten Tipp, sich auf die Spuren dieser Karten zu heften, hatte er doch einiges hingeblättert. Diesem Tschechen war nicht zu trauen. Noch einmal würde er nicht auf ihn reinfallen.

Er schlürfte eine Auster, verzog das Gesicht und schwemmte den schleimigen Geschmack mit einem Schluck Champagner hinunter. Dann betrachtete er die Menschen, die vorbei flanierten, ihre Wochenendeinkäufe machten oder sich mit Freunden in einem der vielen kleinen Lokale trafen.

Diese große Rothaarige dort drüben würde ihm gefallen, aber die spielte in einer ganz anderen Liga. Er sah ihr gedankenverloren nach.

»Schau mal, sind die nicht großartig?« Flora steuerte auf die Fischhändlerin zu und deutete auf die Hummer, die mit zusammengebundenen Scheren ungelenk am Boden des Aquariums herumkrabbelten.

»Hm, bist du dir sicher, dass du welche brauchst?«

»Ja, der Auftraggeber will sie unbedingt auf seinem Bild.« Flora wandte sich an die Verkäuferin. »Bitte zwei Hummer, wenn möglich die mit den schönsten Scheren.«

»Ich werd' schaun.« Mürrisch drehte sich die Marktfrau um, fischte mit einem Kescher die ersten beiden Tiere, die ihr in den Weg kamen, heraus, wickelte sie in Zeitungspapier und legte sie auf den Tresen. Dort wanderte das Paket langsam nach links weiter.

Sprachlos starrten Thesi und Flora auf ihren bewegten Einkauf.

»Wie bringen wir die nach Hause?«, flüsterte Thesi der Verkäuferin zu.

»Fliagn S' as, des sans scho gwohnt«, antwortete die Verkäuferin trocken. »Des macht 110 Euro für die Prochtkerl mit de schensten Schern.«

Thesi schnappte ob des horrenden Preises nach Luft, Flora kicherte nervös, während sie zahlte, und steckte dann das zappelnde Paket in einen Leinensack, der schon mit Zwiebeln, Zitronen und Feigen gefüllt war.

»Jetzt brauch ich was zu trinken«, stöhnte Flora und deutete auf eine Bar gegenüber. Thesi stimmte zu. Den

Charakterkopf dieser freundlichen Fischfrau wolle sie sich auf keinen Fall entgehen lassen.

Flora bestellte zwei weiße Sommerspritzer – leicht genug, damit sie nachher noch mit dem Auto fahren konnte – und Thesi kramte in ihrer Tasche nach Skizzenbuch und Stift. Sie fischte die Spionagekamera von Boris heraus und musste lächeln. Da hatte Dino wieder mal seine Sachen eingepackt. Endlich fand sie auch ihr Skizzenheft und legte los. Als sie mit der Fischfrau fertig war, nahm sie sich noch den dicken Glatzkopf von der Bar gegenüber vor, der Flora so ungeniert in den Ausschnitt schielte. Flora wiederum beobachtete angespannt ihre Einkaufstasche, die sich gemächlich auf den Nebentisch zubewegte.

»Ich weiß nicht, ob der Zwischenstopp hier so eine gute Idee war, wollen wir nicht gleich nach Hause?«

»Ooch …«, antwortete Thesi und steckte ihre Zeichenutensilien weg. »Wir parken direkt vor Rosarias Geschäft. Das möchte ich mir gerne noch ansehen. Wir geben die Tierchen ins Auto und hoffen, dass sie keine Kabel durchzwicken.«

»Na gut, aber nur zehn Minuten«, seufzte Flora und fügte, um sich selbst zu überzeugen, hinzu: »Ein paar alte Bücher machen sich sicher gut auf den Stillleben.«

Sie ließen die halb vollen Weingläser stehen, gingen zum Auto und verstauten die Hummer im Kofferraum. Flora schloss den Deckel und deutete dann auf eine Frau und einen Mann auf der anderen Straßenseite, die vor dem Antiquariat stritten.

»Ist das nicht Rosaria?«

Thesi kniff die Augen zusammen und nickte.

»Schnell, den Spionstift«, flüsterte Flora.

Thesi fischte ihn aus der Tasche, steckte ihn sich ins

Dekolleté und stellte sich so, dass sie genau in Richtung der Streitenden blickte. Die hatten inzwischen an Lautstärke zugelegt und fuchtelten wild mit den Armen. Südländisches Temperament, dachte Thesi.

»Wir sollten schnell rübergehen, damit wir vom Ton auch noch etwas mitbekommen«, sagte Flora. In diesem Moment schaltete die Ampel auf Grün, und Hunderte Autos sausten an den beiden vorbei.

Als sie endlich wieder freie Sicht hatten, waren Rosaria und der Mann verschwunden. Thesi und Flora rannten bei erster Gelegenheit über den Zebrastreifen und betraten schnaufend das Geschäft. Eine kleine Klingel läutete, als sie die Tür schlossen, und Rosaria, die mit dem Rücken zu ihnen gestanden war, drehte sich erschrocken um.

»Oh hallo, schön, euch zu sehen.« Ihre Stirn lag in Falten. Rote Flecken überzogen ihre Wangen, und sie spielte nervös mit einem ihrer Ohrringe. Klick, klack, auf und zu.

»Alles in Ordnung? Wir haben dich mit diesem Mann gesehen. Gab es Streit?«, fragte Flora.

»Ach, nur mein Ex.« Klick, klack. Ununterbrochen öffnete und schloss sie ihre Kreole. Am liebsten hätte ihr Thesi die Hand auf die Finger gelegt, wie sie es bei Dino immer tat, wenn er mit der Gabel auf dem Küchentisch trommelte und es nicht bemerkte.

Rosaria fuhr fort: »Er kann ein Nein nicht akzeptieren. Typisch Mann!« Sie nahm einen Schluck Tee und rang sich ein gequältes Lächeln ab.

Das hatte aber nicht nach Beziehung ausgesehen, überlegte Thesi. Doch sie wollte nicht nachbohren, sondern betrachtete stattdessen die alten Bücherregale im Antiquariat. Dunkles Eichenholz, vom Boden bis zur Decke in die Mauer eingebaut mit einer fahrbaren Leiter. Genau so etwas wollte sie immer haben. Und genau so eine Bibliothek, vollgeräumt mit alten ledergebunden Büchern, die nach Moder rochen und nach Geschichte. Sie sog den Duft ein, sah sich weiter um und entdeckte ein kleines Hinterzimmer, in dem zwei große Tontöpfe gefüllt mit Papierrollen standen. Die Wände waren mit alten vergoldeten Bilderrahmen behängt, kein Plätzchen war in diesem kleinen Geschäft ungenutzt.

Thesi deutete auf die Rollen. »Sind das Grafiken? Darf ich sie mir ansehen? Ich möchte ein paar Aquarelle für unser Haus kaufen. Alte Bilder haben einfach mehr Flair.«

»Natürlich.« Rosaria nahm eine Zeichnung, nestelte am Gummi herum und zog ihn ab. »Eigentlich ist es ein Verbrechen, Kunstwerke so zu lagern, aber ich habe sie schon eingerollt bekommen. Das Glätten muss der Käufer übernehmen. Hier.« Sie zog das Bild auseinander, und ein prächtiger Jugendstilteller wurde sichtbar. Das Papier war schon etwas vergilbt und hatte einige braune Stockflecken.

Dies sei die Arbeit eines ganzen Lebens, erzählte Rosaria. Die Enkelin eines Porzellanmalers hätte die Rollen beim Ausmisten am Dachboden gefunden. Von den Zeichnungen der Kunstgewerbeschule bis zu den Entwürfen seiner Muster für Augartenporzellan hatte ihr Großvater alles sorgsam verpackt, etikettiert und aufbewahrt. Rosaria sei gerade dabei, auszusortieren.

Sie öffnete eine andere Rolle, und Thesi sah eine pastellfarbige Blumenbordüre. Darunter stand:

K.K. Fachschule Gablonz,
Decoratives Malen, 1. Jahrgang, Blatt 1,
24. October 1899,
Franz Hübner

Danach zeigte ihr Rosaria eine Kopie des berühmten Dürerhasen, den Hübner im vierten Jahrgang gemacht hatte.

Thesi pfiff durch die Zähne. »Nicht schlecht, der Herr Franz.«

»Ihr seid doch auch Grafikerinnen, habt ihr eure Studienzeichnungen noch? Musstet ihr auch viel kopieren?«, fragte Rosaria.

Flora, die sich mit einem Stapel Bücher in den Plüschsessel verzogen hatte, sah auf. »Ich nicht, ich war in der Fotoklasse, aber Thesi schon. Wie hieß doch gleich unser Picasso?«

»Manfred Klingmann«, antwortete Thesi und beobachtete Rosaria. Wenn sie, wie Sarah vermutete, mit Fälschern zu tun hatte, wäre ihr Manfred sicher ein Begriff. Doch die Antiquarin zeigte keinerlei Reaktion.

Während Flora in ihren Büchern schmökerte, erkundigte sich Thesi, wie man zu den Nachlässen dieser Künstler käme.

Sie hätte gute Verbindungen zu drei, vier Firmen, die Wohnungen räumten, erklärte Rosaria, die brächten ihr immer wieder mal was vorbei. Sie inseriere auch in Zeitungen, und vom Magistrat Wien gäbe es eine Abteilung, die Wohnungen ohne Erben leerte, da wäre oft etwas Interessantes dabei. Sogar auf dem Müllplatz fände man ab und zu kleine Schätze.

Flora stand auf und nahm ein Paket Karten, das an der Kassa in einer Schütte lag. »Pixies Tarotkarten. Die nehme ich mit, ich muss mir unbedingt mal die Zukunft voraussagen.«

»Falls du etwas zur Deutung brauchst, empfehle ich das hier.« Rosaria zog eines der antiquarischen Bücher aus dem Regal und legte es dazu.

»Danke.« Flora blätterte es schnell durch. »Wie hast du dich eigentlich gefühlt, als du das Rider-Waite-Tarot gefunden hast? Wenn man die Nachdrucke zu Hunderten verkauft und plötzlich das Original in Händen hält – war das ein *Kawumm*?«

»So ähnlich«, sagte die Antiquarin und lächelte zum ersten Mal, seit Thesi und Flora den Laden betreten hatten. »Ich dachte erst, ich sehe nicht recht.«

Sie hätte die Karten anfänglich auch für Studienzeichnungen, für Kopien, gehalten, doch je länger sie die Blätter in Händen gehabt hätte, umso überzeugter war sie von der Echtheit gewesen. Denn niemand zeichnete 78 Karten zu Übungszwecken ab. Ein oder zwei Stück vielleicht, um ein Gefühl für den Stil zu bekommen, aber alle? Rosaria hatte gemeinsam mit den Illustrationen auch ein paar Tagebücher erworben, und nachdem sie begonnen hatte, diese zu lesen, bekam sie zum zweiten Mal eine Gänsehaut, denn dort entdeckte sie, dass der Tagebuchschreiber Hans von Diggendorf die Blätter direkt von einer Zeichnerin in Cornwall gekauft hatte. Nach ein paar Recherchen fand sie heraus, dass es sich um Pamela Colman Smith handeln musste, die damals in Bude, einer kleinen Küstenstadt, gelebt hatte.

Kurz vor Kriegsbeginn war Diggendorf von London nach Berlin zurückgekehrt und wollte die Tarotkarten Himmler für die ›Stiftung Ahnenerbe‹ übergeben. Der hatte plötzlich kein Interesse mehr daran gehabt. Deshalb waren sie in Diggendorfs Besitz geblieben und gelangten über ihn Mitte der 50er Jahre nach Wien.

»Ach, der Besitzer war vor dem Krieg zurückgekommen?«, fragte Flora. »Ich hab gedacht, er sei wegen der Nazis nach England emigriert, hätte die Karten dort gefunden und wäre erst nach Hitlers Tod heimgekehrt.«

Thesi sah überrascht von den Porzellanentwürfen auf, die sie während Rosarias Erzählung durchgesehen hatte.

Rosaria schien verlegen zu sein. »Nun ja, bei den Zeitungsinterviews habe ich nicht erwähnt, dass Diggendorf eigentlich ein Nazi war. Ich wollte nicht, dass die Tarotkarten in die Nähe von Raubgut gerückt werden.«

Thesi verstand diese Überlegung, und es war in Österreich ja durchaus üblich, eine braune Vergangenheit zu verschweigen.

Sarahs Naziordner bekam nun wieder eine ganz andere Bedeutung. Sie betrachtete gedankenversunken drei Musterentwürfe für Teetassen, die sie sich zur Seite gelegt hatte. Passend gerahmt, nebeneinander gehängt, würden sie sicher toll aussehen. Sie zögerte. Was, wenn Sarah recht hatte und Rosaria Fälschungen verkaufte? Doch die Diggendorf-Geschichte schien schlüssig und durch die Tagebücher belegbar. Und wenn Brody's nichts zu beanstanden hatte, konnte daran nichts faul sein. Wahrscheinlich hatte Sarah auch nur Gerüchte gesammelt, geleitet vom Wunsch, etwas Böses über Rosaria zu finden.

Thesi schob die Zeichnungen übereinander und hob sie auf. Außerdem, wer fälschte einen *Franz Hübner aus Gablonz*. Wo lag das überhaupt? Irgendwie kam ihr der Ort bekannt vor, hatte sie den Namen nicht vor Kurzem gehört?

»Da hast du dir die schönsten ausgesucht«, meinte Rosaria und nahm Thesi die Blätter aus der Hand.

»Ich habe auch noch etwas gefunden.« Flora kam hinter einem Regal hervor und trug vier ledergebundene idente Folianten mit Goldprägung. »Darf ich die Serie auseinanderreißen?«

»Natürlich«, sagte Rosaria. »Niemand kauft 40 Bände davon.«

Thesi nahm ein Buch in die Hand und las den Titel. Weltgeschichte. Herausgegeben von Professor Dr. J. v. Pflugk–

Harttung, Berlin, Ullstein & Co. Neuzeit 1650 bis 1815. »Das ist in Kurrentschrift gedruckt, kannst du das lesen?«

»Ich brauch die doch nicht zum Lesen. Es geht wie immer nur ums Aussehen«, sagte Flora. »Die sind Statisten für meine Kunstwerke.«

Thesi ließ noch mal den Blick über die Bücherwand gleiten, die voll mit antiquarischen Schönheiten war, darunter viele Enzyklopädien, wo ein Band wie der andere aussah. Schade, dass sie zu Hause dafür keinen Platz hatten, dachte sie und bat Rosaria um die Rechnung.

Die Antiquarin schrieb alles zusammen und machte jeder der beiden einen guten Preis.

»Günstiger als … Himmel, die Hummer! Wir müssen fahren!«, sagte Flora und schob Thesi aus dem Geschäft.

Zu Hause angekommen ließ Thesi die Badewanne einlaufen und legte die Tiere ins Wasser. »Muss ich das salzen?«

»Ich schau schnell nach«, antwortete Flora und holte ihr iPhone. »Wenn ich gewusst hätte, dass die so stressen.«

»Was mache ich jetzt mit euch? Zuerst mal gebe ich die Fesseln weg.« Mutig griff Thesi ins Wasser und befreite die Hummer von den dicken Gummiringen. »Ach, schaut mich nicht so an!«

Sie flüchtete zu Flora ins Wohnzimmer.

»Hier steht, dass sie Salzwasser bräuchten.«

Thesi drückte ihrer Freundin wortlos eine Packung in die Hand.

»Meersalz, perfekt. Da werden sie sich wie zu Hause fühlen.«

»Nimm nicht zu viel, sonst vergiftest du sie«, rief ihr Thesi hinterher.

Als abends die gesamte ›SOKO Sarah‹ vor der Badewanne versammelt war, ging es den Hummern prächtig. Sie wanderten bedächtig von einer Seite der Badewanne zur anderen und harrten der Dinge, die da kommen würden.

»Also ich kann sie nicht ins kochende Wasser schmeißen«, sagte Flora und schoss ein paar Fotos.

»Ich auch nicht«, pflichtete ihr Boris bei.

»Ich schon gar nicht.« Thesi blickte in die Runde. »Aber wer macht es dann?«

»Wer braucht sie für das Bild? Flora. Also macht es Flora«, erwiderte Paul.

»Was ist, wenn wir sie in der Donau aussetzen«, schlug Thesi vor. »Wir machen die Fotos, Flora, du färbst sie im Photoshop rot ein, und dann ab zum Donaukanal.«

»Aber die sind ja ständig in Bewegung.«

»Doch mit welcher Geschwindigkeit, Flora. Sprintweltmeister sind sie keine«, sagte Paul.

»Außerdem – in den Donaukanal werfen? Wisst ihr, wie dreckig die Donau ist? Da wäre ein Tod in siedendem mit bestem Weißwein versetztem Wasser um einiges gnädiger. Gönnen wir ihnen einen schönen Abgang in einem fantastischen Chardonnay«, schlug Leon vor.

»Ich hab eine bessere Idee«, sagte Boris. »Gibt es nicht eine Pizzeria in eurer Straße? Wartet einen Moment, ich bin gleich zurück. Stell schon mal dein Stillleben zusammen, Flora.« Boris warf sich seine Jacke über und verließ das Haus. Bevor er die Tür hinter sich schloss, rief er noch: »Und lasst die Hummer in Ruhe.«

20 Minuten später war er zurück. Mit fünf Pizzaschachteln und zwei Plastikhummern.

»So, Ersatz für das Abendessen und die Körperdoubles für Floras Bild.« Er drückte Flora die Tiere in die Hand.

»Jeder gute Italiener hat doch ein paar Hummer in einem Fischernetz an der Wand hängen. Nach der Bearbeitung am Computer sieht kein Mensch mehr, ob die echt waren.«

»Plastik! Nie im Leben!« Flora zierte sich, legte die Dekohummer nach Thesis Zuspruch aber doch in das vorbereitete Stillleben. »Ausnahmsweise. Es entspricht zwar nicht 100-prozentig meinem Konzept der realitätsnahen Nachstellung, aber was soll's. Bevor wir uns hier versündigen.«

»Stichwort«, sagte Boris. »Was gibt es bei euren Recherchen Neues?«

Paul berichtete, dass er auf dem Goldstück keine Fingerabdrücke, dafür aber eine Punzierung entdeckt hatte. Laut *Tardy* war das Schmuckstück in Wien hergestellt worden. Der Stempel war für mittelgroße Erzeugnisse mit hohem Goldgehalt benutzt worden und zwischen 1824 und 1866 gebräuchlich.

»Ist der *Tardy* einer deiner gräflichen Verwandten?«, fragte Flora.

»Nein, der *Tardy* ist das Nachschlagewerk für Punzierungen, meine unwissende Freundin. Wie der Duden für …«

»Dann kann das Bruchstück nicht von Thesi sein«, unterbrach Leon. »Wir haben keinen so alten Goldschmuck.« Er überlegte. »Was wir aber endlich haben, ist ein schlüssiger Beweis für eine Brandstiftung, nun ist es ein Fall für die Polizei. Soll ich gleich Robert anrufen?«

Flora schoss ihr letztes Foto, verzog das Gesicht und meinte, am Wochenende dürfe man den Herrn Oberinspektor nicht stören, da hätte er immer so viel zu tun.

»Ich werde ihm am Montag alles mitteilen«, sagte Thesi, während sie begann, das Stillleben samt Plastikhummern abzuräumen, um Platz für die geöffneten Pizzaschachteln zu schaffen.

Boris schnappte sich ein Stück mit Salami, das schlapp nach unten hing, und biss hinein. »Mhh, kalt. So wie ich es mag.«

»Mes amis, könnten wir wenigstens so kultiviert sein und Teller verwenden?«

»Na gut, wenn es sein muss. Welche Neuigkeiten gibt es sonst noch?«

»Boris, du bist so fordernd.« Thesi schob Paul einen Teller und Besteck über den Tisch. »Wir haben doch erst gestern die Aufgaben verteilt. Ich habe in der Zwischenzeit mit Flora eingekauft und Rosaria besucht. Sie besitzt Tagebuchaufzeichnungen, die die Echtheit ihrer Illustrationen belegen. Somit hatte Sarah nichts gegen sie in der Hand, und sie fällt als Verdächtige weg.«

»Du sagst, ich kann Rosaria streichen? Da schreibt Sarah aber etwas ganz anderes. Ihr war dieser Fund im Antiquariat höchst verdächtig, und sie vermutete eine Fälscherbande dahinter. Obwohl – sie unterstellte fast jedem etwas Rufschädigendes.«

Boris erklärte, dass er unter den Dossiers auch eines über Irene gefunden hätte, die anscheinend beim ebay-Verkauf der ›Wiener Frauen‹ ein paar linke Dinger gedreht hätte. Die Sachspenden wären nur zu einem sehr geringen Teil für das Waisenhaus in Tschechien verwendet worden, der Großteil war unter der Hand an Zwischenhändler in den ehemaligen Ostblockstaaten verkauft worden, und das Geld hätten Isa und Irene eingesteckt.

»Mühsam nährt sich das Eichhörnchen«, warf Leon ein, »so ein Verbrechen wäre doch den Aufwand nicht wert.«

Genau deshalb suchten Isa und Irene schon nach ertragreicheren Geschäften, sagte Flora und erzählte von dem Gespräch, das sie im ›Kakadu‹ belauscht hatten.

»Also dürften Sarahs Verdächtigungen teilweise stimmen, und sie hat nicht ins Blaue hinein fantasiert.« Thesi sah Boris prüfend an. »Gibt es auch ein Dossier über Flora und mich?«

»Nein, wie kommst du darauf, lazy Thesi?«

Oh Gott, ihr Spitzname, den niemand kannte … bis jetzt … sie hatte es gewusst!

Leon sah sie fragend an. Thesi fühlte, wie ihre Wangen zu glühen begannen. Hoffentlich stand da nicht alles drin, was sie und Flora während ihrer Schulzeit angestellt hatten.

Flora legte den Zeigefinger auf die Lippen, um zu zeigen, dass sie schweigen würde.

»Ich habe herausgesucht, wann das nächste Treffen der ›Anonymen Alkoholiker‹ in der Nähe von Sarahs Wohnung stattfindet«, wechselte Paul das Thema. »Falls der Hochstaller selbst nicht auftaucht, werde ich sicher etwas über Sarah rausfinden können.«

»Ich komme mit«, sagte Flora. »So ein Treffen wollte ich immer schon besuchen. Hallo, ich bin Flora und ich bin Alkoholikerin.«

»Gut, dann spiele ich den Ehemann, der unter dir und deinem Problem leidet. Es ist übrigens schon morgen, schlaf nicht zu viel und schmink dich schlampig.«

»Ähm, und zum Abschluss – Boris, nachdem du die Hummer gerettet hast, was machen wir nun damit?«, fragte Leon.

»Ich bringe euch mein altes Aquarium vorbei.«

KAPITEL 17

London, März 1939

Ein gleißender Sonnenstrahl weckte Crowley. Missmutig stand er auf, zog den Spalt des Vorhangs zu und wollte sich wieder ins Bett legen, als er einen stechenden Schmerz in der Fußsohle verspürte. Die Spritze! Sie musste gestern, nachdem er seine Medizin genommen hatte, zu Boden gefallen sein. Ein Hustenanfall schüttelte seinen Körper. Die Wirkung des Heroins ließ nach. Als er wieder einigermaßen Luft bekam, öffnete er seinen Schrank und suchte saubere Kleider. Heute wollte er der Redaktion des ›Völkischen Beobachters‹ einen Besuch abstatten. Dabei Pixies Karten einen Schritt näherkommen und sein Buch an Hitler weiterleiten lassen.

Dass Hitler das ›Liber Legis‹ schon kannte, weil seine Freundin Martha Künzel es ihm vor Jahren in Berlin übergeben hatte, war egal. Dieses Exemplar war mit einer persönlichen Widmung versehen, in welcher er sich bedankte, dass Hitler Passagen aus dem ›Liber Legis‹ zitiert hatte. Denn einiges in ›Mein Kampf‹ war Crowley sehr bekannt vorgekommen. Er hatte das Buch vor einigen Monaten gelesen, weil sein Verleger es ihm ans Herz gelegt hatte. 90.000 Stück wären von der englischen Übersetzung bis jetzt verkauft worden. Der Verlag Hurst & Blackett hätte ein Riesengeschäft gemacht, und ob Crowley nicht etwas Ähnliches schreiben könnte.

Pahh, dachte Crowley, als er sein Buch hochhob. »Ich kann Besseres schreiben!«

Er zog sich an, schlurfte ins Badezimmer, sah seine verquollenen Augen im Spiegel und hielt den Kopf unter den Wasserhahn. Er musste klar werden, wenn er seinen Plan umsetzen wollte. Einem, der aussah wie ein drogenabhängiger Landstreicher, würde dieser Diggendorf die Illustrationen sicher nicht verkaufen.

KAPITEL 18

Tageskarte für Sonntag, 20. September
Sieben der Münzen

Der Samen ist gesät. Nun heißt es, auf die Früchte der Arbeit zu warten und vertrauensvoll in die Zukunft zu blicken. Die Karte mahnt zur Geduld und zum positiven Denken. Doch Arbeit ist angesagt, aber der Einsatz wird belohnt.

Das Treffen der ›Anonymen Alkoholiker‹ fand im Nachbarschaftszentrum des 17. Bezirks statt. Der Bau war ein Betonklotz aus den 60er Jahren, der keine Farbe und keine Schnörkel erlaubte. Flora und Paul stiegen die grauen Stufen zum Vortragssaal hinauf und betraten einen karg eingerichteten Raum. In der Mitte befand sich ein Kreis aus Aluminiumstühlen, an den Wänden standen die überzähligen Tische aneinandergereiht, einer davon war mit Papiertischtuch, Kuchentellern, Gläsern und Wasserflaschen gedeckt.

»Alles sehr nüchtern hier«, sagte Paul.

Flora stieß ihn mit dem Ellbogen in die Rippen. »Versuch, mit ein bisschen Ernst bei der Sache zu sein.«

Unschlüssig warteten sie im Eingangsbereich, während sich der Saal langsam füllte. Links und rechts gingen Leute an ihnen vorbei und setzten sich.

Flora starrte sehnsüchtig zum Kuchenbuffet und überlegte, ob sie sich ein Stück holen konnte, denn sie hatte den ganzen Tag noch nichts gegessen. Da kam eine zierliche Mittvierzigerin mit aufgesteckten grau gesträhnten Haaren auf sie zu und hielt ihr die Hand hin. »Hallo, ich bin Marianne. Seid ihr das erste Mal da?«

»Ja, ich bin Flora, das ist Paul, mein – Mann.«

Paul nickte Marianne zu.

»Hm, da haben wir heute ein kleines Problem.« Sie erklärte, dass es offene und geschlossene Meetings gäbe, und nur bei den offenen, von denen erst nächste Woche wieder eines stattfand, wären Angehörige erlaubt.

»Mais oui, wir trinken leider beide«, sagte Paul und sah verschämt zu Boden.

Marianne rückte etwas von ihnen ab und meinte, ja, das würde sie riechen. Sie sollten sich in den Kreis setzen, in einer Minute würden sie beginnen.

Flora seufzte, als sie sich ihren Stuhl heranzog. So hatten sie das nicht geplant, jetzt mussten sie mit ihren Geschichten improvisieren. Kurz zuvor im Kaffeehaus waren sie bei einem Glas Wein ihre Tarnung durchgegangen. Dass Marianne den Alkohol erschnuppert hatte, verwunderte sie, denn beide hatten vorsorglich noch ein scharfes Pfefferminzdragee gelutscht.

Paul ließ sich lässig neben Flora in einen Sessel nieder und grinste in die Runde.

Außer ihnen waren noch sechs weitere Teilnehmer gekommen, zwei Plätze blieben frei.

Marianne eröffnete das Meeting mit der Präambel der ›Anonymen Alkoholiker‹. Sie erklärte, dass sie die gewählte Sprecherin der Gruppe sei, zuständig für den reibungslosen Ablauf des Abends. Jeder, der sprechen wolle, könne sich zu Wort melden, aber niemand müsse. Sie wisse, dass vor allem Neulinge anfangs Hemmungen hätten, über ihre

Probleme zu reden. Aber allein, dass das Problem erkannt wurde, sei schon ein großer Schritt nach vorne.

»Sagt uns nur, wie wir euch ansprechen sollen, Nachnamen brauchen wir keinen«, schloss Marianne ihre Begrüßung.

Flora und Paul stellten sich kurz vor und setzten sich sofort wieder. Flora beobachtete die Anwesenden und überlegte, welcher der Männer Edwin Hochstaller sein könnte. Der große dunkelhaarige mit der Narbe auf der Wange? Nein, zu alt, sicher schon 60 und nicht Sarahs Typ. In der Schule war sie eher auf Skandinavier abgefahren. Paul hätte gut in ihr Beuteschema gepasst. Flora fixierte einen etwas stärkeren blonden Mann um die 40, der ihr gegenüber saß. Das musste er sein. Sah er traurig aus? Plötzlich riss der Name *Sarah* sie aus ihren Überlegungen.

Ein schwarzhaariges Mädchen, das noch keine 19 war und groß den Namen Kevin auf ihren Unterarm tätowiert hatte, schluchzte. »Seit ich von ihrem Unfall erfahren habe, geht es mir ganz schlecht. Sie hat mir in den letzten Wochen so geholfen. Dann trinkt sie selbst wieder und bringt sich fast um.«

Die Frau neben ihr, eine etwas überstylte Brünette, Typ gelangweilte Ehefrau, die Paul die ganze Zeit anschmachtete, legte dem Mädchen tröstend die Hand auf die Schulter.

Der Blonde war blass geworden und spielte mit seinem Manschettenknopf.

Jeder hier kannte Sarah, und niemanden schien ihr Sturz kalt zu lassen. Flora sah in verlegene, geschockte oder traurige Gesichter.

Sie sei so überzeugt gewesen, fuhr das Mädchen fort, dass sie mit Sarah als ihrer Mentorin den Weg aus der

Sucht finden würde. Nun stünde sie kurz vor einem Rückfall, und ihr Glaube, dass man es schaffen könnte, sei tief erschüttert.

Die anderen nickten, und Marianne ergriff das Wort. »Rückschläge gehören dazu, ich habe euch schon einige Male erzählt, dass ich drei Anläufe gebraucht habe. Zwei Mal war ich über ein Jahr trocken und dann trank ich doch wieder.« Sie lächelte aufmunternd.

Nun meldete sich ein älterer Mann mit weißem Haar und Nickelbrille zu Wort. Er stellte sich als Kurt vor und erzählte, dass er den Krebstod seiner Frau noch immer nicht verwunden hätte. Er hatte sie so lange gepflegt, sein Leben nach ihr gerichtet, und plötzlich war da nichts mehr. Niemand, den er umsorgen konnte, nichts mehr zu tun.

Die anderen redeten ihm gut zu, dass nun die Zeit gekommen sei, sich wieder um sich selbst zu kümmern, er dürfe nicht sein Leben mit dem seiner Frau aufgeben. Kurt schien die Anteilnahme zu stärken, seine Schultern richteten sich auf, er versuchte, die Mundwinkel nach oben zu ziehen.

Fast alle Anwesenden meldeten sich nacheinander zu Wort und erzählen von ihrer Vergangenheit, ihren Problemen und ihren Versuchen, von der Sucht loszukommen, nicht ohne vorher jedes Mal die Neuankömmlinge zu begrüßen.

Flora bekam wegen der traurigen Geschichten, die sie hörte, und der Offenheit, mit der sie vorgetragen wurden, ein schlechtes Gewissen. Sie saß hier und log allen ins Gesicht. ›Aber du machst das auch, um Sarah vor einem neuerlichen Anschlag zu schützen‹, tönte eine leise Stimme im Hinterkopf.

Nach zwei Stunden schloss Marianne das Meeting. Die Teilnehmer standen auf, streckten sich und gingen zum Kaffeetisch. Sie plauderten, und Flora versuchte, mit dem jungen tätowierten Mädchen ins Gespräch zu kommen. »Entschuldige, ich habe vorher deinen Namen nicht verstanden.«

»Tabea. Aber alle nennen mich Bea.«

Der Mann, den Flora für Edwin Hochstaller hielt, war sitzen geblieben. Aus dem Augenwinkel beobachtete sie, wie sich Paul zu ihm gesellte.

»Hallo, Bea«, sagte sie dann. »Ich bin eine alte Freundin von Sarah. So ein Zufall, dass sie auch hier war. Anscheinend haben viele Absolventen der ›Graphischen‹ ein Alkoholproblem.«

»Ich dachte ja, sie hätte es nicht mehr. Sie war seit vielen Monaten trocken, aber ich habe gemerkt, dass sie in letzter Zeit angespannt war. Ich dachte, es sei wegen Edwin gewesen.«

Flora zog eine Augenbraue nach oben. »Wer ist das?« Tabea deutete auf den Blonden. Er sei anfangs Sarahs Mentor gewesen. Sie hätten viel zusammen unternommen, wären echt gute Kumpels geworden, und plötzlich wollte sich Edwin nicht mehr mit ihr treffen. Meinte, er fühlte sich zu vereinnahmt von ihr. Das hatte Sarah sehr gekränkt.

Flora dachte daran, dass Sarah und Edwin nachts um zwei vor dem Hotel ›Okzident‹ herumgestreunt waren. Freundschaft beziehungsweise Angst vor Vereinnahmung sah anders aus. Aber wenn Sarah nicht mit Tabea über ihr Verhältnis gesprochen hatte, dann hatte es sicher einen Grund.

Was konnte sie Bea noch fragen, ohne auffällig zu agieren?

»Hat Sarah von ihrem Stalker erzählt?«

»Ja, ein paar Mal. Wir haben ihr dazu geraten, ihn endlich anzuzeigen, damit es ein Ende hätte.«

Und welches, dachte Flora, sprach es aber nicht aus, denn wenn wirklich Bauer, ihr Stalker, sie gestoßen hatte, würden sich die Mitglieder der Gruppe große Vorwürfe machen.

Langsam löste sich die Versammlung um die Kaffeemaschine auf. Flora verabschiedete sich von Tabea und sah sich nach Paul um. Der flirtete gerade mit der hübschen Mittvierzigerin, die sich als Gitta vorgestellt hatte, und schien sich prächtig zu amüsieren. Flora hakte sich bei ihm unter und sagte, während sie ihn zur Tür bugsierte: »Komm Schatz, der Babysitter wartet.«

Paul verzog das Gesicht, ließ sich aber willenlos mitziehen.

»Danke, dass du mich gerettet hast«, sagte er vor der Tür.

»Das sah aber nicht so aus.«

»Ich bin eben ein höflicher Mensch. Übrigens Hochstaller können wir von der Liste der Verdächtigen streichen.«

»Wieso?«, fragte Flora und stolperte über eine der Stufen.

Paul konnte sie gerade noch auffangen. »Du solltest wirklich nicht so viel trinken.«

Flora entzog ihm ihren Arm und stöckelte allein die Treppe weiter hinunter.

»Er hat ein wasserdichtes Alibi«, rief ihr Paul nach.

»Schrei nicht so!« Flora blieb stehen, wartete, bis Paul sie eingeholt hatte, und fragte leise: »Welches?«

»Wir haben über Kunst gesprochen, und er erzählte, dass er gerade ein Museumsprojekt in Doha betreut. Eine schwierige Aufgabe, da er die lange Fliegerei nicht verträgt.« Paul machte eine kurze Pause. »Und da hatten wir viel zu besprechen. Er ist erst vorgestern von einem dreiwöchigen Aufenthalt in Katar zurückgekommen und hat noch immer Jetlag.«

»Doha, aha.«

Sie schlenderten zurück zu Floras Auto, und Paul verabschiedete sich. »Ein erfolgreicher Abend. So, du kommst sicher nach Hause?«

»Na klar«, antwortete sie.

»Gut, denn ich muss noch weiter. Salut, meine Liebe.«

Flora sah ihm nach, wie er selbstsicher wegging. Zu welcher seiner Frauen er jetzt wohl fuhr, überlegte sie. War sie eifersüchtig? Sollte sie Robert anrufen? Aber was sollte sie ihm sagen? Machen wir so weiter, lassen wir uns von deinen Quälgeistern jedes Wochenende terrorisieren? Aber sie hielt das nicht mehr aus. War er ihr das nicht wert? Ach was! Sie stieg ins Auto und drehte ihr Radio auf volle Lautstärke.

KAPITEL 18

Tageskarte Montag, 21. September
Fünf der Schwerter

Die Fünf der Schwerter steht für Niederlage und Demütigung. Heute müssen Sie mit Gegenwind rechnen. Ziehen Sie sich warm an, eine Konfrontation ist nicht länger zu vermeiden. Projekte könnten zum Scheitern verurteilt sein, es könnte eine Wendung zum Schlechten geben.

Thesi verzog das Gesicht, der letzte Schluck Kaffee war kalt gewesen. Sie legte die Zeitung zur Seite, stand auf und begann, das Frühstücksgeschirr wegzuräumen. Dino war schon im Kindergarten und Leon auf dem Weg zu einem Termin. Während sie gähnend den Geschirrspüler einräumte, entdeckte sie auf dem Kühlschrank das Goldstück, das Paul gefunden hatte, und sie erinnerte sich, dass sie Robert anrufen wollte. Nach kurzer Suche fand sie ihr Handy in Dinos Zimmer, wählte und erwischte wie so oft nur die Mobilbox. Thesi hinterließ Robert eine Nachricht, dass sie wahrscheinlich einen Beweis für Brandstiftung gefunden hätten, und ob er sich vielleicht bei ihr melden könnte.

Nachdem sie geduscht hatte und etwas munterer war, holte sie ihre Zeichenmappe und ging in den Garten. Sie nahm sich einen Sessel und betrachtete, statt zu skizzieren, die Brandruine. Eine Ameisenstraße durchquerte geschäftig ihr verkohltes Gartenhaus. Wie schnell sich die Natur ihr Terrain zurückeroberte. Würde wegen des Beweisstücks nun ein CSI-Team der Polizei auftauchen? Kaum. Eigentlich war es an der Zeit, endlich mit den Aufräumarbeiten zu beginnen, wenn schon wieder neues Leben einzog. Leon sollte einen Container für die Holzplanken und den Schutt bestellen. Die kleinen Dinge, die noch im Gartenhaus waren, würde sie in ein paar Umzugskartons räumen und dann samt Schachteln wegwerfen. Damit konnte sie jetzt gleich beginnen.

Sie stand auf, ging zurück ins Haus, öffnete die Dachbodenluke und holte die Klapptreppe mit Leons selbst gebautem Hakenstock herunter. Unsicher kletterte sie die schmale Metallleiter hinauf. Am Dachboden schaltete sie das kleine Licht an und kämpfte sich durch eine Wand aus Spinnweben, dabei stolperte über Dinos Wiege.

Wehmütig schob sie sie zur Seite und hockte sich davor. Es war auch an der Zeit, die Babysachen zu verschenken. Langsam musste sie sich damit abfinden, dass kein zweites Kind mehr kommen würde. Sie wischte sich eine Träne aus dem Augenwinkel, stand wieder auf und sah sich um.

Der halbe Dachboden war vollgestellt mit nicht ausgeräumten Umzugskartons. Was da wohl alles drinnen war? Wichtig konnte es nicht sein, sonst stünde es nicht seit über zehn Jahren unvermisst hier herum. Sie öffnete eine der Schachteln und fand ihre Schulsachen. Und die Mappe mit ihren alten Zeichnungen. Würde Dino die auch mal an ein Antiquariat verkaufen?

Thesi blätterte ihre Skizzen durch, und die Schulzeit lief im Zeitraffer an ihr vorüber. Plötzlich entdeckte sie Manfred Klingmanns ›Picasso‹. Hier war er also! Super, den musste sie aufhängen. Kein Mensch würde den Unterschied sehen. Aber Dino durfte die Zeichnung in 30 Jahren nicht als echten Picasso einem Auktionshaus anbieten.

Zufrieden kletterte sie die enge Dachbodentreppe wieder hinunter, die Zeichenmappe unter den Arm geklemmt. Den Grund ihres Aufstiegs hatte sie längst vergessen.

Im Wohnzimmer legte sie den Picasso auf den Tisch und überlegte, in welchen Rahmen sie ihn geben sollte. Ein alter, verschnörkelter Goldrahmen, wie er in Museen üblich war, würde sensationell aussehen. Schade, da hätte sie gleich bei Rosaria einen mitnehmen können. Was Klingmann jetzt wohl machte? Sie holte sich eine frische Tasse Kaffee und überlegte, ob sie ihn anrufen sollte. Nach über 20 Jahren? Grundlos? Aber wieso nicht.

Thesi suchte im Telefonbuch seine Nummer raus, wählte und wartete.

»Klingmann.«

Sie räusperte sich und krächzte: »Hallo, Fredi, hier ist Thesi. Lazy Thesi. Kannst du dich noch erinnern?«

»Klar. Was willst du?«, antwortete er kurz angebunden.

Sehr erfreut scheint er nicht zu sein, von mir zu hören, dachte sie. »Nichts, nur mal sehen, wie es dir geht. Ich habe gerade deinen Picasso am Dachboden gefunden.«

Stille.

»Und vor Kurzem Sarah getroffen. Da dachte ich mir, ich rufe mal alle 90er durch.«

»Sarah.«

»Ja, sie hatte leider einen Unfall und liegt im Koma.«

Wieder Stille am anderen Ende.

»Bist du noch dran?«, fragte Thesi unsicher.

»Das hat sie verdient.« Klingmann schluckte. »Thesi, tut mir leid, nichts gegen dich, aber ich habe keine Lust, alte Schulkollegen zu treffen, keine Lust auf Small Talk oder sonst was. Machs gut.« Dann war die Leitung tot.

Der war ganz schön sauer auf Sarah, dachte Thesi. Hatte sie ihn auch erpresst? Thesi gab Manfred Klingmann bei Google ein. Die ersten Seiten waren über den Fälschungsskandal, danach kamen viele Berichte über Preisverleihungen. Klingmann war der Kreativdirektor einer der größten Werbeagenturen Wiens geworden und hatte fast jeden Preis gewonnen, der in dieser Branche vergeben wurde. Was für eine Karriere. Thesi klickte auf ein Foto, das ihn grinsend in einem Ferrari zeigte.

Er hat es wirklich geschafft, dachte sie. Und somit auch viel zu verlieren. Doch seine Vorstrafe war allgemein bekannt, was hatte Sarah sonst noch gegen ihn in der Hand gehabt? Sie öffnete die nächste Seite. Ein Bericht über einen Autounfall, einen zu Schrott gefahrener Sportwagen und einen Lenker, der gelähmt bleiben würde. Der bekannte Werber Klingmann.

»Scheiße«, sagte Thesi leise. »Kein Wunder, dass er keine Lust auf ein Treffen hat. Und gerade habe ich ihn noch beneidet.«

Sie stand auf, und in diesem Moment läutete ihr Handy.

»Hallo«, keuchte Robert, »'tschuldige, bin gerade beim Joggen. Was für ein Beweisstück?«

»Ein Teil eines alten Goldschmucks. Paul datiert ihn auf Anfang bis Mitte des 19. Jahrhunderts. Keiner von uns besitzt so etwas.«

»Aha.« Ein Hund kläffte im Hintergrund.

»Bist du im Prater?«

»Ja.«

»Hast du meinen wahnsinnigen General schon getroffen?«

»Nein, Gott sei Dank nicht. Aber ich habe schon meine

Fühler nach ihm ausgestreckt. Den Schmuck hole ich mir, sobald ich Zeit habe. Servus, ich muss jetzt dehnen und nachdenken.«

Seit wann ist er denn so sportlich?, überlegte sie. Flora hatte nichts davon erzählt.

Thesi versuchte, sich wieder der Arbeit zu widmen und grübelte, wem sie ihre Illustrationen anbieten könnte. Alle Zeitschriftenverlage abklappern auf gut Glück? Sie beschloss, Vera Vrech, die Autorin des Kinderbuchs, das sie gemeinsam gemacht hatten und das fast verlegt worden wäre, anzurufen. Vielleicht hatte sie ja eine Idee, wo sie das Buch noch anbieten konnten. Wenn schon mal ein Verlag angebissen hatte, musste doch ein anderer zu finden sein.

Vera hob nicht ab, und Thesi versuchte, Tom zu erreichen, um sich nach Sarah zu erkundigen. Da konnte sie gleich unauffällig wegen Sarahs Liebhaber nachfragen. Tom ging beim ersten Klingeln ran.

Ob er Neuigkeiten von Sarahs Arzt Dr. Hochstaller habe? Nein. Ob er noch einen Hochstaller kenne? Nein. Ob er wusste, dass Sarah Zeugin eines Überfalls gewesen war. Nein. Da wäre er nun doch etwas sprachlos, dass sie ihm das nicht gesagt hätte.

Wenn du wüsstest!, dachte Thesi und fragte weiter, ob Sarah von den Nachstellungen Johann Bauers erzählt hätte. Ja, aber sie hatte das Ganze eher heruntergespielt, dass sie ihn angezeigt hatte, wusste er auch nicht, antwortete Tom.

Wo *warst* du die ganze Zeit?, wollte Thesi fragen, verkniff es sich aber. Er hatte ja erzählt, dass er beruflich oft in die ehemaligen Ostblockstaaten reisen musste. Und nach ein paar Jahren Ehe sprachen Paare auch nur noch vier Minuten täglich miteinander.

Sie beendete das Telefonat und rief Leon an.

Rosaria klappte ihr Handy zu. Wer wollte er sein? Der Sohn von Diggendorf? Sie hatte doch nachgeforscht. Es gab keine Diggendorfs mehr. Wollte da einer mitschneiden? Ein Trittbrettfahrer, der von der Versteigerung gelesen hatte? Sie stampfte auf. Das Ganze schien aus dem Ruder zu laufen, zuerst Sarah, die sie erpressen wollte, dann Pavel, der mehr Geld verlangte, und nun dieser angebliche Sohn.

Rosaria stieg die alte Bibliotheksleiter hoch, nahm zwei Bücher für einen Kunden, der sie in einer Stunde holen wollte, aus dem obersten Fach und warf sie achtlos neben die Kasse. Dann machte sie sich vorsichtig an den Abstieg, da die Holzsprossen schon morsch und wackelig waren. Während sie die Rechnung schrieb, überschlugen sich ihre Gedanken. Diesmal schien absolut nichts zu funktionieren. Murphy's Law? Oder die Strafe für ihre Hybris, die sich eingeschlichen hatte, weil bisher alles glatt gelaufen war? Sie musste Isa anrufen, vielleicht hatte die eine Idee, was sie tun sollte.

Vorher versicherte sie sich erneut, dass keines der Tagebücher Diggendorfs verschwunden war. Sie sperrte ihr Geheimkämmerchen auf, doch da standen sie alle fein säuberlich geordnet nebeneinander. Sie holte eines der Bücher heraus und öffnete es.

27. Februar 1939

Habe schon wieder eine Nachricht von diesem Crowley erhalten, dass er sich mit mir treffen will, hat gehört, dass ich esoterisches Material sammle, und will mir sein Buch geben, damit ich es an Hitler weiterleite. Glaubt, dass seine Lehre für den Führer von Interesse sein könnte.

Was bildet sich dieser dreiste Kerl ein? Hitler soll von einem kleinen Okkultisten etwas lernen?

1. März 1939

Dieser Crowley ist heute einfach in unserer Redaktion aufgetaucht. Lächerliche Figur, würde bei uns wahrscheinlich eingesperrt werden. Meinte, Hitler hätte aus seinem ›Liber Legis‹ abgeschrieben! So ein Unsinn! Ich wollte ihn schon rauswerfen lassen, aber vielleicht ist ja bei der Übersetzung von ›Mein Kampf‹ geschludert worden. Einige Textstellen haben wir ja für den englischen Markt rausstreichen lassen, aber dass so etwas passiert? Dass der Übersetzer Passagen von Crowley übernommen hat? Unmöglich! Trotzdem, ich muss es überprüfen lassen.

Crowley sagte auch, er habe gehört, dass ich esoterische Schriften sammle und im Besitz einiger Illustrationen sei, die er unbedingt für seine Arbeit bräuchte??? Woher kann er das wissen??? Ich habe das Gefühl, überall in dieser verdammten Stadt sitzen Spione. Dem Führer sei Dank, dass ich bald von hier wegkomme.

Trotzdem hat mich der Mann neugierig gemacht. Als er ein paar Bergsteigerfotos in meinem Büro sah, erzählte er, dass er selbst auch Alpinist gewesen war und vor über 30 Jahren die Erstbesteigung des K2 versucht hatte. Ich werde ihn mal in seinem Haus in Covent Garden besuchen. Zum Abschluss meiner Mission.

Rosaria sah auf, weil sie sich beobachtet fühlte. Und tatsächlich – durch das Schaufenster starrte ein Mann in ihren Laden auf ihr Buch. Sie klappte es schnell zu und legte eine Illustration darüber.

Wieso kommt er nicht rein, wenn er was kaufen will, dachte sie und stand auf.

Er starrte sie weiter an.

KAPITEL 20

Tageskarte für Dienstag, 22. September
Zehn der Kelche

Die Karte symbolisiert eine Menschenmenge beziehungsweise Versammlung. Sie zeigt Freunde an, auf die Sie sich verlassen können und die auch in vielen Jahren an Ihrer Seite stehen werden. Heute fühlen Sie sich sicher und geborgen. Beobachten Sie genau, wohin der Tag Sie führt.

Nach dem gemeinsamen Abendessen räumte Flora das Geschirr ab, wischte die Krümel vom Tischtuch und holte ihre neuen Tarotkarten aus der Tasche. »Ich habe am Wochenende etwas in Rosarias Buch geschmökert und muss euch, bevor wir weiter unseren Fall verfolgen, die Karten legen. Wer fängt an?«

Schweigen. Alle sahen zu Boden. Flora lachte. »Wie in der Schule. He, es ist keine Prüfung, sondern ein Spaß.«

»Na gut«, brummte Leon. »Weil wir dir sowieso nicht auskommen. Frage: War es gut, sich in fremde Angelegenheiten zu mischen? Hat das Detektivspiel bald ein Ende?«

»Das sind zwei Fragen«, präzisierte Boris.

Flora fächerte die Karten vor Leon auf. »Zieh drei davon.«

Als die Kraft, das Rad des Schicksals und der Gehängte nebeneinander auf dem Tisch lagen, sahen die anderen Flora erwartungsvoll an. Sie blätterte schnell in ihrem Büchlein und las: »Die Kraft ermutigt zur leidenschaftlichen Hingabe an eine Arbeit und warnt vor Selbstüberschätzung.«

»Genau. Damit will sie uns sagen, dass wir gut daran getan haben, den Fall leidenschaftlich zu verfolgen, um den Täter zu finden.« Thesi sah Leon triumphierend an.

»Ich höre da eher, dass wir uns überschätzt haben, indem wir versuchten, selbst Polizei zu spielen«, erwiderte Leon.

»Alors, liebste Flora, was sagen die Karten nun wirklich? Du bist die weise Hexe«, sagte Paul.

»Ähm, dass wir uns dieser Aufgabe mit Hingabe widmen, aber nicht überheblich handeln sollen.«

Leons Mundwinkel zuckte. »Das Einzige, was ich aus den Karten lese, ist, dass man alles, so wie man es möchte, interpretieren kann.«

»Mais oui, da möchte ich dir beipflichten. Die Auslegung ist schon recht weit gefächert. Aber ein netter Zeitvertreib ist es allemal.«

»Ich finde es nicht schlecht. Flora, ich hätte gerne eine Voraussage, aber das machen wir mal zu zweit.« Boris zwinkerte, stand auf und holte seine abgewetzte Ledertasche. »Die Karten sagen ja, wir sollten die Fälle aufklären. Ich hätte ein paar neue Hinweise.«

Leon sagte, er auch. Er sei – zwar unter innerlichem Protest – bei der Tagespost gewesen und habe mit Johann Bauer gesprochen. Ein schleimiger und, um es mit Pauls Worten auszudrücken, degoutanter Mensch. Jede Frau, die an dem Typen vorbeigegangen war, hatte er mit Blicken ausgezogen oder mit anzüglichen Bemerkungen bedacht. Leon verstünde Sarahs Anzeige und würde bei solchen Männern sofort zum Feministen werden. Dass es diese Macho-Typen überhaupt noch gab.

»Trotzdem müssen wir ihn von unserer Verdächtigenliste streichen«, schloss er seinen Bericht. »Bauer war vorigen Dienstag auf einem Fest. Während wir sprachen, kam eine Mail mit ein paar Fotos, und er hat mir die ›geilen Weiber‹, die dort waren, gezeigt.«

»Aber er hätte sich ja wegschleichen können«, sagte Flora.

»Nein, auf den Fotos waren Datum und Zeit, und genau um 22.30 hat er einer drallen Schwarzhaarigen ins Dekolleté gegriffen.«

»Wieso zeigt er einem wildfremden Menschen solche Fotos?«, fragte Thesi.

»Verbrüderung unter Männern. Wahrscheinlich dachte er, ich würde ein Inserat schalten, wenn er mir zeigt, was für ein toller Hecht er doch sei.«

Angewidert sagte Flora: »Die arme Sarah. Neben so einem Idioten zu arbeiten, muss der Horror sein.«

»Wobei sie kein Engel war, wie wir wissen. Ich habe da noch ein paar Dinge dechiffriert, die sie nicht gut aussehen lassen. Kennt ihr einen Manfred Klingmann?« Boris sah in die Runde.

»Natürlich«, antwortete Flora. »Der Fredi ist mit uns zur Schule gegangen.«

»Ich hab' gestern mit ihm telefoniert, nachdem ich seinen alten Picasso ausgegraben hatte.«

»Was höre ich da?«, fragte Paul.

»Lange Geschichte, ich erzähl sie später. Mich würde Boris' Info interessieren, weil Fredi extrem ablehnend reagiert hat, und ich mir schon dachte, dass da irgendetwas vorgefallen sein muss.«

»Genau. Klingmann saß angeblich einmal kurz wegen Kunstfälschung in Untersuchungshaft. Danach machte er eine steile Karriere. Sarah wusste, dass er nicht alle Verkäufe angegeben hatte. Sie waren ein Liebespaar gewesen, damals in der Schule, und laut ihrer Dokumente haben sie gemeinsam einige Schielezeichnungen ›nachempfunden‹, die nie als Fälschungen entlarvt worden sind. Sie hängen heute in einer berühmten Sammlung. Als echte Schieles. Sarah besaß Fotos, die Klingmann bei der Arbeit an diesen Fälschungen zeigen.«

»Und damit hat sie ihn seit dieser Zeit erpresst?«

»Nein, laut ihren Mails begann Sarah erst vor circa einem Jahr, ihn um ein ›Darlehen‹ zu bitten – wie sie es euphemistisch ausdrückte. Sie benötigte wohl Geld und gedachte ihrer alten Liebhaber.«

»Also können wir Bauer als Verdächtigen streichen und Fredi hinzufügen?«

»Nein, Fredi, können wir auch streichen, er ist gelähmt«, sagte Thesi.

»Oh mein Gott! Wie ist das denn passiert?« Flora war blass geworden.

»Autounfall. Vor …« Thesi verstummte, wandte sich an Boris. »Sag, gibt es ein Datum, wann die erste Erpressermail an Fredi geschickt wurde?«

»Ja, den 27. August.«

»Ich muss etwas nachschauen.« Sie holte ihren Laptop, fuhr ihn hoch und rief den Artikel mit dem Bericht über den Autounfall auf. 28. August. »Einen Tag später fuhr er seinen Ferrari zu Schrott. Kann das ein Zufall sein?«

»Du glaubst, er wollte Selbstmord begehen?« Flora sah sie entsetzt an.

»Nein. Erinnere dich an Fredi. Er war wahnsinnig impulsiv. Ich könnte mir vorstellen, dass er sich – wie früher – in seiner Wut besinnungslos betrunken hat.«

»Manfred könnte Sarah für seinen Unfall verantwortlich machen. Aber er müsste für das Attentat beim Holzer jemanden angeheuert haben«, überlegte Flora laut. »Da war doch dieser Betrunkene an der Bar. Wir müssen die Kellner fragen, ob der öfter kommt.«

»Ich hab Robert schon auf den angesetzt. Er ist aber gerade im Stress«, sagte Thesi und dachte, dass er das Goldstück auch noch nicht abgeholt hatte.

»Wann ist er das nicht«, sagte Flora. »Auf ihn brauchen wir uns nicht zu verlassen.«

»Wie geht es eigentlich Sarah?«, warf Leon ein. »Du hast schon lange nichts mehr von ihr erzählt.«

»Unverändert«, antwortete Thesi und sammelte die Tarotkarten ein, die kreuz und quer über den Tisch verstreut lagen. »Ich habe mit Tom vereinbart, dass er sich bei mir meldet, sobald sie aufwacht. Da ich nichts von ihm gehört habe, scheint es noch keine Besserung zu geben.«

»Hoffentlich auch keine Verschlechterung«, sagte Leon grimmig.

»Dann hätte er sicher angerufen.« Thesi mischte die Karten. »Vielleicht fahre ich morgen bei ihm im Krankenhaus vorbei. Er scheint von so vielen Dingen in Sarahs Leben nichts zu wissen, da muss ich mal nachhaken, außerdem wollte ich mir Nadines Geschäft ansehen und sie wegen ihres Mannes ausfragen.«

KAPITEL 20

London, März 1939

Crowley wartete auf Maggie. Nervös ging er im Wohnzimmer hin und her. Hoffentlich würde sie ihm die Geschichte abnehmen. Aber sie *musste* dieses Schriftstück für ihn fälschen. Diggendorf wollte doch betrogen werden!

Wie abschätzend dieser Deutsche ihn in der Redaktion gemustert hatte, dachte Crowley und starrte aus dem Fenster. Erst als wir über das Bergsteigen zu reden begonnen hatten, war seine Arroganz verschwunden. Alles wollte er darüber wissen. Wie Crowley dorthin gekommen war, welche Karten er benutzt hätte, ob er auch in Tibet gewesen sei. Denn Tibet, und hier vor allem der Himalaja, wäre für Diggendorf von großem Interesse. Für Schriften dieser Art wäre der Deutsche bereit, die Karten mit ihm zu tauschen.

Crowley ging zu seinem Bücherregal. Natürlich hatte er nichts über Tibet, aber das würde er ändern. Er wollte ein Buch herausnehmen, aber ein Hustenanfall schüttelte seinen Körper. Wann wirkte dieses verdammte Heroin endlich! Er sank keuchend in einen Sessel und wartete, schloss die Augen und rief sich in Erinnerung, was Helena Blavatsky ihm von Tibet erzählt hatte.

Blavatsky – die Mutter aller Okkultisten. Er war 16 gewesen, als er sie zum ersten Mal getroffen hatte. Eine alte Frau im Schaukelstuhl, die am ganzen Körper zitterte, wenn sie sprach. Trotzdem hing er an ihren Lippen, sog jedes ihrer Worte auf. Er hatte nie gewusst, ob er ihr glauben sollte oder nicht. Denn Helena Blavatsky log auch gerne und viel. Wie bei ihrem Kind, das gar nicht ihres gewesen war.

Kind! Er griff sich ans Herz. Seine Kinder – beide tot. Nuit war nur zwei Jahre alt geworden, und das andere? Ermordet von Pixie, dieser Hexe! Er konnte nicht glauben, dass das Kind, so wie sie es Crowley weismachen hatte wollen, bei einer Fehlgeburt gestorben war. Er wusste, dass sie nachgeholfen hatte mit einem ihrer Tränke.

Er seufzte. Sein Kopf fiel zur Seite. Dieses wunderbare Gesicht. Gerade als er die Augen schloss, um Pixie besser sehen zu können, betrat Maggie das Zimmer.

»Aleister! Hier stinkt's ja bestialisch.« Mit einem Ruck öffnete sie das Fenster. Das Quietschen einer bremsenden Tramway fuhr wie ein Messerstich in Crowleys Hirn. Er hielt sich die Ohren zu und schrie: »Mach es sofort wieder zu.«

Maggie ignorierte ihn. »Kopfschmerzen?«

»Schlimmer.« Er stand auf.

»Was war so dringend, dass ich unverzüglich kommen musste?«

»Ich habe eine neue Aufgabe für dich, etwas, das keinen Aufschub duldet.«

»Ja – was?«

Crowley gab ihr einen Brief. »Kannst du diese Handschrift kopieren?«

»Wieso?«

»Ich möchte dir heute Nacht eine Geschichte diktieren, die eine Freundin erlebt und mir erzählt hat. Sie kann sie nicht mehr niederschreiben, aber ich möchte, dass sie damit in Erinnerung bleibt, möchte, dass es auf ewig ihr Verdienst ist …«

»Von wem sprichst du?« Skeptisch sah Maggie zu Crowley.

»Helena Blavatsky.«

»*Die* Helena Blavatsky? Du hast sie gekannt?«

»Ja, ich habe sie kurz vor ihrem Tod kennengelernt, als sie nach London kam, um die Theosophische Gesellschaft zu besuchen. Sie hat mich in meiner spirituellen Entwicklung sehr beeinflusst.«

Ein Windhauch fuhr durch das geöffnete Fenster und schloss es mit einem lauten Knall. Erschrocken sah sich Crowley um. »Ist sie da? Vielleicht will sie sich bedanken, dass ich ihr Andenken wahre.«

Maggie studierte den Brief.

»Worum geht es eigentlich?«, fragte sie.

»Ihre Reise nach Tibet. Nach Xigazê.«

»Davon habe ich noch nie gehört.«

»Xigazê ist nach Lhasa die zweitgrößte Stadt Tibets.«

Maggie sah ihn wieder eindringlich an. »Wieso schreibst du diesen Bericht nicht in deinem Namen nieder? ›Meine Erinnerungen an Helena‹?«

»Du kennst meinen Ruf. Sie würden mir nicht glauben. Aber ein Brief aus ihren Händen wäre ein unwiderlegbarer Beweis, dass sie tatsächlich in Tibet war, und niemand könnte ihr diese Reise streitig machen. Es gab da eine Auseinandersetzung mit einem amerikanischen Theosophen, der Helena als Betrügerin bezeichnete. Ich will den Vorwurf aus der Welt schaffen, denn ich war Ohrenzeuge ihres Reiseberichts.«

»Ich fälsche nicht gern.« Sie zögerte. »Aber deine Absicht verstehe ich und heiße sie gut. Frauen wird viel zu oft die Anerkennung versagt. Ich denke nur an unseren Streit vor ein paar Wochen.«

»Du hast recht, Maggie, ich werde mich bessern, versprochen.« Zufrieden lächelnd beobachtete Crowley Maggie bei ihren Schwungübungen. Bald würde sie Helenas

Schriftbild perfekt kopieren können. Er war seinem Ziel wieder einen Schritt nähergekommen. Diggendorf würde ihm für dieses Dokument alles geben. Alles! Jetzt musste er sich nur noch eine Geschichte über die Ur-Arier ausdenken, denn Maggie wartete.

Zwei Tage später besuchte Diggendorf Crowley und sah sich in dessen Bibliothek um. Sein Blick glitt über die Bücherwand. Sicher gäbe es hier noch einige Schätze zu entdecken, wenn es etwas geordneter gewesen wäre. Mal waren die Bücher liegend gestapelt, mal standen sie, dann waren sie schief eingeräumt oder schräg auf eine Bücherreihe gelegt. Am liebsten hätte Diggendorf begonnen, das Chaos zu beseitigen. Dieses Durcheinander war unerträglich, wie konnte man sich hier nur zurechtfinden. Er zog seine Handschuhe aus, knetete seine Hände und wartete, bis Crowley ihm das Buch herausgesucht hatte. Nein, er würde sich zurückhalten und kein Wort verlieren. Das Wichtigste im Moment war die Tibetinformation.

Crowley stand auf einer kleinen Holzkiste und suchte nach einem Buch. »Ich habe sie gut gekannt«, sagte er, ohne sich umzudrehen, »sie war meine geistige Ziehmutter und sie schrieb mir einen Brief über ihren ersten Besuch in Xigazê in Tibet. Mehr als 25 Jahre verbrachte sie auf Reisen, um alle esoterischen Lehren dieser Welt kennenzulernen. 1856 besuchte sie Tibet zum ersten Mal. Tibet – das Land der zeitlosen Weisheit.« Der Magier stieg von der Kiste, schob sie zum nächsten Regal und erzählte weiter über Helenas Reisen, ihre Lehrjahre bei Schamanen, Yogis und anderen geistigen Lehrmeistern.

Diggendorf wurde langsam ungeduldig. Das war alles ganz interessant, doch Crowley sollte endlich zu einem Ende kommen. Er wollte den Brief lesen, wollte sehen, ob diese Helena Blavatsky in Xigazê wirklich den Ur-Arier gefunden hatte. Und ob mit den Informationen die ›Welteislehre‹ belegt werden konnte. Dann wäre endlich bewiesen, dass die Germanen nicht, wie all die anderen Rassen, vom Affen abstammten, sondern von Supermenschen, die vor Urzeiten im Universum entstanden und, als lebensfähige Zelle im Eis des Weltalls konserviert, in Tibet auf die Erde niedergestiegen waren.

Der Journalist knabberte nervös an seiner Unterlippe. Endlich zog Crowley ein Buch aus dem Regal und drückte es Diggendorf in die Hand. »Helena gab mir dies, sie sieht es als ihr Vermächtnis.«

Endlich! Diggendorf öffnete den Ledereinband und sah die Swastika. Besser kann es nicht beginnen, dachte er, doch dann erkannte er unter dem Hakenkreuz den Davidstern. Verwirrt betrachtete er die Illustration auf der ersten Seite.

»Das ist Helenas Siegel.« Crowley tippte mit dem Zeigefinger auf die Abbildungen, während er sprach. »Oben die Adelskrone, als Zeichen ihrer Abstammung. Darunter vereint sie Symbole verschiedenster Kulturen zum Zeichen der Verbundenheit aller Menschen und aller Religionen. Das Sonnenrad, das Hexagramm, einige kabbalistische Symbole und Helenas astrologische Zeichen. Alles umrahmt vom ägyptischen Uroboros.«

Uroboros, die Schlange, die sich in ihren eigenen Schwanz beißt. Diggendorf nickte, er kannte sie als Midgardschlange aus den Götter- und Heldensagen der Edda. Und den verdammten Davidstern würde er schon irgendwie ausradieren können.

Dann nahm Diggendorf den Brief, der zwischen der achten und neunten Seite eingelegt war. »Was steht da drin?«

»Lesen Sie selbst.« Crowleys Augen leuchteten. Der Journalist wusste das nicht zu deuten. Er faltete das Papier auseinander und las. Las von einer Welt, die er immer gesucht hatte. Von Helenas beschwerlicher Reise nach Xigazê, wo sie vollkommen überraschend blonde Hünen vorgefunden hatte, deren Herkunft sie sich nicht erklären konnte.

Ungläubig ließ er die Hand mit dem Brief sinken. Blavatsky hatte die Urgermanen gefunden! Und dokumentiert! Wenn er diesen Brief Himmler übergäbe, würde er eine sagenhafte Karriere machen. Er würde neben Hitler stehen und gemeinsam würden sie …

»Ist alles in Ordnung?« Crowley hatte ihn an die Schulter gefasst. Erschrocken zuckte Diggendorf zurück.

»Natürlich, das ist … das ist wunderbar. Ich hätte nicht damit gerechnet, solch ein Dokument …«

»Schön, das freut mich für Sie«, unterbrach Crowley. »Könnten wir nun unser Geschäft abschließen? Die Illustrationen, Sie haben sie doch mit?«

Diggendorf beobachtete den begehrlichen Blick und dachte, dass dieser Mann keine Ahnung hatte, welchen Schatz er gerade verschenkte. Für ein paar lächerliche Spielkarten. Seinetwegen sollte er sie haben.

»Die Zeichnungen stehen verpackt draußen in der Garderobe, ich hole sie sofort. Dem Tausch steht nichts mehr im Wege.«

Crowley sah aus dem Fenster und beobachtete Diggendorf, wie er mit federndem Schritt die Straße entlang ging. Mit diesem Bericht als Basis für ihre nächste Expedition würden die Nazis eine schöne Überraschung erleben. Er schüttelte den Kopf. Wie konnte man nur so fehlgeleitet sein.

Dann schürte Crowley das Feuer im Kamin. Er holte die Zeichnungen aus der Mappe, sah sie traurig an und sank in einen abgewetzten Polstersessel. Pixie! Bedrückt blätterte er alle Figuren, die Kelche, die Schwerter, die Münzen, die Stäbe durch. So schön!

Nun zerriss er die erste Zeichnung, stand auf und warf sie ins prasselnde Feuer. Die prächtige Hohepriesterin wurde zerfressen, färbte sich schwarz.

»Ich werde mich rächen und das vernichten, was *dir* am wichtigsten war, deine Arbeit. So wie du unser Kind vernichtet hast«, schrie er und übergab eine Zeichnung nach der anderen den Flammen. Als er fertig war, holte er die Puppe aus seinem Schlafzimmer, zog sie aus und warf das Gewand in den Kamin. Dunkler Rauch stieg ins Zimmer, Crowley hustete, er sah kaum noch etwas, doch er fuhr mit seiner Zerstörung fort und begann die Pupe zu zerstückeln. Mit einem Messer trennte er die Gliedmaßen ab, dann den Kopf. Den Rumpf zerschnitt er in sechs Teile und warf einen nach dem anderen ins Feuer. Der Raum füllte sich immer stärker mit Rauch. Crowley holte ein Fläschchen mit Heroin, das letzte, das von seiner Asthmamedikation noch übrig war. Er zog die Nadel auf und stieß sie sich in die Vene, kurz darauf sank er in seinen Fauteuil. Bereit, mit Pixie zu gehen, sog er die dunklen Rauschwaden, die den Raum erfüllten, ein und sank in unruhigen Schlaf.

Das Rütteln an der Tür weckte ihn. Maggie. Er hatte vergessen, dass sie heute verabredet waren. Sie stürmte ins Zimmer, rannte hustend zum Fenster und riss es auf. »Bist du wahnsinnig?«

Wahrscheinlich, dachte Crowley und hob seinen schmerzenden Kopf.

KAPITEL 22

Tageskarte für Mittwoch, 23. September
Die Gerechtigkeit

Bewahren Sie heute einen klaren Kopf. Ziehen Sie alle möglichen Konsequenzen Ihrer Handlungen in Erwägung und bleiben Sie fair. Sie könnten auch mit den Folgen früherer Entscheidungen konfrontiert werden. Ob der Tag gut oder schlecht wird, hängt von dieser lange vergangenen Angelegenheit ab.

Tom war nicht im Krankenhaus gewesen. Auch telefonisch konnte Thesi ihn nicht erreichen. Wer passte nun auf Sarah auf? Robert hatte noch immer nichts in die Wege geleitet, auf Polizeischutz brauchte sie also nicht zu hoffen. Thesi hatte das Gefühl, dass alles an ihr hängen blieb. Missmutig staute sie sich auf der Suche nach Nadines Kindermodengeschäft den Gürtel entlang. Irgendwo in der Nähe der Hauptbücherei sollte es sein. Kurz nach dem Neubaugürtel entdeckte sie ein bunt bemaltes Portal, das nach Kindermoden aussah. Sie bog in eine Seitengasse ein und stellte ihr Auto ab.

Nadine sah nicht gerade erfreut aus, als Thesi zur Tür reinkam. »Was machst du denn hier?«

»Dino ist aus allen seinen Sachen herausgewachsen.« Oh je, jetzt muss ich wohl oder übel ein paar Stücke mitnehmen, dachte Thesi.

»Schön, du wirst bei mir sicher etwas Hübsches für ihn finden.« Nun lächelte Nadine. »Schau dich um. Wenn du Hilfe brauchst, ruf mich.« Sie wandte sich wieder ihrer Modezeitschrift zu und überließ Thesi sich selbst.

Normalerweise schätzte sie es, ungestört stöbern zu können ohne eine Verkäuferin, die ihr im Nacken saß und ihr alles Mögliche aufdrängen wollte. Doch heute ging es gerade um das Gespräch mit der Verkäuferin. Sie nahm ein paar weiße T-Shirts und legte sie zur Kassa. Nadine beachtete sie nicht, und Thesi versuchte, ihre Detektivarbeit unauffällig zu beginnen. »Was macht Irene eigentlich?«

»Sie hat einen Online-Shop für pharmazeutische Produkte. Bis vor Kurzem war sie in einer Apotheke angestellt.«

Aha, daher hatte sie also die verbotenen Substanzen, dachte Thesi.

»In ihrem Shop verkauft sie ganz gute Abnehmprodukte, solltest du vielleicht mal versuchen.«

Thesi schluckte, und Nadine fuhr fort. »Betelnuss ist ein natürlicher Appetitzügler. Ich kauf die immer von ihr. Irene importiert das Zeug aus Thailand oder so.«

Wie soll ich jetzt den Bogen zu ihrem Mann spannen?, überlegte Thesi und fuhr sich mit den Händen über die Hüften. Dabei stachen ihr ein paar Pullover ins Auge, die sie farblich ganz toll fand. Mal nicht grau und schlammbraun für die Jungs. Doch als sie den Preiszettel entdeckte, schluckte sie. 180 Euro für einen Strickpulli? Da waren die fünf Prozent Rabatt, die Nadine den Netzwerkmitgliedern gewährte, ein Tropfen auf dem heißen Stein. Sie legte das Teil wieder zurück und begann die Herbstjacken durchzusehen. Bei jedem Preisschild schüttelte sie den Kopf. Wie viel wohl die T-Shirts an der Kasse kosten würden?

Wie kam sie aus dieser Situation wieder raus, ohne das Gesicht zu verlieren?

Ihr Telefon klingelte. »Hi, Flora hier.«

»Oh mein Gott, wirklich?«, schrie Thesi.

»Ähm, ja, wieso …«

»Ich komme sofort. Wo genau?«

»Hallo? Ich bin's, verstehst du mich nicht?«

»AKH? Gut, ich bin in der Nähe. Danke für die Info.«

»Bitte gerne, aber …«

Thesi steckte das Telefon in die Jackentasche, versuchte, aufgeregt zu wirken, und sagte zu Nadine: »Das war der Kindergarten, Dino ist die Stufen runtergefallen und mit Verdacht auf Beinbruch ins AKH gebracht worden.« Sie hoffte, dass die Götter sie nicht strafen würden, wenn sie eine Geschichte verwendete, die sich vor einem Jahr wirklich zugetragen hatte. Ausreden-Recycling sozusagen. Das Handy in ihrer Hand vibrierte wieder.

Nochmals Flora. »Drehst du gerade durch?«

»Entschuldige, ich kann jetzt nicht. Muss ins AKH, Dino ist die Treppe …«

»Was, schon wieder? Dann verstehe ich deine Verwirrung.«

»Ich melde mich in fünf Minuten, gut?«

»Klar.«

Thesi wandte sich wieder an Nadine. »Tut mir leid, ich muss sofort weg. Ich komme in den nächsten Tagen wieder vorbei. Ciao.« Und draußen war sie. Dort atmete sie dreimal tief durch. Dann rief sie Flora an.

»Ich glaube, ich muss da etwas aufklären. Dino ist natürlich nichts passiert, ich brauchte nur eine Ausrede, um Nadines Geschäft zu verlassen, ohne Hunderte von Euros dort zu lassen.«

»Ja und das war gut so, denn genau deshalb rufe ich an. Sie verkauft falsche Designerware.«

»Woher weißt du das?«

»Hab gerade eine Mail von Boris bekommen. Stand in Sarahs Dossiers, die er noch nicht ausgedruckt hatte. Und da ich wusste, dass du auf dem Weg zu Nadine bist, dachte ich, ich ruf mal an.«

»Danke, du warst mir wirklich eine Hilfe.«

»Was machst du jetzt?«

»Ich bin gerade wieder am Gürtel und ich habe noch zwei Stunden Zeit. Bis ich Dino holen muss, werde ich Rosaria einen Besuch abstatten. Vielleicht finde ich für Fredis Picasso einen schönen Rahmen. Und da ich Nadine nicht ausfragen konnte, werde ich bei Rosaria versuchen, etwas über den Herrn Architekten rauszubekommen.«

»Könntest du mir noch ein paar dieser Weltgeschichts-Bände mitnehmen? Die sehen wirklich gut aus in meinem Bücherregal.«

»Solange du sie nicht als Blumensäule nimmst.«

»Das ist eine noch bessere Idee. Nimm gleich mehr bitte.«

Lachend beendete Thesi das Gespräch und setzte sich ins Auto.

Rosaria sah sich um. Kein Kunde mehr im Geschäft. Sie holte eines der Tagebücher aus dem Geheimfach und suchte nach einem bestimmten Eintrag. Endlich hatte sie ihn gefunden, dann nahm sie das Stanleymesser vom Tisch.

14. April 1939

Von Crowley im Tausch für die Tarotkarten ein Buch und einen Brief der Helena Blavatsky bekommen. Beides wird

Himmler erfreuen. Gleich auf der ersten Seite ist eine Swastika. Leider befindet sich darunter ein Davidstern, aber den kann man ja ausmerzen, so wie unser Führer es im Großen vorhat.

Vorsichtig trennte Rosaria die Seite aus dem Tagebuch. Sie versuchte, es so machen, dass es nicht auffiel. Auf Pavel, der ihr sonst bei solchen Dingen half, konnte sie nicht mehr zählen. Leider. Würden die fehlenden Tage bemerkt werden? Sie überflog die nächsten Seiten. Nein, Diggendorf hatte immer unregelmäßig geschrieben, und in den letzten Jahren hauptsächlich lamentiert: zuerst über seine Versetzung nach Wien und nach Kriegsende über seine Entnazifizierung. Voller Verachtung schrieb er über die Wendehälse, die nun den neuen Machthabern zujubelten, dann kamen einige Einträge über seinen schwächlichen Sohn. Den Sohn, den Rosaria längst tot gewähnt hatte, da sie keine Einträge im Telefonbuch oder im Internet gefunden hatte.

Auf den letzten Seiten wurde Diggendorfs Schrift immer krakeliger, und Ende der 70er Jahre versiegten die Informationen.

Als sich die Tür öffnete, klappte sie das Buch hastig zu. Ein weißhaariger durchtrainierter Mann stand im Eingang und starrte sie zornig an. Er drehte den Schlüssel um und sagte drohend: »Ich will die Tagebücher meines Vaters zurück.«

»Sie gehören mir, ich habe sie rechtmäßig erworben.« Rosaria wich etwas zurück, versuchte aber, nicht eingeschüchtert zu wirken.

»Gestohlen trifft es wohl eher. Die Bücher wurden auf einen Müllplatz gebracht, um dort verbrannt zu werden.

Sie haben alles von einem Dieb gekauft, und rechtmäßig gehören sie mir.«

»Wenn Sie Ihr Erbe sowieso vernichten wollten, kann es …«

»Wollen Sie mich nicht verstehen?« Dorf zog die Walther PPK aus seiner Tasche. »Ins Hinterzimmer, sofort«, zischte er.

Thesi rannte über die Straße, als die Fußgängerampel gerade auf Rot sprang. Ein paar Autos hupten und deuteten ihr den Vogel. Naja, haben ja recht, dachte sie, während sie auf den Gehsteig sprang. Hätte Dino so etwas gemacht, sie wäre ausgeflippt.

Vor dem Geschäft atmete sie einige Male tief durch, damit sie nicht ganz abgehetzt eintrat, dann drückte sie die Klinke hinunter, doch die Tür war versperrt. War heute geschlossen? Sie las die Öffnungszeiten. Nein, es sollte offen sein.

Thesi versuchte, durch die mit Unmengen von Büchern, Grafiken und kleinem Krimskrams vollgestellten Schaufenster einen Blick in das Antiquariat zu werfen. Da! Es bewegte sich etwas im Hinterzimmer. Sie kniff die Augen zusammen, versuchte, die beginnende Weitsichtigkeit zu ihrem Vorteil zu nutzen, und sah einen weißhaarigen Mann, der Rosaria mit einer Pistole bedrohte. Bestürzt drehte sich Thesi zur Seite und drückte sich mit dem Rücken gegen die Mauer. Was sollte sie jetzt tun? Ihr Herz pochte, in ihren Ohren rauschte das Blut, der Verkehr brauste tosend an ihr vorbei.

Robert! Sie drückte die Kurzwahltaste. Mailbox! »Verdammt, wieso bist du nie zu erreichen?«, schrie sie ins Telefon. Dann wählte sie den Polizeinotruf. Dort wurde sofort abgehoben. Sie erklärte die Situation, gab die Adresse an, und der Beamte versicherte ihr, dass er Kollegen, die in der Nähe wären, vorbeischicken würde.

Immer noch zitternd lehnte Thesi weiterhin an der Mauer und bemühte sich, ihren Herzschlag zu beruhigen. Wieso kam sie ständig in solche Situationen? Hatte Leon recht, dass sie Schwierigkeiten mit ihrer Schnüffelei anzog? Aber sie hatte doch nur einen Bilderrahmen kaufen wollen!

Plötzlich wurde die Tür aufgerissen, und der Mann, der Rosaria bedroht hatte, stürmte aus dem Geschäft. Er stieß Thesi zur Seite, die sich vor lauter Aufregung entschuldigte, weil sie im Weg gestanden war. Aber er würdigte sie keines Blickes, steckte ein Buch unter seinen Kapuzenpulli und rannte einfach weiter.

Thesi sah ihm nach und versuchte, sich so viel wie möglich einzuprägen. Mittelgroß, durchtrainiert, weißes kurzes Haar, Jeans, Timberland Schuhe, weinroter Sweater. Sein Gesicht hatte sie zwar nicht sehen können, aber Rosaria als echte Augenzeugin konnte ihn sicher besser beschreiben.

In diesem Moment fuhr die Polizei mit quietschenden Reifen um die Ecke. Die Beamten parkten direkt vor dem Geschäft auf dem Gehsteig, holten ihre kugelsicheren Westen aus dem Kofferraum, zogen sie an, und gerade, als sie in das Geschäft stürmen wollten, kam Rosaria kreidebleich heraus und fragte: »Was ist denn hier los?«

»Hände hoch!«, schrie einer der Beamten, und die Antiquarin riss sofort die Arme in die Höhe.

Thesi stand mit offenem Mund daneben, unfähig, etwas zu tun. Jetzt machte sie einen Schritt nach vorn und sagte: »Nein, das ist die Frau, die überfallen wurde.«

Einer der Beamten drehte sich um und brüllte: »Und wer sind Sie?«

Auch Thesi hob vorsorglich die Arme. »Theresa Valier, ich habe die Polizei alarmiert.«

Rosaria stand noch immer mit erhobenen Händen da und starrte sie an.

»Sie können die Hände runter nehmen. Entschuldigen Sie, wir sind von einem Überfall verständigt worden, aber nicht, ob der Täter ein Mann oder eine Frau ist.«

Die Antiquarin schüttelte die Hände, dann den Kopf, sie räusperte sich und sagte: »Ich bin nicht überfallen worden, es muss sich um einen Irrtum handeln.«

Die zwei Polizisten drehten sich zu Thesi. Sie merkte, wie ihre Wangen heiß wurden. »Aber – aber ich habe doch die Pistole gesehen. Und er hat mich bei der Flucht umgerannt. Vielleicht – vielleicht finden Sie Faserspuren auf meiner Jacke.« Sie zupfte auf der Suche nach einem weinroten Fussel an ihrer Kleidung herum.

»Zuviel CSI geschaut, was?«, flüsterte ein Polizist seinem Kollegen zu, laut genug, dass Thesi es hören konnte. »Gehen wir mal hinein und nehmen alles auf.«

Er bedeutete Thesi, mitzukommen, und alle folgten Rosaria ins Antiquariat. Thesi warf einen Blick ins Hinterzimmer. Ein Buch mit Initialen lag am Boden, Rosaria bückte sich schnell, hob es auf und drückte es an sich, sodass man die Buchstaben nicht entziffern konnte. Es sah genauso aus wie das Buch, das der Flüchtende in der Hand gehalten hatte.

»Sehen Sie, alles in Ordnung, kein Überfall. Ich habe mit dem Herrn vielleicht etwas lauter gesprochen, weil er schwerhörig war. Wahrscheinlich hat sie«, Rosaria deutete mit dem Kopf zu Thesi, »das als Streit ausgelegt.«

»Gehört habe ich gar nichts, der Verkehr auf der Wienzeile war zu laut. Und – da war eine Pistole«, beharrte Thesi.

»Beim Notruf sagten Sie aber Revolver«, warf ein Polizist ein, der gerade mit der Zentrale telefonierte.

Thesi seufzte laut. »Pistole, Revolver. Das ist doch dasselbe.« Wieso musste sie bei der Polizei immer als Idiotin dastehen? Oder hatte sie sich wirklich getäuscht? Aber so schlecht sah sie noch nicht. Und wo war wieder mal Robert?

»Sie sehen, meine Herren, hier ist alles in Ordnung.« Rosaria hob einen Sessel auf. »Der fiel um, als ich hinausgerannt bin, weil sie plötzlich in voller Adjustierung vor meinem Geschäft standen.«

Jaja, dachte Thesi, oder weil du mit dem Dieb gekämpft hast. Sie sah sich um, ob nicht irgendwo etwas Verdächtiges herumlag. Doch da war nichts.

Mit hängenden Schultern verließ sie nach der Angabe ihrer Personalien den Ort des Nichtverbrechens und machte sich auf den Heimweg.

»Wieso nur hat sie geleugnet, dass sie überfallen wurde?« Thesi biss von ihrer Karotte ab und starrte den Kühlschrank an.

»Wie bist *du* schon wieder in so eine Situation gekommen?«

»Bitte lenk jetzt nicht ab, Leon.«

»Als er wegrannte, hatte er ein Buch in der Hand. Aber wo war die Pistole?«

Thesi stutzte. Genau, wo war die Pistole? Hatte er die schnell in den Hosenbund gesteckt, bevor der das Geschäft verlassen hatte? Das könnte sein, aber konnte man damit so schnell laufen? Vielleicht lag sie noch irgendwo im Geschäft. Sie hätte genauer schauen müssen. Rosaria hatte drei Minuten Zeit gehabt, alles verschwinden zu lassen. Sollte sie noch mal hin?

»Worüber denkst du jetzt schon wieder nach?« Leon belegte eine Scheibe Brot mit Käse, und Thesi lief das Wasser im Mund zusammen. Doch dann schaute sie auf ihr kleines Bäuchlein und dachte, dass sie vielleicht doch so eine Dingsbumsnuss von Irene probieren sollte.

»Über nichts. Aber ich weiß, was ich gesehen habe und dass Rosaria lügt.« Sie schüttelte den Kopf.

»Bitte kannst du endlich mit dem Detektivspielen aufhören? Versprich mir, dass du nicht mehr zu Rosaria gehst und überhaupt nichts mehr allein unternimmst.«

»Willst du mich einsperren?«

»Wie kommst du nun darauf? Das hat doch nichts mit einsperren zu tun.«

»Klingt aber so.« Thesi merkte, dass sie wütend wurde. Eigentlich mehr wegen ihrer Zweifel an sich selbst, aber nun konnte sie es gut an Leon auslassen.

»Weißt du was? Ich geh zu Paul, er wollte sowieso, dass ich mal sein Netzwerk überprüfe. Ich glaube, jetzt ist der richtige Zeitpunkt dazu.« Leon stand auf, warf sich eine Windjacke über und verließ mit einem lauten Türknallen das Haus.

»Was ist denn los?« Dino schob vorsichtig seinen Kopf aus der halb geöffneten Kinderzimmertür.

»Ach nichts, wir haben nur ein bisschen diskutiert. Möchtest du zu Georg schauen? Ich glaube, er ist schon zu Hause.«

»Super.« Dino hüpfte in den Vorraum, suchte seinen Rucksack, der mit geschätzten 15 Kilogramm Beyblade-Kreiseln gefüllt war, und verschwand im Nachbargarten.

Thesi sah ihm kurz nach, dann begann sie aufzuräumen. Immer wenn sie so richtig geladen war, reagierte sie sich mit Hausarbeit ab. Da Leon und sie selten stritten, sah es meist etwas chaotisch aus, was manchmal wiederum zu Streit und in weiterer Folge zu einem aufgeräumten Haus führte.

Sie fing in Dinos Zimmer an. Seufzend hob sie ein – wie ihr schien – halbes Spielzeuggeschäft vom Boden auf. Er besaß viel zu viel von diesem Plastikschrott. Thesi musste bei den Großmüttern ein Kaufverbot aussprechen. Und natürlich bei Boris. Sie holte mit dem Besen Dinos Schatzkiste unter dem Bett hervor und wollte sie auf sein Bücherregal stellen, als sie ihr aus der Hand glitt. Mit einem Knall fiel sie zu Boden, und die Schätze verteilten sich überall im Zimmer. Ärgerlich hockte sich Thesi nieder, um von der Vogelfeder bis zum Schneckenhaus, der violetten Murmel und der Tarotkarte aus dem Prater alles wieder einzusammeln. Da sah sie das Goldstück. Ein Stück, das sie sofort identifizieren konnte. Es passte zu dem Teil, den sie im Gartenhaus gefunden hatte, und war der Verschluss einer Kreole. Rosaria hatte beim Netzwerktreffen solche Ohrringe getragen! Alte Wiener Goldschmiedekunst. Na klar, bei Wohnungsräumungen fand man auch manchmal solche wertvollen Schmuckstücke.

Thesi wurde übel. Rosaria hatte das Gartenhaus angezündet. Aber wieso? Sie ging in die Küche, machte sich eine Tasse Kaffee und saß ein paar Minuten wie gelähmt am Tisch. Rosaria war eine Brandstifterin und eine Lügnerin. Dann hatte Sarah mit ihrem Verdacht recht gehabt. Aber Brody's hatte doch die Echtheit der Tarotkarten bestätigt.

Sie schüttelte den Kopf und schrieb an die Mitglieder der ›SOKO Sarah‹ eine SMS, dass es heute Abend einen improvisierten Jour fixe gäbe, da sie die Brandstiftung geklärt hatte.

20 Minuten später waren alle bei ihr versammelt.

»Ich hab geschrieben: am Abend. Jetzt ist es drei Uhr«,

sagte Thesi, als auch Paul mit Leon im Schlepptau vor der Tür stand.

»Du kannst uns doch nicht so auf die Folter spannen«, sagte Flora. »Also wer hat das Gartenhaus angezündet?«

Thesi zeigte die halbe Kreole und erzählte vom Überfall, Rosarias Lüge und dem Fund des kaputten Schmuckstücks. »Dino hat wieder mal einen Schatz gefunden und, weil er Angst hatte, dass wir ihm sein Gold wegnehmen, nichts davon gesagt. Deshalb hatte er auch nach dem Brand so komisch reagiert – sein schlechtes Gewissen«, schloss sie lächelnd ihren Bericht.

»Dann wären jetzt zwei, nein, drei Fragen zu klären. Erstens, Rosarias Motiv für die Brandstiftung, zweitens, wieso sie beim Überfall gelogen und drittens, ob sie auch Sarah gestoßen hat«, sagte Boris.

»Sollen wir alle zu ihr fahren – denn allein darf ich ja nicht – und sie fragen?« Thesi sah in die Runde.

Paul schüttelte den Kopf. »Sie würde alles abstreiten. Es gibt Hunderte solcher Kreolen.«

Thesi schlug sich auf die Stirn. »Ich habe sogar eine Augenzeugin. Wieso bin ich nicht früher drauf gekommen. Frau Sonnberger hat Rosaria in der Nacht beobachtet und eigentlich wunderbar beschrieben. Ich konnte nur die Zeichen nicht richtig deuten. Hexe stand für Warze und große Kreolen, und das grüne Kostüm hielt sie für einen Tarnanzug.«

»Glaubst du, sie konnte das von dort drüben erkennen?«, fragte Leon.

Thesi verengte die Augen zu Schlitzen. »Hast du noch nie den riesigen Feldstecher bemerkt, den sie benutzt? Natürlich hat sie es genau gesehen.«

»Ich weiß nicht, ob die Sonnberger als Zeugin eine

gute Figur macht. Verlassen wir uns lieber auf die Wissenschaft«, sagte Flora und deutete auf die halbe Kreole. »Paul, glaubst du, du könntest daran DNA-Spuren finden? Wenn Rosaria sie durch ihr Ohrläppchen gezogen hat, muss doch etwas zu finden sein.«

»Wäre möglich, aber das würde ich doch lieber der Polizei überlassen. Wer weiß, ob unsere Beweise vor Gericht anerkannt werden. Außerdem müssten wir Vergleichsproben holen, oder hat Thesi heute zufällig bei Rosaria eine Teetasse mitgehen lassen?«

»Sehr witzig, daran habe ich natürlich nicht gedacht. Aber such mich nach weinroten Flusen ab, die Polizisten wollten es ja nicht tun.«

Leon schnaubte, sagte aber nichts.

»Ich bin mir sicher, dass nun genug Verdachtsmomente auf dem Tisch liegen, damit sich Robert oder ein Beamter vom Branddezernat endlich darum kümmert«, beschwichtigte Thesi.

»Wieso hat Rosaria das Gartenhaus niedergebrannt?« Boris wiederholte es wie ein Mantra.

»Um Beweise zu vernichten? Aber das hätte sie einfacher haben können, wenn sie einfach den Computer gestohlen hätte«, überlegte Flora.

»Wenn es Isa gewesen wäre, wüsste ich die Antwort. Die ist einfach extrem ungeschickt. Sie hätte die Petroleumlampe angezündet und dann vom Tisch gestoßen. Vielleicht war sie ja mit. Ich werde die Sonnberger noch mal ausquetschen, ob sie nicht vielleicht zwei Schatten gesehen hat«, sagte Thesi.

»Wie hat es Rosaria geschafft, Brody's zu betrügen?«, fragte Flora.

»Das haben wir schon mal besprochen. Alte Farbe, altes

Papier, guter Fälscher.« Paul nahm sich ein staubtrockenes Croissant, das seit mindestens einer Woche im Brotkörbchen lag, und biss hinein.

»Genau, Flora! Denk an die Bücher in Rosarias Geschäft. Bei diesen ganzen Enzyklopädien ist doch immer das erste Blatt leer. Sie musste nur bei einer großen Reihe jeweils die ersten Blätter heraustrennen und hatte genug Papier aus der Zeit. Schön modrig und mit Stockflecken übersät. Dann nimmst du alte Farben aus dem Nachlass eines Künstlers, vielleicht sogar von unserem Hans Hübner aus Gablonz, den wir hier hinten hängen haben.« Thesi zeigte auf die Teetassenentwürfe über der Kredenz. »Und kein Chemiker kann dir mehr etwas nachweisen. Ich bin echt neugierig, wer die Kopien gemalt hat.«

»Vielleicht doch Fredi? Er hat einen Namen in der Branche, und über Sarah gäbe es die Verbindung zu Rosaria.«

»Nein, ich glaube, seine Fälschungen waren Jugendsünden. Sarah hat es nur wieder ausgegraben, weil sie Geld brauchte. Fredi hatte es nicht mehr notwendig, zu betrügen.«

»Vielleicht nach seinem Unfall?«, warf Leon ein.

»Dass er dann gerade für eine Bekannte von Sarah etwas macht, nein. Außerdem ist der Unfall erst ein Jahr her. Davor war er doch ein angesehener Werbefachmann, und die Vorbereitung für einen so großen Coup wie die Fälschung aller Tarotkarten braucht länger als ein Jahr. Dann kommt noch die Zeit dazu, die Brody's für die Prüfung benötigte. Ich bin mir ziemlich sicher, dass Fredi nichts damit zu tun hat.« Thesi legte ihre Karotte weg und holte sich auch ein Croissant. Sollte Nadine doch sagen, was sie wollte. »Ich rufe jetzt mal Robert an und sage ihm, dass wir alle Beweise und eine Augenzeugin hier haben. Und dass er gefälligst kommen soll.«

»Und wer verständigt Brody's, dass sie einem Schwindel aufgesessen sind?«, fragte Leon.

»Die Polizei wird sie sicher informieren«, antwortete Paul. »Das ist wirklich nicht unser Job.«

»Genau, wichtig ist, dass der Brand und der Mordanschlag geklärt sind. Eigentlich können wir stolz auf uns sein.« Flora sah zu Leon. »Und siehst du, nichts ist passiert.«

»Außer, dass unser Gartenhaus abgefackelt wurde.«

Thesi holte ihr Telefon, und da sie Robert wieder nicht erreichen konnte, erzählte sie Zipser die ganze Geschichte. Währenddessen öffnete Leon eine Flasche burgenländischen Blanc de Noirs und meinte: »Nun haben wir ja wieder Zeit, uns ganz den Weinverkostungen zu widmen.«

Thesi sah ihn von der Seite an. Dass der Überfall auf Rosaria noch nicht geklärt war, erwähnte sie nicht, sondern stieß mit den anderen an.

Dorf blätterte das Tagebuch durch. Einmal, zweimal, dreimal – es war das Falsche. Hier stand nichts über die Tarotkarten. Nur Lamento darüber, dass die Tibetexpedition ein Reinfall gewesen war. Dass Schäfer weder in Lhasa noch in Xigazê eine Herrenrasse gefunden hatte. Groß, blond und stark, so wie es die Blavatsky, wer auch immer das war, beschrieben hatte. Dann noch Vaters Überlegungen, ob die Arier vielleicht in der Zwischenzeit ausgestorben oder vom Mutterschiff abgeholt worden waren, um auf einem anderen, würdigeren Planeten wieder aufzuerstehen.

Lächerlich! Dorf warf das Buch gegen die Wand. Wie konnte sein Vater nur so einen Unsinn glauben. Stand da wirklich Mutterschiff? Dorf kniete nieder und überflog die Einträge neuerlich. Wirklich! Vater hatte an Außerirdische geglaubt, die eingefroren von einem anderen Planeten in Atlantis vulgo Tibet zur Erde gekommen waren. Daraus hatte sich angeblich die deutsche Rasse entwickelt. Hätte Schäfer Nachfahren dieser Ur-Arier gefunden, wäre die Überlegenheit der Deutschen, da quasi aus dem Weltall von Gott gesandt, bewiesen.

Dorf schüttelte den Kopf. Und er stammte von so einem Wahnsinnigen ab? Und dieser Wahnsinn pulsierte in seinem Blut?

Als er das Buch schließen wollte, stach ihm ein Satz ins Auge: *Hat mir Crowley eine Fälschung angedreht? Ich hätte die Karten niemals tauschen sollen.*

In diesem Moment fiel Dorf alles wieder ein. Die Einträge, die er vor Jahrzehnten gelesen und dann verdrängt hatte. Sein Vater hatte die Illustrationen zwar besessen, aber er hatte sie gegen eben diesen Tibetbericht der Helena Blavatsky getauscht. Wegen des Misserfolgs der Tibetexpedition war Vater in Berlin in Ungnade gefallen und hatte nach Wien zu seinem Bruder ziehen müssen.

Diese elende Betrügerin! Dorf schlug mit der Faust auf den Tisch. Er hatte es doch gewusst. Nun musste er nur das richtige Tagebuch finden, dann konnte er den Schwindel beweisen, und die Auktion würde abgeblasen werden. Und der Name Diggendorf würde wieder in der Versenkung verschwinden.

Kruger legte den Hörer auf. Sein Informant hatte ihm eben erzählt, dass die Rohrau angeblich überfallen worden war, den Überfall aber leugnete. Einen unnötigen Polizeieinsatz hätte es deswegen gegeben. Höchst mysteriös, dachte er und steckte sich eine Zigarette in den Mund.

»Geh auf die Terrasse damit«, schrie sein Tischnachbar. »Das hab ich dir doch schon tausendmal gesagt.«

Der Müller, dieser Koffer! Kruger schnappte sich sein Feuerzeug und ging hinaus. Konnte dieser Typ nicht mal etwas lockerer werden? Gott sei Dank war er nur selten in der Redaktion. Sonst störte sich keiner an ein bisschen Qualm, im Gegenteil, die Kollegen rauchten ja alle selbst wie die Schlote.

Die frische Luft half ihm beim Denken. Also, der Diggendorfsprössling war hinter der Rohrau her, und nun wurde sie überfallen. Ganz klar, wer da in ihrem Antiquariat gewesen war. Er fuhr mit der Zunge über seine Lippen. Wie konnte er das möglichst gewinnbringend ausschlachten, welche Story daraus machen? Mit Dorf hatte er wegen des gestohlenen Computers noch ein Hühnchen zu rupfen. Andererseits, dieser Kerl war zu allem fähig. Aber deswegen eine gute Story sausen lassen? Vielleicht sollte er sich Hilfe von der Polizei holen. Mit der Option, dass er die Exklusivrechte bekäme. Die Rohrau würde er noch mal besuchen, jetzt müsste sie ihm mehr erzählen, erklären, wieso sie gelogen hatte, denn er glaubte an den Überfall. Und da war sicher noch etwas Wichtiges in diesem Geheimfach! Sie war so bedacht darauf gewesen, dass er keinen Blick hineinwerfen konnte.

Kruger warf die glosende Zigarette auf den Boden und trat sie aus.

KAPITEL 23

Tageskarte für Donnerstag, 24. September
Der Gehängte

Der Gehängte bringt einen unerfreulichen Tag. Ihnen wird bewusst, dass Sie negativen Elementen nicht aus dem Weg gehen können. Dadurch bleibt Ihnen nichts anderes übrig, als die Laster und die Sorgen hinzunehmen und diese als Teil Ihres Lebens anzusehen. Der Gehängte ist keine positive Karte, steht er doch für Lähmung und Stillstand.

Thesi starrte auf das Display ihres vibrierenden Handys. Es war Toms Nummer. Hoffentlich hatte er keine schlechten Neuigkeiten. Sie zögerte kurz, dann meldete sie sich.

»Entschuldige, dass ich jetzt erst zurückrufe, aber ich musste beruflich nach Tschechien. Die Ärzte haben gemeint, dass Sarah über den Berg sei, also könne ich beruhigt fahren. Was wolltest du?«

»Ahm, nur wissen, wie es Sarah geht, und ob es Neuigkeiten gibt.«

»Nein, sie liegt noch immer im Koma, aber ihre vitalen Funktionen scheinen so gut zu sein, dass keine akute Lebensgefahr mehr besteht.«

»Hatte Sarah eigentlich in letzter Zeit Besuch?«

»Hm, niemand, den du kennst.«

»Auch nicht Rosaria?« Sie biss sich auf die Zunge, wieso war ihr das jetzt herausgerutscht?

»Wieso fragst du ausgerechnet nach Rosaria?«

Thesi überlegte kurz, dann sagte sie: »Nur so.«

»Komm, du hast was herausgefunden, gib's zu.«

»Na gut. Es könnte sein, dass sie für den Brand bei mir verantwortlich ist. Aber das heißt nicht, dass sie Sarah etwas getan hat. Da kämen ganz andere infrage.« Thesi schlug sich auf den Mund,

»Wer denn? Jetzt kenne ich mich gar nicht mehr aus.«

Thesi seufzte. Sollte sie sein Weltbild zum Einsturz bringen, ihm erzählen, dass Sarah eine Erpresserin war, dass sie ihn betrogen hatte und ihn wahrscheinlich verlassen wollte, da sie begonnen hatte, Geld im großen Rahmen abzukassieren? Wie konnte es nur Männer geben, die so gar nichts mitbekamen?

Ein Klingeln an der Tür rettete sie. »Tom, entschuldige, ich muss jetzt aufhören. Da kommt eine Lebensmittellieferung, die ich sofort kühl stellen muss. Ich schaue am Nachmittag im Krankenhaus vorbei.« Sie beendete das Gespräch und rannte zur Tür.

Da sie so dankbar war, dass er sie aus dieser Situation gerettet hatte, war sie fast versucht, beim Zeitungsverkäufer ein Jahresabo von ›Hund&Katz‹ zu kaufen. Doch sie beherrschte sich, denn sie wusste beim besten Willen nicht, wem sie die Hefte hätte weiterschenken können.

Nachdem sie den jungen Mann höflich hinauskomplimentiert hatte, machte sie sich auf den Weg ins Präsidium, um Robert das Goldstück vorbeizubringen, da er es anscheinend nicht schaffte, in den 19. Bezirk zu kommen. Außer es lag hier gerade eine Leiche rum.

Thesi grüßte den Portier am Eingang wie einen alten Bekannten, da sie voriges Jahr, damals unter weit schlimmeren Umständen, schon mal hier gewesen war. Sie erklärte, dass sie Oberinspektor Kiesling etwas vorbeibringen wollte. Der Portier führte ein kurzes Telefonat und wandte sich dann wieder an Thesi. »Oberinspektor Kiesling ist nicht im Haus, aber sein Kollege Inspektor Zipser erwartet Sie. Soll ich Ihnen den Weg zeigen?«

»Nein danke. Ich kenne ihn schon.« Als sie sich umdrehte und zur Treppe ging, kam ihr einer der Polizisten, die gestern bei Rosaria ihre Aussage aufgenommen hatten, entgegen. Er grüßte sie mit einem breiten Lächeln, sie nickte ihm mit zusammengebissenen Lippen zu. Wenn du wüsstest, dass diese Rohrau mein Gartenhäuschen angezündet und wahrscheinlich einen Mordversuch begangen hat, dann würdest du mir glauben und nicht so blöd grinsen, dachte Thesi. Aber egal, sie würde nun gleich zu seinem Boss gehen und alles aufklären. Sie eilte die letzten Stufen hinauf, klopfte kurz an Zipsers Tür und öffnete, ohne eine Antwort abzuwarten.

Er telefonierte gerade und deutete ihr, sich zu setzen.

Thesi sah sich im Zimmer um, es sah noch immer so aus wie vor zehn Monaten. Damals war sie als Mordverdächtige hier gesessen.

»Eine Fälschung, sagen Sie?« Geza notierte sich etwas auf einem Zettel. Thesi hob den Kopf. Das klang interessant. »Da müsste ich Sie weiterverbinden, Sie sind bei der Mordkommission gelandet, ich schaue, wer im Betrug dafür zuständig ist.« Er studierte seine Telefonliste und tippte dann eine Nummer ein. »Hallo, Glanz, ich hab einen, der hat einen Hinweis bekommen, dass da ein paar falsche Spielkarten im Umlauf sind. Ich weiß nicht, ob das was fürs Glücksspiel oder für dich ist, ich geb's mal an dich weiter. Servus.« Dann wandte er sich an Thesi.

»Grüß Gott, schon lange nicht mehr gesehen. Was verschafft mir die Ehre?«

»Ich habe einen Fall gelöst und bringe Ihnen die Beweise.« Sie erklärte kurz, was passiert war und was sie herausgefunden hatte, als Zipser die Hand hob. »Stopp. Nix für mich, da sind die Kollegen zuständig.«

»Sie sind aber schon der große Delegierer, oder?«

»Nein, aber ich bin bei der Mordkommission, und einen Toten hat es ja nicht gegeben.« Er fuhr sich mit Daumen und Zeigefinger über sein kaum sichtbares blondes Oberlippenbärtchen und schnalzte mit der Zunge.

»Glücklicherweise, aber zählt ein Mordversuch nicht?«

»Na gut, lassen Sie das Zeug mal da, ich gebe es Robert, der soll schauen, was er damit macht. Und wem er es weitergibt.«

Thesi war nicht ganz zufrieden, aber sie wusste, dass sie sich auf Zipser verlassen konnte. Er würde es dem richtigen Kollegen geben. Nun hatte sie alles in die Wege geleitet, alle Beweise abgegeben, und damit war der Fall für sie abgeschlossen. Fast.

Rosaria sah aus dem Schaufenster auf die belebte Wienzeile. Dann ging sie zur Tür und schloss ab. Sie hatte große Angst, denn die ganze Sache schien ihr immer mehr zu entgleiten.

Sie holte die herausgetrennten Tagebuchseiten, die sie im Tonkrug mit den Illustrationen versteckt hatte, und zerriss sie in winzig kleine Schnipsel. Immer kleiner und kleiner. Währenddessen arbeitete ihr Gehirn auf Hochtouren. Mit diesem Mann war nicht zu scherzen. Er würde sie umbringen, sollte die Versteigerung stattfinden, hatte er gesagt. Da er todkrank wäre, hätte er nichts zu verlieren. Bluffte er? Sie rief sich seine Augen in Erinnerung, die Gewaltbereitschaft, die daraus sprach. Hitze stieg ihren Körper hoch. Sie fuhr sich mit beiden Händen durch die Haare, zog die Strähnen so fest nach hinten, dass die Gesichtshaut schmerzte und sank in den weichen Lesesessel.

Isa! Sie musste Isa anrufen. Vielleicht wusste die eine Lösung. Aber Isa steckte in der Sache nicht so tief drinnen, sie würde nur abwiegeln, sagen, dass sich alles beruhigen würde.

Rosaria sprang auf. Nichts würde sich beruhigen! Da war diese kleine Schnüfflerin, die immer lästiger wurde und ihr sogar die Polizei auf den Hals gehetzt hatte. Bis jetzt waren die Geschäfte so schön unauffällig gelaufen, und nun tauchte plötzlich Rosarias Name in einer Polizeiakte auf. Wenn auch nur als Opfer.

Dann erschien dieser junge Diggendorf, der sie bedrohte. Der Journalist wurde immer lästiger, und Pavel verlangte mehr Geld. Nur woher, wenn sie die Versteigerung jetzt absagen musste? Wie sollte sie Brody's eine Rücknahme der Karten erklären? An die Kosten, die ihr bisher entstanden waren, wollte sie gar nicht denken. Das Auktionshaus würde für die Expertise und die Seite im Versteigerungskatalog sicher einiges verlangen.

Dabei hatte es so gut begonnen. Alles hatte sich perfekt ineinandergefügt: der Fund der Tagebücher am Müllplatz, Isas Idee, die Illustrationen wieder *herzustellen,* und ihr Bekannter Pavel, der genau das wunderbar konnte. Er hatte Rosaria schon früher ein paar Fälschungen für das Antiquariat gebracht. Nicht Großes, unbedeutende zweit- und drittrangige Künstler, bei denen man kaum eine Fälschung vermuten würde. Die Käufer waren glücklich, ein Schnäppchen gemacht zu haben, und würden den

Schwindel nie bemerken. Und sie war glücklich über ein kleines Zusatzeinkommen gewesen. Eine Win-win-Situation für alle.

Bei diesen kleinen Fischen hätte sie es belassen sollen. Denn wenn einer gierig wurde, wurde es der Nächste auch. Als Pavel erkannte, welch großer Deal diese Tarotkartenversteigerung werden würde, forderte er einen weit größeren Anteil. 50 Prozent! Tja, jetzt bekam er 50 Prozent von nichts.

Sie nahm die Waffe in die Hand, die der junge Diggendorf bei seiner Flucht verloren hatte. Bevor die Polizei ins Geschäft gekommen war, hatte Rosaria sie noch schnell mit dem Fuß unter ein Regal geschubst. Ein Schauer lief ihr über den Rücken, als sie daran dachte, dass die kleine Schnüfflerin ihr einmal verdächtig nahegekommen war, als sie sich im Antiquariat umgesehen hatte.

Rosaria setzte sich wieder, betrachtete die Waffe und überlegte, wieso sich viele Menschen mit so einem Ding im Haus sicherer fühlten. Ihr machte es eher Angst.

Plötzlich rüttelte jemand an der Türklinke. Die Antiquarin war froh, dass sie abgesperrt hatte, doch der Besucher ließ sich nicht abwimmeln, sondern pochte gegen das Glas und schrie, dass er unbedingt mit ihr reden musste.

Sie drückte sich in den letzten Winkel des Hinterzimmers und hoffte, dass er gehen würde. Was sollte sie nur tun?

KAPITEL 23

Tageskarte für Freitag, 25. September
Der Tod

Der Tod ist eine negative Karte. Sie werden heute mit einem Ende konfrontiert. Es kann alle Bereiche Ihres Lebens betreffen, auf jeden Fall wird es etwas sein, das Ihnen sehr weh tut. Es kann das Ende einer Phase, ein Abschied oder ein Verlust sein. Räumen Sie mit Altlasten auf und forcieren Sie einen Neubeginn.

Kurz, nachdem Leon und Dino das Haus verlassen hatten, klingelte es an der Tür. Mit Zipser, der gähnend vor der Tür stand, hatte Thesi nicht gerechnet. Seine Haare waren verwuschelt, soweit es bei deren Kürze überhaupt möglich war, und unter den Augen lagen dunkle Schatten.

»Ich dachte, Sie kommen nur bei Mord?«

»Ähm ja …«

Hinter ihm tauchte Kiesling auf. »Guten Morgen, Thesi, machst du uns einen Kaffee? Wir hatten eine lange Nacht.«

»Klar, kommt rein.« Sie ging zur Seite, nahm Kiesling das zerknitterte Sakko aus der Hand, warf es auf den Garderobensessel, der noch ein Kleidungsstück mehr tragen konnte, und schob die zwei Beamten in die Küche.

»Kümmert ihr euch jetzt doch um den Brand? Ist das VIP-Behandlung?

»Wir sind nicht wegen deines Gartenhäuschens hier. Es geht um dein Netzwerk.«

»Was ist passiert!« Thesi stellte die Kaffeetasse, die sie eben aus dem Geschirrspüler nehmen wollte, wieder hinein.

»Sarah …?«

»Nein, Rosaria Rohrau ist ermordet worden«, sagte Kiesling.

»Oh mein Gott!« Thesi wurde heiß, dann kalt, und sie spürte einen Druck in der Brust. Sie setzte sich und beugte sich nach vorne. Zipser hockte sich vor ihr nieder. »Kann ich Ihnen irgendwie helfen?«

»Danke. Geht schon, ich muss nur meinen Herzschlag kontrollieren. Sonst bekomme ich wieder meine Tachykardie. Nichts Schlimmes.« Sie hatte das Gefühl, als würde alles Blut tausendfach beschleunigt und dröhnend durch ihren Körper rauschen.

Zipser kratzte sich am Kopf und setzte sich dann neben sie.

Kiesling stand unschlüssig vor der Kaffeemaschine. Da Thesi sich nicht rührte, sondern vornübergebeugt ihre Atemübungen durchführte, suchte er in den Küchenschränken nach Tassen und schaltete die Saeco ein.

»Wieso komme ausgerechnet ich immer in solche Situationen?«, murmelte sie.

»Da geht's dir wie uns«, antwortete Kiesling und machte die zweite Tasse Kaffee.

»Ihr werdet wenigstens dafür bezahlt, ich muss mich ständig von Leon deswegen anraunzen lassen.«

Sie hatte sich wieder einigermaßen im Griff und bemerkte, dass Kiesling und Zipser vor ihren schwarzen Kaffees saßen, und holte Milch, dann suchte sie in Dinos Naschlade nach ein paar Keksen. »Also, was wollt ihr wissen?«

»Rosaria Rohrau ist gestern Abend erschossen worden. In ihrem Antiquariat.«

»Die arme Rosaria. Auch wenn sie eine Betrügerin war – so etwas verdient niemand. Dann ist es doch ein Überfall gewesen, hätte sie nicht gelogen, wäre sie vielleicht noch am Leben.« Thesi erzählte von der Kollision mit dem Räuber und dem Polizeieinsatz. Als ihr bewusst wurde, dass sie wahrscheinlich mit einem Mörder zusammengestoßen war, begann ihr Herz wieder schneller zu schlagen. »Er hat ein Buch gestohlen, da bin ich mir sicher.« Sie nahm einen Schluck Kaffee, der bitter schmeckte. Sie verlängerte ihn mit Milch und gab drei Stück Zucker hinein. »Ich habe vielleicht Flusen vom Mörder auf meiner Kleidung. Eure Kollegen haben mich ausgelacht, als ich sie darauf hinwies. Ihr habt Glück, dass die Schmutzwäsche noch im Korb liegt.« Sie nippte noch mal am Kaffee, verzog das Gesicht und schob die Tasse weg. »Zu süß. Eigentlich nehme ich nie Zucker.«

Kiesling fragte: »Soll ich dir einen Tee machen?«

»Das wird langsam zur Gewohnheit, was?« Nun musste Thesi lächeln. Vor nicht ganz einem Jahr war er auch bei ihr gesessen und hatte sie bekocht.

»Du kannst mir inzwischen alles, was du über Rosaria und das Netzwerk herausgefunden hast, erzählen. Und wie es mit dem Mord in Zusammenhang stehen könnte.«

Während der Oberinspektor in der Küche werkte, begann Thesi die gesamten Nachforschungen der ›SOKO Sarah‹ zusammenzufassen. Die Geschichte mit Fredi ließ sie aus, das musste niemand wissen. Er kam sowieso nicht als Täter infrage.

Zipser saß neben ihr und stenografierte mit. Als Thesi die Tarotkarten erwähnte, stoppte er. »Gestern hatte ich einen Anruf wegen gefälschter Karten. Das müssen die gewesen sein. Ich hab's zum Betrug weitergeleitet, wartet einen Moment. Ich rufe den Glanz gleich an.« Er holte sein Handy aus der Brusttasche seines Hemdes und wählte.

»Aha, aha, aha.« Zipser nickte und notierte abwechselnd. Dann legte er auf. »Also, ein gewisser Egon Kruger, Journalist beim Express, hat Informationen, dass die Karten der Rohrau falsch sind. Wenn er die Exklusivstory von uns bekommt, würde er alles erzählen. Der Glanz hat ihn noch nicht vernommen, sondern seinen Hinweis nur mal notiert. Du weißt ja, dass täglich ein paar Irre mit ihren haarsträubenden Geschichten anrufen, wenn wir dem allen ständig nachgehen würden …«

»Gut, der Kruger gehört jetzt uns. Als Zeuge in einem Mordfall.« Kiesling ging mit gesenktem Kopf in der Küche auf und ab.

Thesi hatte in der Zwischenzeit ihren Laptop geholt, hochgefahren und Kruger gegoogelt. Woher konnte der wissen, dass die Karten falsch sind? Sie stutzte, als sie sein Foto sah. »Den kenn ich doch. Aber woher?«

»Naja, er schreibt viele Leitartikel beim Express, und da ist immer sein Bild dabei«, sagte Kiesling.

»Nein, in einem anderen Zusammenhang. Das Gesicht. Ach ja.« Sie sprang auf und wühlte in ihrer Tasche. Dann holte sie ihren kleinen Zeichenblock heraus und blätterte ihn aufgeregt durch. »Mein Charakterköpfebuch. Da! Da ist er.« Sie deutete auf die schnelle Skizze eines dicken Gesichts mit Hängebacken und schütterem Haar. »Der hat Flora so in den Ausschnitt geglotzt. Und mich beim Zeichnen gar nicht bemerkt. Er war vorigen Samstag am Naschmarkt. In der Nähe von Rosarias Antiquariat.«

»Gut, aber da waren Hunderte Leute, und es war nicht der Zeitpunkt des Mordes«, warf Zipser ein.

»Trotzdem werden wir den Herrn genauer unter die Lupe nehmen«, knurrte Kiesling und starrte die Zeichnung an. Thesi grinste, er schien ein bisschen eifersüchtig zu sein. Aber auf diesen ungustiösen Kerl?

»Haben Sie sonst noch Hinweise?«, fragte Zipser.

Thesi überlegte, was sie schon erzählt hatte und was noch fehlte.

Sie schüttelte den Kopf. »Es tut mir leid.«

»Ihr habt sowieso mehr als genug recherchiert«, schloss Kiesling.

»Einer musste es ja tun.«

»Ach komm, ich habe auch etwas ermittelt.«

»Den Hintergrund der Rumänenmörder?«

»Genau, ich habe mir ihre Lebensläufe angesehen. Sie sind beide in einem moldawischen Waisenhaus aufgewachsen, haben also keine Familien, die sich wegen ihrer Verurteilung an Sarah rächen würden. Und ich war einmal kurz beim Heurigen Holzer. Der Betrunkene an der Bar ist wirklich ein Stammkunde, der in keinem Zusammenhang zu irgendeiner der verdächtigen Personen steht. Und die Kellner sind sich 100-prozentig sicher, dass sonst niemand im Lokal war.«

»Dann ist Tom aus dem Schneider. Werdet ihr ihm alles über Sarah erzählen? Über ihre Erpressungsversuche?« Thesi hatte ein schlechtes Gewissen, kam sich wie eine Petze vor. Diese kleinen Betrügereien waren doch keine Verfolgung wert. Die großen Fische mit den weißen Westen kamen immer davon, aber den kleinen Betrügern ging es an den Kragen.

»Vielleicht war ihr Mann an den Erpressungsversuchen beteiligt?« Zipser schaute Thesi fragend an.

»Nein, sicher nicht. Und wenn, dann habt ihr damit nichts zu tun. Außerdem, wieso einen Fall konstruieren, der wahrscheinlich gar keiner ist«, sagte Thesi und versuchte ihr unschuldigstes Lächeln. Dann fiel ihr ein, dass sie Tom gestern von Rosaria erzählt hatte.

»Was ist los? Du bist so blass geworden.« Kiesling sah sie eindringlich an.

»Ach, ich habe gestern vielleicht Tom gegenüber erwähnt, das eventuell Rosaria … mein Gartenhaus. Möglicherweise hat er den Schluss daraus gezogen, dass sie auch …« Thesi biss sich auf die Lippen.

»Tom wusste, dass Rosaria Sarah gestoßen hat?«, sagte Kiesling. Eine Spur zu laut, wie Thesi fand.

»Ja, könnte sein«, gab sie kleinlaut zu.

»Dann wird er zu einem unserer Hauptverdächtigen.«

»Nein. Er hat sicher nicht … unmöglich.«

Kiesling rührte gedankenverloren in seinem kalten Kaffee, als sein Handy im Vorraum klingelte. Er sprang auf, um es aus dem Sakko zu holen. »Servus, Huber.«

Thesi konnte sich dunkel an diesen Namen erinnern. War er nicht für die Spurensicherung zuständig?

»Himmler?« Robert kam mit dem Telefon am Ohr zurück in die Küche und verstummte. »Gut, ich komme, sobald ich hier fertig bin. Es dauert nicht mehr lange.«

»Meinte er Heinrich Himmler?«, fragte Thesi.

»Ja. Scheint, dass er auch einer unser … ähm … Verdächtigen ist. Die Waffe, die wir gefunden haben, eine Walther PPK, ist eine Sonderanfertigung für ihn, von der es nur 50 Stück gab.«

Zipser pfiff durch die Zähne. »Hitler bekam zu seinem 50. Geburtstag von der Firma Walther eine Einzelanfertigung, diese Waffe wurde vor ein paar Jahren in den USA um 115.000 Dollar versteigert.«

»Wieso weißt du das alles?«, fragte Kiesling.

»Ach, Waffen und ihre Geschichte sind mein Steckenpferd. Ich kann mit dem Huber stundenlang darüber fachsimpeln. Was ich aber sagen wollte, ist, dass die Waffe, mit der die Rohrau erschossen wurde, sicher Einiges wert sein wird.«

»*Nazi!*«, entfuhr es Thesi und beide Polizisten sahen sie fragend an. »Nein, keine Beschimpfung. Mir ist eingefallen, dass Sarah einen ihrer Ordner mit ›NAZI‹ beschriftet hatte. Den, in dem die Informationen über die Fälschungen abgelegt waren.«

»Was haben die Fälschungen mit den Nazis zu tun?« Zipser überflog seine Notizen.

»Diggendorf, den Rosaria als Provenienznachweis für die gefälschten Karten angeführt hat, war einer. Sie erzählte, dass er als Journalist in London gearbeitet hatte. Dort soll er auch zu den Illustrationen gekommen sein. Komisch.«

»Gar nicht, Frau Valier. Die Nazis waren ganz wild auf alles Esoterische und Okkulte. Sie hatten sogar eine eigene Abteilung, die sämtliche Schriften darüber sammelte«, sagte Geza Zipser.

»Gut, dann könnte dieser Journalist auch die Waffe besessen haben, und Rosaria hat sie gemeinsam mit den Tagebüchern gekauft.«

»Könnte sein. Der Handel mit Weltkriegsrelikten ist überaus einträglich«, sagte Zipser.

»Wir werden auf die Auswertungen der Spurensicherung warten, ob auch ihre Fingerabdrücke auf der Waffe sind.« Kiesling stand auf. »Gut, Thesi, wir müssen jetzt gehen. Gibst du uns deine Jacke wegen etwaiger Fussel? Das Goldstück ist schon bei der Spurensicherung, und im Krankenhaus haben sie hoffentlich noch Sarahs Kleidung. Vielleicht finden wir darauf etwas, damit wir Rosaria mit diesem Fall in Verbindung bringen können. Die Daten von Sarahs Computer, vor allem den Nazi-Ordner, würden wir noch brauchen.«

»Das ist alles bei Boris, unserem Computerexperten. Ich werde ihn bitten, dass er es euch gleich zukommen lässt.« Thesi wurde nicht mal rot bei der Lüge. Aber ein paar Dinge musste sie da unbedingt noch löschen.

»Und wenn dir noch etwas einfällt, lass es uns wissen.«

»Klar, ich bin froh, wenn ich die Arbeit jetzt an euch abgeben kann.«

Nachdem die beiden Polizisten das Haus verlassen hatten, legte sie sich aufs Sofa und bemühte sich, nicht daran zu denken, dass Tom der Mörder sein könnte. Denn dann wäre sie an Rosarias Tod schuld. Sie rief sich alle Treffen mit ihm ins Gedächtnis. War er ein Heißläufer? Würde er so überreagieren? Könnte er innerhalb eines Tages eine Waffe auftreiben? Noch dazu eine alte? Vielleicht war es ein Erbstück seines Großvaters.

Nein, das hatte keinen Sinn, diese Gedanken würden sie noch verrückt machen. Sie rief Boris an. »Du musst sofort herkommen, und bitte nimm deinen Laptop samt Sarahs CD mit.«

Wenig später stand er vor der Tür. »Hallo, sind wir allein oder ist mein Patenkind auch hier?«

»Dino ist noch im Kindergarten. Karoline holt ihn ab, und er bleibt am Nachmittag bei Georg. Leon ist wie immer in einem seiner Computernetzwerke unterwegs.«

»Schade, ich habe Dino etwas mitgebracht.« Boris holte ein iPad aus seiner Aktentasche und gab es Thesi.

»Boris, du sollst ihm doch nicht immer so teure Geschenke machen. Er wird erst sechs Jahre alt.«

»Genau, es ist nie zu früh, ein ›digital native‹ zu werden. Für ihn wird der Umgang mit Computern etwas so Normales sein wie für uns das Bedienen einer Kaffeemaschine. Was übrigens eine Aufforderung war.«

»Ach ja, entschuldige komm weiter.« Thesi war vor lauter Überraschung wegen des iPads mit ihm in der Garderobe stehen geblieben.

Boris folgte ihr in die Küche und sah das gebrauchte Geschirr am Tisch. »Ah, ich folgere, dass schon Besuch hier war.«

»Genau, Watson, und deshalb musstest du so schnell kommen.« Sie erzählte ihm, während sie den Kaffee herrichtete, vom Mord an Rosaria und dass sie einige Dateien löschen mussten, bevor sie die gewünschte Kopie an die Polizei weitergeben konnten.

Boris packte seinen Computer aus und fuhr ihn hoch. »Sarah hat gut recherchiert, das muss man ihr lassen. Vielleicht biete ich ihr einen Job in meiner Detektei an. Also, was sollen wir löschen?«

»Auf jeden Fall alle Infos über Manfred Klingmann. Diese alten Geschichten müssen nicht ausgegraben werden. Ich kann damit leben, dass irgendwo falsche Schieles hängen. Es werden nicht die Einzigen sein.« Thesi sah zu Boris, um zu ergründen, ob er auch so dachte. Als er nickte, fuhr sie fort: »Dann müssen wir überlegen, welche der Netzwerkfrauen drinnen bleiben und welche nicht. Irene zum Beispiel. Sie verkauft Abnehmprodukte im Internet und gibt sich als Magistra der Pharmazie aus, obwohl sie das Studium laut Sarah nicht fertiggemacht hat. Natürlich ist das strafbar, aber tut sie jemanden etwas zuleide, wenn sie Betelnüsse verkauft?«

»Naja, was ich über die Betelnuss weiß, werden Zähne

und Lippen davon rot, und bei einer zu hohen Dosis kann man einen Herzinfarkt bekommen«, sagte Boris.

»Meinst du, wir sollen sie drinnen lassen?«

»Ist der Verkauf offiziell verboten?«

»Nein.«

»Dann löschen wir sie.«

»Die Nächste ist Nadine.« Thesi überlegte. »Ich mag sie zwar nicht, aber ihr Mann betrügt sie. Ist sie damit nicht schon gestraft genug?«

»Was schreibt Sarah in ihrem Dossier?«

»Dass sie gefälschte Designerware verkauft.«

»Hm, das ist schwierig. Das ist schon ein Verbrechen. Aber wir könnten sie nett darauf hinweisen, dass sie damit aufhören soll. Dann gibt es keine Geschädigten mehr, und sie muss nicht vor Gericht.«

»Das ist eine gute Idee. Obwohl, sie hat durch die Blume angedeutet, dass ich dick wäre.«

»Komm, sei nicht kleinlich und rachsüchtig. Tu was für dein Karma.«

»Gut, lösch sie. Und nun kommt unser Ordner, oder? Davon muss niemand wissen, schon gar nicht Kiesling. Flora und ich haben den Abfalleimer am Klo in der Schule angezündet. Unabsichtlich natürlich.«

Boris grinste. »Ich hab's schon gelesen.«

»Es gab Feueralarm, die Schule wurde evakuiert, ein großes Feuerwehraufgebot rückte an. Ich habe Angst, sie schicken uns nachträglich eine Rechnung.«

»Thesi, das ist über 20 Jahre her und wahrscheinlich schon verjährt. Außerdem würde ich das sofort übernehmen, falls es wirklich etwas kosten sollte. Dass du einmal eine Schule angezündet hast, lass ich mir was kosten.«

»Nicht die Schule! Nur den Papierkorb. Als wir eine

Zigarette, die noch glühte, weggeworfen haben.« Thesi stellte ein paar Playmobilfiguren auf, die am Küchentisch herumlagen, und schnippte sie mit dem Finger um. »Dino soll halt nicht erfahren, dass ich mal geraucht habe. Was bin ich denn sonst für ein Vorbild.«

Sie nahm eine der Figuren in die Hand und schlug sich unvermittelt auf die Stirn. »Wie konnte ich das vergessen! Ich muss schnell etwas suchen!« Sie rannte in den Vorraum, holte ihre Tasche, durchwühlte sie und leerte den Inhalt auf den Tisch. »Nichts. Wo könnte der hin verschwunden sein?«

»Was suchst du?«

»Mir ist gerade eingefallen, ich habe vielleicht eine Videoaufzeichnung des Mörders.«

»Was? Ich engagiere dich sofort für mein Detektivbüro.«

»Nur über Leons Leiche«, antwortete Thesi und drehte sich im Kreis. »Verflixt, dieser kleine Chaot. Ständig schmeißt er etwas in meine Handtasche oder holt etwas heraus. Das letzte Mal stand ich im Supermarkt – ohne Geldbörse aber dafür mit drei Spielzeugautos.«

»Was suchst du denn? Vielleicht kann ich dir helfen?« Boris folgte ihr und sammelte noch ein paar Playmobilmännchen auf, die im Vorraum herumlagen.

»Die Spycam. Flora und ich waren wegen der Hummer am Naschmarkt, wir haben einen Streit zwischen Rosaria und einem Mann beobachtet und das zufällig gefilmt.«

»Zufall ist bei euch gar nichts mehr. Ich wette, ihr wart in Schnüffelmission unterwegs.« Boris leerte eine Schale mit Schreibutensilien, die am Kühlschrank stand, auf den Tisch. Murmeln, Münzen und Buntstifte mischten sich mit Thesis Tascheninhalt.

»Ihr habt also einen Streit beobachtet, habt ihr auch etwas gehört?«

»Auf der linken Wienzeile? Bei dem Lärm? Nein. Ich hoffe, dass man wenigstens die Gesichter erkennen kann. Aber ich finde das verflixte Ding nicht.« Thesi kratzte sich am Kopf. »Hm, ich sag Karoline, sie soll Dino kurz vorbeischicken, wenn sie zurück sind. Währenddessen frisieren wir weiter Sarahs Dossiers.«

»Gut, was machen wir mit Isa?«

»Isa ist eine echte Betrügerin, und ich bin mir sicher, sie hat bei der Fälschungssache ihre Finger im Spiel. Die können wir nicht rausnehmen.« Thesi versuchte, sich zu erinnern. »Und die Informationen über mein Gartenhaus konnte Rosaria nur von Isa haben. Wenn Isa nicht sogar dabei war, wie ich vermute. Und da sind auch noch die nicht erfolgten ebay-Versteigerungen. Nein, Isa bleibt auf jeden Fall drinnen.«

Nach einer halben Stunde waren sie schließlich mit allen Dossiers durch, und Dino hopste gut gelaunt in die Küche. »Ich sollte kurz rüberkommen?«

»Ja, Schatz, wir suchen die Spionkamera. Wo hast du sie?«

»In der Schatzkiste.«

»Kannst du sie mir bitte bringen?«

Dino bohrte mit seiner Schuhspitze ein Loch in den Parkettboden und kniff die Lippen zusammen. »Ich habe da noch etwas gefunden, das ich dir nicht gezeigt habe. Das ist auch drinnen.«

»Ach, du meinst das Goldstück?« Thesi stand auf und nahm ihren Sohn in den Arm. »Ich habe es schon gesehen, du brauchst deswegen kein schlechtes Gewissen zu haben.«

Sein Gesichtsausdruck entspannte sich, und er hüpfte pfeifend in sein Zimmer.

»Soll ich ihm das iPad …?«

»Nein bitte, da warten wir noch etwas, gut? Zuerst soll er mal lernen, die Spycam zu bedienen. So wie ich.«

Dino kam mit dem Stift in die Hand zurück, und bevor Thesi noch etwas sagen konnte, war er schon wieder durchs Haustor entschwunden.

»Na gut, den Mörder muss er sowieso nicht unbedingt sehen.«

Boris steckte den Speicherchip in seinen Port und überspielte den Film auf den Laptop. Dann drückte er auf play.

Verwackelte Großaufnahmen von Floras Busen flimmerten heftig schwankend über den Bildschirm. Boris lachte. »Ich muss deine Anstellung noch mal überdenken.«

»Warte, ich hatte das Ding in meinem Dekolleté und war noch nicht in Position.« In diesem Moment kam ein ruckartiger Schwenk, und nachdem sich ihre Augen davon erholt hatten, sahen sie die Umrisse eines Mannes und einer Frau, die heftig gestikulierend miteinander redeten. Leider war die Filmqualität wirklich sehr schlecht und die Figuren fast unkenntlich.

Thesi seufzte. »Das war wohl ein Schuss in den Ofen. Ich kann nicht mal sagen, ob das der Mann war, der mich umgerannt hat.«

»Ich versuche, es zu vergrößern.« Boris tippte etwas ein, und der Film füllte den gesamten Bildschirm. Nun konnten sie auf dem Pullover des Mannes die Umrisse eines Aufdrucks erahnen.

Thesi schüttelte den Kopf. »Noch immer zu undeutlich. Aber mit Bestimmtheit kann ich sagen, das ist nicht der Mann, der mich umgerannt hat. Der hier ist viel kleiner und hat längere Haare.« Sie beugte ich etwas vor. »Kannst du das noch etwas vergrößern, ich würde gern entziffern, was auf seinem Sweater steht.«

»Tut mit leid. Heranzoomen und auf Fotoqualität verbessern – das funktioniert nur im Film. Ich kann nicht mehr machen. Wir müssen mit dem auskommen, was wir haben. What you see is what you get.«

»Na gut. Versuchen wir es gemeinsam. Es sieht aus wie ein Wappen oder ein Logo. Darunter sind ein paar Buchstaben.«

Auch Boris kniff die Augen zusammen. »Im Wappen erkenne ich Teile eines Baums.«

»Du bist der Hobbybotaniker, welcher könnte es sein?«

»Keine Ahnung, Thesi. Dazu ist es wirklich zu unscharf.«

»Hm, dann müssen wir alle Dörfer, Städte und Länder suchen, die irgendeinen Baum im Wappen haben.«

»Schau mal, da sind ein paar Buchstaben. J, A, B, L, O. Der Rest geht in einer Falte unter.« Boris tippte auf den Bildschirm.

»Könntest du ein Suchprogramm starten, das alle möglichen Namen mit dieser Buchstabenkombination findet?«

»Hm, ich glaube schon, aber nicht sofort. Ich mache es heute Abend.«

»Gut, dann werde ich in der Zwischenzeit Sarahs Dossiers und den Film bei Robert vorbeibringen.«

Boris räumte seinen Computer wieder in die Tasche. Dann sah er auf. »Sollen wir nicht für heute Abend ein Treffen anberaumen? Die anderen wissen noch gar nichts von Rosarias Tod. Vielleicht fällt ihnen dazu noch etwas ein.«

»Gute Idee. Aber Paul hat an einem Freitagabend sicher etwas vor. Bei Flora weiß ich, dass sie Zeit hat. Und Leon kommt wegen eines Geschäftsessens erst später. Da wäre es sowieso schön, wenn ihr alle da wärt.«

»Ich komme auf jeden Fall.«

Thesi machte sich wieder mal auf den Weg ins Präsidium. Eigentlich hätte sie Kiesling die Daten auch per Mail schicken können, doch sie wollte auf Nummer sicher gehen. Und das Video des vermeintlichen Mörders wollte sie persönlich vorbeibringen. Ein bisschen Lob ab und zu tat ganz gut.

Während ihr Auto wie von selbst seinen Weg fand, kreisten ihre Gedanken um den Mann mit dem Baumlogo. Jetzt fiel ihr wieder ein, dass Rosaria gesagt hatte, er sei ihr Exfreund. Er könnte sie erschossen haben. Dann war da noch der Dieb mit dem Buch. Aber wieso sollte der noch mal gekommen sein. Natürlich konnte sie Tom auch nicht ganz ausschließen. Und dieser Journalist? Was hatte der mit der Sache zu tun? Woher wusste er von der Fälschung? Er musste einen Informanten haben. Wie weit war Isa in die Sache verstrickt? Und war 100-prozentig sicher, dass Rosaria Sarah gestoßen hatte? Einzig der Brand war geklärt. Außer, Isa hatte Rosarias Ohrring absichtlich am Tatort deponiert.

Wieso versteifte sie sich eigentlich auf Isa als Täterin? Dass sie in der kurzen Zeit zwischen Sarahs Sturz, dem Besuch im Krankenhaus und dem Brand alles organisiert und durchgeplant hatte, traute sie ihr denn doch nicht zu. »Hm«, murmelte Thesi, »das ist aber ab jetzt die Aufgabe der Polizei samt ihren Spezialisten.«

»Danke, dass du uns alles vorbeigebracht hast«, sagte Kiesling.

Mehr oder weniger alles, verbesserte Thesi gedanklich

und legte ihm den USB-Stick, der die Form einer Gurke hatte, auf den Tisch.

»Hier findest du außerdem noch ein Video von Rosarias Ex-Freund. Mein Hauptverdächtiger zurzeit.«

»Wann hast du denn das gedreht?«

»Am Samstag, als ich auch den Journalisten gezeichnet hab. Es war ein ereignisreicher Vormittag.«

»Ich hätte noch eine Bitte an dich«, sagte Kiesling. »Könntest du den Mann, der dich umgerannt hat, auch skizzieren? So wie Sarah den Rumänenmörder?«

»Ich könnte schon, aber ich hab den Dieb nicht gut gesehen. Er hatte eine Kapuze ins Gesicht gezogen. Ich weiß nicht mehr, als ich den beiden Kollegen gestern schon zu Protokoll gegeben habe. Er hatte im Geschäft eine Pistole in der Hand, und als er flüchtete ein Buch. Gibt es über den Mord schon mehr Informationen?«

»Nein, Geza spricht gerade mit dem Journalisten, Kruger, oder wie er heißt, und ich warte auf die Auswertungen der Spurensicherung, aber du weißt ja, die sind alle überlastet, überlastet, überlastet.«

Er blätterte einen Aktenordner durch. »Übrigens, kannst du dich erinnern, ob die Tür schon aufgebrochen war, als du den Überfall beobachtet hast?

»Nein, da war abgesperrt, deshalb hab ich ja durchs Fenster gestarrt.«

»Ach ja, steht hier. Hab den Akt gerade erst bekommen.«

»Wann genau wurde Rosaria erschossen?«

»Gestern Abend. Kurz nach Einbruch der Dämmerung. Wir haben eine Ohrenzeugin, die den Schuss anfangs für eine Fehlzündung gehalten hat. Erst als wir die Hausbewohner befragt haben, meldete sie sich. Wir wissen jetzt den genauen Tatzeitpunkt.«

»Und wer hat sie gefunden?«

»Ein DHL-Bote. Auf den sie extra gewartet hatte. Er sollte wichtige Unterlagen wegen der Versteigerung bringen.«

Thesi nickte nachdenklich, doch dann fiel ihr ein, dass sie eigentlich nicht mehr weiter ermitteln wollte. Sie verabschiedete sich schnell und fuhr nach Hause.

Auf dem Heimweg legte sie einen kurzen Zwischenstopp bei Nadine ein, um ihr zu sagen, dass sie alle Fälschungen verschwinden lassen solle. Andernfalls würde bald die Polizei vor der Tür stehen. Nadine wurde kreidebleich und stammelte etwas von Verleumdung.

Thesi antwortete: »Ich will dich nur warnen. Und ich habe verlässliche Quellen. Mach, was du willst. Aber sei auf eine Kontrolle gefasst.« Als sie das Geschäft verließ, überlegte sie, ob bei Nadine dieser Schuss vor den Bug reichen würde. Aber da Betrüger meist auch sehr feig waren, war sie ziemlich zuversichtlich.

Nun stand ihr das Schwierigste bevor. Sie musste Leon schonend beibringen, dass es einen Mord gegeben hatte, dass sie kurz davor am Tatort gewesen war und dass sie einige Zeit vorher den Mörder gefilmt hatte. Gott sei Dank würde sie das nicht allein tun müssen.

Ein aufmunterndes Liedchen pfeifend, parkte sie ihr Auto vor dem Hydranten. So bald würde es hoffentlich nicht wieder brennen.

Abends versammelte sich ein Großteil der ›SOKO Sarah‹ in Thesis Küche. Als alle mit einem Glas Rotwein versorgt waren, öffnete Boris seinen Laptop und deutete auf den Bildschirm. »Ich habe das Rätsel gelöst. Das Emblem auf dem Sweater ist das Wappen von ›Jablonec nad Nisou‹. Eine Stadt im nördlichen Tschechien.«

»Hm, das sagt mir gar nichts.« Thesi beugte sich vor, um sich das Wappen genauer anzusehen.

»Gablonz«, entfuhr es Paul, der seine Verabredung abgesagt hatte, um bei dem improvisierten Jour fixe dabei zu sein. »Ein nettes Städtchen. Ich kenne es leider nur aus Erzählungen meiner Urgroßtante Madeleine. Sie lebte dort, bevor sie 1938 nach Großbritannien zu ihrer Cousine Sophie emigrierte. Madeleines Mann hatte eine Glasmanufaktur und stellte diesen wunderschönen Christbaumschmuck her.« Er war nicht zu stoppen und erzählte eine seiner unzähligen Geschichten über die weitverzweigte gräfliche Familie. Flora machte ein paar bissige Bemerkungen, und Thesi klinkte sich aus. Gablonz! Das hatte sie in letzter Zeit doch schon ein-, zweimal gehört. Nun fiel es ihr wieder ein. Isa hatte Kristallarmbänder aus Gablonz, und Rosaria verkaufte Zeichnungen eines verstorbenen Gablonzer Künstlers. Vielleicht auch eines lebenden Künstlers? Ihres Ex-Freundes?

»Entschuldige, wenn ich dich unterbreche, Paul, aber Gablonz scheint der Knotenpunkt aller Ereignisse zu sein«, unterbrach Thesi. Sie wandte sich an Boris. »Könntest du nachsehen, ob es in Gablonz heute noch eine Kunstgewerbeschule gibt?« Boris' Finger flogen über die Tastatur, er wartete kurz und meinte dann: »Bingo. Woher wusstest du das?«

»Weil ich Bilder eines Absolventen der Kunstgewerbeschule gekauft habe, und weil dort wahrscheinlich unser Fälscher ausgebildet worden ist.«

Die Vier beugten sich über den Monitor.

»Na, wieder in Aktion?«, fragte Leon, der leise die Küche betreten hatte. Die anderen zuckten erschrocken zusammen.

»Was ist los? Ich bin's nur.«

Keiner sagte ein Wort. Boris sah zu Boden, Paul prüfte das Weinetikett, Flora spielte mit ihren Ringen, und Thesi putzte die Krümel am Tischtuch zusammen.

Leon sah sie nacheinander an. »Verdächtiger geht es ja nicht mehr. Was habt ihr angestellt?«

»Wir nichts. Aber Rosaria Rohrau ist – ermordet worden.« Thesi war wirklich froh, dass die anderen hier waren.

Leon holte tief Luft, drehte sich wortlos um und ging hinaus.

»Was ist jetzt los?« Flora streckte ihren Hals, um ihm nachzusehen.

»Ich glaube, er geht laufen.« Thesi begann den Tisch abzuräumen. »Ist auch besser so, da reagiert er sich ab. Merkt, dass Dino und mir nichts passieren kann, und kommt entspannt zurück. Machen wir weiter. Je schneller der Mörder gefasst ist, umso eher beruhigt er sich wieder.«

Sie nahm Boris das halb volle Glas weg.

»Ähm, Thesi, ich hab noch nicht ausgetrunken.«

»Oh ja, entschuldige. Also – wo waren wir stehen geblieben?«

»Bei Gablonz und dem Fälscher. Aber was ist nun mit Rosarias angeblichem Herkunftsnachweis? Ist der auch gefälscht?«, fragte Paul.

»Rosaria hatte das Tagebuch eines gewissen Hans von Diggendorf. Darin stand, er hätte die Karten 1939 von Pamela Colman Smith in Großbritannien gekauft und bei seinem Umzug mit nach Wien gebracht. Hier wären sie irgendwann am Müllplatz gelandet und dort von Rosaria entdeckt worden«, fasste Thesi zusammen.

»Gut, dann google ich mal Hans von Diggendorf«, sagte Boris.

Eine Liste von Buchtiteln, die ihn als Verfasser zeigten, baute sich auf dem Bildschirm auf: ›Die Kriegsschuld der Alliierten‹, ›Wahrheit und Holocaustlüge‹, ›Die Gefahr der Ostküste‹, ›Feindnation im Inneren‹.

»Oh, ein Autor der übelsten Sorte.« Paul überflog die Seite. »Das klingt böse nach revisionistischen Schriften.«

»Daher Sarahs Ordnername ›NAZI‹«, sagte Boris. »Aber wie kam sie dahinter, dass die Karten gefälscht waren?«

»Sie nahm einfach von jedem das Schlechteste an. Und versuchte dann, ihre Hypothesen zu verifizieren. Bei Rosaria zählte sie wahrscheinlich eins und eins zusammen. Sah die vielen Enzyklopädien, deren leere erste Seiten als Papier dienen konnten, die Verbindungen zu möglichen Fälschern, dachte an ihre eigene Geschichte – und schon lag sie richtig«, überlegte Flora.

»Vielleicht hatte sie gar keine stichhaltigen Beweise.« Thesi stand auf, holte ein paar Kekse und stellte sie in die Mitte des Tisches. »Vielleicht hat sie ihren Verdacht Rosaria auf gut Glück an den Kopf geworfen, und nur die Reaktion abgewartet.«

»Die für Sarah schlussendlich katastrophal endete«, murmelte Flora.

»Genau. Dann hat Rosaria unter dem Tisch nach der Handtasche samt Laptop gesucht und nur die Handtasche gefunden. Den Laptop fand sie schließlich bei dir und hat dabei die Petroleumlampe umgestoßen«, sagte Boris.

»Mit Isa.« Davon war Thesi nicht abzubringen.

»Aber die Sonnberger hat nur *eine* Hexe gesehen«, warf Flora ein.

»Vielleicht war Isa schon im Garten. Wir müssen Robert sagen, dass er auf jeden Fall auch Isas Alibi untersucht.

Die beiden hatten einfach zu viel miteinander zu tun. Und Rosaria konnte nur von Isa alle Details über mein Gartenhaus wissen.«

»Wieso?«, fragte Paul.

»Ich … ähm … hab's ihr vielleicht unabsichtlich erzählt.«

Boris rollte mit den Augen. »Dann hat Leon schon recht, dass der Brand deine Schuld war.«

»Das war im Rahmen einer Plauderei! Da erzählt man schon mal etwas über sich. Muss ich ab jetzt bei jedem Menschen aufpassen, ob er mir etwas Böses will? Dann kann ich mit niemandem mehr reden. Außerdem, nicht ich habe die Lampe zu Boden geworfen. Das war immer noch Rosaria – oder Isa.« Thesi wurde wieder bewusst, dass vielleicht auch Rosarias Tod auf das Konto ihrer Geschwätzigkeit ging. Sie räumte klirrend alle Gläser vom Küchentisch ab und stellte sie auf den Kühlschrank, weil der Geschirrspüler voll war.

»Ich war noch immer nicht fertig!«, protestierte Boris.

»Egal, wir brauchen Platz.« Thesi holte die Playmobilmännchen, rückte den Laptop zur Seite und stellte die Figuren auf. »Hier, Stellvertreter für Rosarias Mörder.«

»Die sehen aber zu niedlich aus«, sagte Flora. Ein Blick von Thesi ließ sie verstummen.

Paul nahm eine Figur und legte sie um. »Rosaria.« Thesi stellte fünf andere im Kreis um die Leiche auf. »Isa, der Ex-Freund, der Dieb, Tom und – für die Fälscherbande, oder den Fälscher – nehme ich nur eine Figur. Also.«

Stille.

»Was wissen wir über den Mord?«

»Rosaria wurde gestern kurz nach Einbruch der Dämmerung mit einer Pistole erschossen, die einmal Heinrich Himmler gehört hat.«

»Da sehe ich sofort eine Verbindung zu dem Nazischreiber. Vielleicht hat sie die Pistole gemeinsam mit den Zeichnungen und den Tagebüchern gekauft oder *gefunden*. Das würde passen«, folgerte Boris.

»Dann wäre sie mit ihrer eigenen Waffe erschossen worden. Vielleicht wollte sie sich gegen einen Einbrecher verteidigen, und beim Kampf löste sich ein Schuss.« Paul nahm zwei Männchen und ließ sie aufeinander einprügeln.

»Aber wer ist so dumm, sein Leben wegen ein paar Büchern aufs Spiel zu setzen? Ich an ihrer Stelle hätte dem Einbrecher alles gegeben, nur damit er abhaut«, sagte Flora.

»Ich glaube, es ging um die Illustrationen, nicht um ein paar Bücher, die jemand stehlen wollte.« Thesi stellte die Figur des Bücherdiebs weg.

In diesem Moment klingelte es.

»Komisch, Leon hat doch einen Schlüssel mit.« Thesi stand auf und öffnete.

Kiesling stand mit einem Sechserpack Bier vor der Tür und grinste sie an. »Leon hat mich angerufen und gebeten vorbeizuschauen, weil ihr wieder konspiriert. Er wollte, dass ich die Dinge in die Hand nehme.« Kiesling drückte ihr das Bier in die Hand und sagte: »Auf die Schnelle hab ich an der Tankstelle nichts Passenderes gefunden.«

Das wird lustig, dachte Thesi und bat ihn herein. Dann ging sie in die Küche und flüsterte: »Robert.« Sie stellte die Dosen in den Kühlschrank, holte ein Weinglas und schenkte Kiesling ein.

»Wenn du gerade dabei bist«, sagte Boris, »hätte ich doch gerne ein Bier. Das gibt es so selten bei euch.«

»Aus gutem Grund«, antwortete Paul mürrisch.

»Guten Abend allerseits. Ich wurde von Leon als Verstärkung gerufen.« Er versuchte, Flora anzulächeln, die drehte sich weg und begann etwas in ihrer Tasche zu suchen. Sie saß eingekeilt zwischen Boris und Paul auf der Küchenbank, konnte also nicht flüchten. Thesi stellte sich gerade vor, wie sie innerlich fluchte. Auch die alte Feindschaft zwischen Paul und Robert schwebte eisig durch den Raum.

Sie öffnete schnell noch eine Flasche Wein und stellte allen frische Gläser auf den Tisch. Vielleicht besänftigte das die Gemüter. Kiesling sah sich die Figuren am Tisch an und lächelte. »Ich sehe, ihr spielt gerade den Mord nach.«

»Welche Kombinationsgabe«, antwortete Flora, doch Thesi warf ihr einen strengen Blick zu, und sie sprach nicht weiter.

»Ja, wir versuchen gerade, mögliche Mörder und deren Motiv zu finden.« Thesi hob den Dieb auf. »Den Kerl, der mich gestern umgerannt hat, haben wir ausgeschlossen.« Dann erklärte sie, wer noch verdächtig war und weshalb.

Kiesling hörte zu, machte, als Thesi von Gablonz und der Kunstgewerbeschule erzählte, ein paar Notizen. »Tolle Arbeit, Boris, mit den paar Hinweisen auf dem Video das alles rauszufinden.«

»Danke, war ein Klacks.«

»Und hier eine Info von mir.« Kiesling nahm die Figur des Ex-Freunds und legte sie um. »Es gibt keinen Ex-Freund. Ich habe heute mit Rosarias Lebensgefährtin gesprochen. Sie sind seit über 25 Jahren ein Paar. Und sie hat ein Alibi.«

»Dann gab es gar keinen Mann in ihrem Leben. Rosaria hat gelogen. Wie bei so vielen Dingen.« Thesi schüttelte den Kopf. »Und ich habe ihr alles geglaubt, sie schien so vertrauenswürdig.«

»Die Auseinandersetzung hatte sie demnach nicht mit einem Ex-Freund, sondern – dem Sweater nach zu schließen – einem Mitglied der Fälscherbande.« Kiesling stellte das grüne Männchen näher zu Rosarias Leiche. »Und jetzt wissen wir, wo wir ihn zu suchen haben.«

Auch die Figur des Diebes bekam wieder einen Platz in den Kreis. Kiesling sprach weiter: »Wir wissen von einem Journalisten, dass der Sohn von Hans von Diggendorf alles unternommen hatte, die Auktion zu stoppen. Ich nehme mal diese Figur als Platzhalter für ihn. Er heißt Anton Dorf. Zipser war gestern schon bei ihm.«

»Wieso hätte er Rosaria töten sollen? Wollte er selbst das Geld für die Illustrationen?«, fragte Thesi.

»Nein, er wollte, dass die Auktion angeblasen wird, damit der Name seines Vaters nicht in die Medien kommt.«

Dorf kaufte die Abendausgabe des Express und setzte sich in das nächste Kaffeehaus. Auf der Titelseite prangte ein älteres Foto von Rosaria, daneben der Tod aus dem Rider-Waite-Tarot. ›Fälscherin ermordet‹ stand in dicken Lettern darüber.

Er schlug die Zeitung auf und las den gesamten Artikel:

Gestern Nacht wurde die Buchhändlerin Rosaria R. (45) in ihrem Antiquariat erschossen. Von den Tätern fehlt bislang jede Spur, die Polizei vermutet sie im Fälschermilieu. Vor Kurzem kam zutage, dass Rosaria R. gefälschte Tarotkarten bei Brody's versteigern lassen wollte.

Laut Oberinspektor Robert Kiesling wurde Rosaria R. gegen 19.00 Uhr erschossen. Ein DHL-Bote fand die Tote und verständigte die Polizei. Die Nachbarn sind geschockt und konnten keine zweckdienlichen Angaben machen. Walburga Z. (81): »Sie war so eine nette Frau. Wer hätte gedacht, dass die erschossen wird. Also ich kann mir nicht vorstellen, wer das war.« Sie spricht für viele, die Rosaria R.s Doppelleben nicht durchschaut haben. Doch hinter der Fassade der biederen Antiquarin steckte eine ausgemachte Betrügerin. Eine Fälscherin, die wahrscheinlich mit einer Bande aus dem ehemaligen Ostblock zusammengearbeitet hat. Dorthin konzentrieren sich auch die Ermittlungen der Polizei, die sich schon mit Interpol kurzgeschlossen hat. »Wir sind uns sicher, den oder die Täter innerhalb kürzester Zeit ausgeforscht zu haben. Die Tatwaffe wurde sichergestellt, und unsere Ballistiker arbeiten auf Hochtouren«, ist Robert Kiesling zuversichtlich.

Hoffen wir, dass die Polizei schnell genug ist, die Täter zu erwischen, bevor sie sich absetzen. Unser Reporter Egon Kruger, der den gefälschten Tarotkarten schon seit Langem auf der Spur war, konnte einen Tag vor dem Mord noch ein Interview mit Rosaria R. führen. R. wirkte gehetzt und fahrig, als schiene sie zu ahnen, dass ihre dunklen Geschäfte bald auffliegen würden. Das gesamte Exklusivinterview ist auf unserer Homepage nachzulesen.

Brody's, die in einer Woche Tarotkarten von Rosaria R. versteigern wollten, ist zu keiner Stellungnahme bereit. Natürlich spricht es nicht für die Kompetenz dieses großen Versteigerungshauses, dass der Schwindel nicht durchschaut wurde. Der Express berichtete schon vor zwei Wochen exklusiv über die Versteigerung und deutete eine mögliche Fälschung an. Doch diesen Hinweisen wurde nicht nachgegangen. Fahrlässigkeit oder Absicht?

Das hatte die Rohrau verdient! Dorf legte die Zeitung zur Seite und trank einen Schluck Espresso. Ob sie meine Waffe gefunden haben? Der Polizist, der heute bei ihm gewesen war, hatte nichts von einer Walther erwähnt. Egal, seine Fingerabdrücke waren sowieso nicht mehr darauf.

»Der Sohn wollte, dass die Versteigerung abgeblasen wird, damit der Name seines Vaters nicht in die Zeitung kommt?«, fragte Thesi verständnislos.

»Bei dem revisionistischen Zeug, das der Alte verfasst hat, kein Wunder«, antwortete Flora. »Stell dir vor, du hast so einen Vater. Meiner ist ja schon schlimm, aber gegen diesen Altnazi ist er noch ein Heiliger.«

»Da bin ich fast froh, meinen Vater nicht zu kennen. Wenn ich erfahren würde, dass er in diese Richtung tendiert, hätte ich ein Problem.« Boris nahm einen Schluck Bier.

»Oui, je comprends. In unserer Familie war alles vertreten, was bei so einer großen Verwandtschaft nicht verwunderlich ist. Wir hatten Kollaborateure und Widerstandskämpfer, Flüchtlinge und Kriegsgewinnler …«

»Ähm, könnten wir jetzt wieder zum Thema kommen?«, unterbrach Kiesling und erzählte, was sie bisher über Anton Dorf wussten.

Nach dem Tod seines Vaters hatte er dessen gesamten Nachlass entsorgt, dann versuchte er, alle antiquarischen Bücher, die es von seinem Vater noch gab, aufzukaufen, um auch diese zu vernichten.

»Er wollte die Erinnerung an ihn auslöschen? Ein Fall für den Psychologen«, überlegte Thesi.

»Ich kann mir nicht vorstellen, dass jemand wirklich glaubt, damit seine Probleme zu lösen«, warf Flora ein.

»Die Leute haben die komischsten Strategien. Und wenn sie nur einen Stellvertreter statt der natürlichen Person auslöschen, ist es immer noch besser, oder?«, meinte Boris.

Kiesling begann nervös auf seinem Sessel herumzurutschen. »Genau, er wollte die Erinnerung an seinen Vater auslöschen. Thesi, könntest du morgen noch mal ins Präsidium kommen und dir ein paar Fotos ansehen? Vielleicht hat er die Rohrau …« Das Klingeln seines Telefons unterbrach ihn. »Entschuldigung, ich muss das annehmen.« Er stand auf und ging in den Vorraum.

»Glaubt der jetzt, er kann einfach so bei unserer ›SOKO Sarah‹ mitmischen?«, flüsterte Paul mürrisch.

»Was hast du eigentlich gegen ihn?«, wollte Thesi wissen.

»Weiß nicht, ist nur so ein Gefühl.«

»Auch ein Fall für den Psychologen«, sagte Boris. »Warten wir, bis der Inspektor …«

»So, da bin ich wieder, es war Geza. Die Spurensicherung hat ein paar zerrissene Seiten aus Diggendorfs Tagebüchern gefunden, die die Fälschung eindeutig beweisen. Er besaß die Illustrationen zwar kurz, hat sie aber gegen etwas anderes eingetauscht.« Er überlegte und sah die Männchen an. »Wen habt ihr sonst noch hier stehen?«

»Isa. Die solltest du auch genauer unter die Lupe nehmen. Sie hat irgendwie überall ihre Finger im Spiel, und hier«, Thesi zeigte auf eine grüne Figur, »Tom als rachsüchtiger Ehemann.«

»Gut, dann werden wir die auch genauer in Augenschein nehmen. Danke für eure Hilfe, ich muss zurück ins Präsidium. Geza braucht mich.« Er stand auf und konnte seinen Blick nicht von den Playmobilmännchen lösen. »Vielleicht sollten wir diese Figuren … ach nein. Die Jungs würden nur Blödsinn damit machen.«

Plötzlich ertönte *Mama* von Heintje. Kiesling lief knallrot an und fingerte nach seinem Handy in der Jackentasche.

»Meine Töchter! Ständig basteln sie an meinen Klingeltönen herum und weisen bestimmten Personen komische Lieder zu. Das ist übrigens meine Mutter.« Er drückte das Gespräch weg.

»Wem sagst du das, mich hatten sie mit *Cruela de Vil* belegt«, sagt Flora, und Kieslings Rotton wurde noch dunkler. »Ähm ja, Mädchen, bis zwölf die reinsten Engel, und plötzlich verwandeln sie sich in Satans Schwestern.«

»Da bin ich doch froh, dass ich einen Jungen habe, da wird man vom Tag der Geburt an auf die Pubertät vorbereitet.«

»Ach, so schlimm ist er auch wieder nicht«, widersprach Flora.

»Gut, ich geh dann mal.« Kiesling stand etwas verloren im Raum, dann wandte sich zum Gehen, weil ihn keiner mehr beachtete.

»Ich begleite dich noch hinaus.« Thesi sprang auf und folgte ihm in den Vorraum. »Rufst du mich an, wenn ihr wisst, wer Rosaria ermordet hat?«

»Sicher. Und wegen der Fotos. Leider habe ich sie nicht mit, sonst hätte ich sie dir gleich zeigen können. Kommst du morgen vorbei?«

»Hm, Samstag ist blöd. Ich muss vorher einen Babysitter für Dino besorgen, denn zu euch möchte ich ihn nicht mitnehmen. Obwohl er wahrscheinlich zu gerne mal die Waffenkammer ansehen würde.«

In diesem Moment kam Leon zurück. Das Serotonin und der Anblick des Oberinspektors hoben seine Laune, sein Stirnrunzeln verschwand, und die Mundwinkel gingen nach oben. »Na, Mord geklärt?«

»Noch nicht ganz, aber nach der Vorarbeit deiner Frau dürfte es jetzt kein Problem mehr sein.« Er tippte sich mit dem Zeigefinger an die Stirn. »Wir sehen uns.«

»Naja«, murmelte Leon. »Hoffentlich nicht mehr oft.« Dann wandte er sich an Thesi. »Also?«

»Also was?«

»Also, was planst du als Nächstes?«

»Morgen gehe ich aufs Präsidium, sehe mir ein paar Fotos an, und dann ist der Fall für mich abgeschlossen. Versprochen.«

Flora, Paul und Boris steckten die Köpfe zur Küchentür raus. »Kommt doch rein, seid nicht so ungemütlich«, sagte Flora.

»Muss mich vorher duschen. Dann setze ich mich zu euch. Wenn es nicht mehr um den Mord geht.«

Alle drei schüttelten die Köpfe, Thesi huschte in die Küche und räumte schnell die Playmobilfiguren weg.

KAPITEL 25

Tageskarte für Samstag, 26. September
Das Gericht

Das Gericht steht für Befreiung, Erlösung und Lösungen im Allgemeinen. Eine Last dürfte Ihnen vom Herzen fallen. Naheliegendes wurde wegen Hemmungen, die von außen kamen, bislang noch nicht erkannt, doch nun werden mit einer Leichtigkeit, die man schon verloren glaubte, alle Hürden genommen. Sie werden einige kluge Entscheidungen treffen.

Als sie die Treppe zu Kieslings Büro hochstieg, dachte Thesi, dass sie nun wirklich bald bei der Polizei anheuern könnte. Oder vielleicht einen Kinderkrimi illustrieren. Einige Bilder flackerten durch ihr Hirn. Plötzlich sah sie Isa ein Stockwerk höher. Das war real. Die Netzwerkchefin hielt sich am Geländer fest, damit sie nicht über die Stufen stolperte, und blickte geistesabwesend aus dem Fenster.

»Danke, dass du Rosaria verraten hast, wie man am besten mein Gartenhaus anzündet«, rief ihr Thesi zu.

Isa zuckte zusammen.

»Na wenigstens eine Entschuldigung hätte ich gerne. Wenn der Brand auf unser Haus übergegriffen hätte, wären wir vielleicht verbrannt.«

»Ich … ich«, stotterte Isa. Ihre Wangen färbten sich rot,

sie umklammerte das Holz so fest, dass ihre Fingerknöchel weiß wurden. »Ich habe nichts damit zu tun.«

»Ach, und woher hatte Rosaria alle Informationen?«

»Sie ist dir gefolgt. Hat gesehen, dass du den Computer ins Gartenhaus gestellt hast.«

»Du lügst. Sarahs Mann hat gesagt, dass Rosaria erst später aufgetaucht ist«, sagte Thesi, und ihre Stimme wurde lauter. Isa trippelte schnell die Treppe herunter und versuchte, sich an ihr vorbeizudrängen, doch Thesi versperrte ihr den Weg. »Warst du dabei?!«

»Nein!« Isa schrie, und ein paar Bürotüren öffneten sich. Sie stieß Thesi zur Seite, rannte die restlichen Stufen hinunter und verschwand um die Ecke. Thesi sah ihr nach, überlegte, ob sie ihr folgen sollte, entschied aber, dass das Aufgabe der Polizei war. Isa würde schon noch gefasst werden.

Kiesling lehnte sich über die Brüstung. »Ich habe mir also doch nicht eingebildet, dich gehört zu haben. Wieso stehst du hier rum?«

»Weil eine meiner Hauptverdächtigen mich gerade umgerannt hat. Wieso sitzt sie nicht in Untersuchungshaft?«

»Dazu ist die Beweislage nicht ausreichend. Komm erst mal rauf, dann reden wir weiter.«

Ein Schluck Tee beruhigte Thesi etwas, doch sie zitterte immer noch, als sie die Tasse niederstellte. »Wieso darf sie gehen?«, fragte sie wieder.

»Wir müssen ihr Alibi für den Brand und den Mord überprüfen, den Rest haben wir ans Betrugsdezernat weitergeleitet.« Kiesling trommelte mit seinem Bleistift auf den Tisch. Scheint auch etwas nervös zu sein, dachte Thesi und schnappte sich dann ein paar Fotos, die aus einem Ordner hervorlugten.

»Ist das der Nazi-Sohn?«

»Ja, Anton Dorf. Lebt in der Nähe des Praters. Läuft jeden Tag. Laut Kruger leicht reizbar und gewaltbereit.«

Komisch, normalerweise beruhigt laufen, dachte Thesi und studierte das Gesicht. Aber es sagte ihr überhaupt nichts. »Die Figur könnte stimmen, aber das allein wird nicht reichen. Leon hat ihn im Prater sicher schon mal beim Laufen getroffen.« Seufzend legte sie die Fotos zurück. Da betrat ein mittelgroßer korpulenter Mann mit kurzen schwarzen Haaren den Raum. Er hielt einen durchsichtigen Plastikbeutel vor der Brust. Thesi sprang auf und schrie: »Das ist er!«

»Das ist der Huber von der Spurensicherung«, sagte Kiesling verunsichert. Huber sah Thesi erstaunt an.

»Nein, ich meine den Pulli.« Sie fuchtelte wild mit ihrer Hand herum. »Der Pulli, der mich umgelaufen hat.«

Der Oberinspektor kratzte sich am Kopf. »Wo hast du den her?«

»Das wollte ich dich fragen. Das Ding lag auf meinem Tisch ohne Beschreibung: wer, wo, wann. Was ist das wieder für eine Schlamperei?«

»Wahrscheinlich vom Geza. Hat ein paar Probleme in letzter Zeit und ist dementsprechend unkonzentriert.« Das kenn ich, dachte Thesi. Kiesling fuhr fort: »Ich werde bei Gelegenheit mit ihm reden. So wie es aussieht, gehört der Pulli zu meinem Fall.« Er bat seinen Kollegen, einen Faserabgleich zwischen diesem Sweater und den Spuren an Thesis Pulli zu machen, dann rief er Zipser an.

Da Thesi aus Kieslings ›Ahas‹ nichts schließen konnte, sah sie sich im Büro um, versuchte, sich jedes Detail einzuprägen und überlegte, welche Geschichte sie zeichnen würde.

»Thesi?«

»Ja?«

»Du kritzelst auf die Rückseiten meiner Akten.«

»Oh entschuldige, ich war in Gedanken.«

»Ich sehe es.« Kiesling räusperte sich. »Also, der Sweater ist von Dorf. Zipser war gestern bei ihm wegen seines Alibis. Auf dem Rückweg sah er, dass die Mülltonnen gerade vor die Haustür gestellt worden waren, und weil er doch ein guter Schnüffler ist, hat er seine Nase reingesteckt und den Sweater gefunden.«

»Dann ist der Fall geklärt, denn diesen Pulli kann ich eindeutig identifizieren.«

»Nun ja, der Überfall ist geklärt. Für den Mord hat Dorf angeblich ein Alibi. Zipser überprüft es gerade. Hoffe ich.«

»Oder es war doch die Kapfinger? Sie verhielt sich sehr verdächtig, als ich ihr im Stiegenhaus begegnet bin.«

»Isa Kapfinger? Eine eigenartige Frau. Sie wollte mir die Karten legen.« Kiesling schüttelte den Kopf. »Als ob ich so einen Unsinn glauben würde. Auf jeden Fall hat sie geleugnet, von dem Betrug mit den Karten gewusst zu haben. Sie hat alles auf Rosaria abgeschoben. Auch die Idee zum Betrug mit den ebay-Versteigerungen. Sie hält nicht viel von ›De mortuis nihil nisi bene‹.«

»Wie bitte?«

»Entschuldige, ich lerne gerade mit meiner Jüngsten Latein. Heißt so viel wie ›über Tote soll man nur Gutes reden‹.«

»Hat Isa ein Alibi?«

»Ja, ihren Ehemann. Sowohl für den Brand als auch für den Mord.«

Thesi lachte auf. »Also wirklich! Klar wird er für sie lügen.«

»Wenn du nicht noch ein Beweisstück aus dem Hut zauberst, sehe ich schwarz, dass wir Isa mit dem Brand in Verbindung bringen können. Übrigens, auf Sarahs Kleidung konnten wir Rosarias DNA sicherstellen. So wie auf dem Kreolenteil, das Dino gefunden hat. Damit war sie eindeutig in deinem Gartenhaus.«

»Ja, und davon konnte ihr nur Isa erzählt haben.« Thesi kniff die Lippen zusammen. »Ist das nicht strafbar? Einem Verbrecher Informationen weiterzugeben?«

In diesem Moment betrat Zipser das Zimmer. »Morgen Chef. Grüße Sie, Frau Valier.« Er zog seine Leinenjacke aus und hängte sie auf den Kleiderständer. Unwillkürlich musste Thesi wieder auf seine muskulösen Oberarme starren. Sie konnte sich nicht entscheiden, ob ihr das, was sie sah, gefiel oder nicht. Aber zeichnen würde sie ihn trotzdem gerne. Vielleicht mit Cape als fliegenden Superhelden? Ohne Schnauzer natürlich.

»Thesi?«

»Ja?«

»Hast du gehört?«

»Nein. Was?«

»Dein Polizeioberst in Rente ist Dorfs Alibi.« Kiesling grinste.

»Ich glaub's nicht.«

Zipser wiederholte, dass Dorf am Tag des Mordes wie jeden Tag auf der Hauptallee joggen war. Dort wurde er von einem Hund angefallen und gebissen. Da gerade eine Polizeistreife unterwegs war, hatte er sie aufgehalten und den Hundebesitzer angezeigt. Bei dem Hundebesitzer handelte es sich um den ehemaligen Polizeioberst Gisbert Winziger.

Thesis Herz machte einen Luftsprung. Wien ist wirklich ein Dorf!, dachte sie und war zufrieden mit dem Schicksal, das doch gerecht sein konnte. Jetzt drohte dem Choleriker hoffentlich eine Anzeige wegen Körperverletzung. Und Dorf, der Dieb, würde den Biss verschmerzen.

»Könnt ihr bei dem Winziger auch gleich eine Hausdurchsuchung wegen Verdachts auf unerlaubten Waffenbesitz machen?«

»Wie kommst du auf die Idee?«

»Intuition. Aber ich möchte darauf hinweisen, dass sich meine Ahnungen bis jetzt immer als richtig herausgestellt haben.«

»Wo sie recht hat, hat sie recht, Chef.«

»Wir werden uns darum kümmern.« Kiesling nahm einen Schluck Kaffee und überlegte. »Das heißt, Dorf ist nicht der Mörder. Liebhaber hatte die Rohrau keinen, Isa hat ein Ehemannalibi, bleibt also nur der Ex aus Gablonz, der nicht ihr Ex ist.«

Zipser fuhr seinen Computer hoch. Er setzte sich und begann seine Mails zu lesen. Eine nach der anderen klickte er weg, einmal schüttelte er den Kopf und murmelte: »Blöde Kuh.« Dann stutzte er. »Leute, wir haben ihn! Ich habe die Fingerabdrücke, die der Huber gestern auf der Walther gefunden hat, an die Kollegen in der Tschechei weitergegeben. Mit der Bitte, sie zu überprüfen. Und sie haben eine Übereinstimmung. Pavel Hruschka. Absolvent der Gablonzer Kunstgewerbeschule. Verurteilt wegen Scheckbetrugs und Hehlerei. Und bald vor Gericht wegen Mordes an Rosaria Rohrau.«

Thesi lief es kalt den Rücken hinunter. Sie konnte es kaum glauben – das ging auf einmal so schnell. Zu schnell! Da hatten sie zwei Wochen lang erfolglos herumgerätselt.

Und dann kam die Polizei mit ihren Fingerabdruckdateien, DNA-Spezialisten und sonstigen Helferleins, und ruckzuck war der Fall gelöst? Das schien ihr so – so ungerecht.

Natürlich, ohne die gesammelten Beweisstücke der ›SOKO Sarah‹ hätte die Polizei nicht derart flott arbeiten können. Kiesling und Zipser würden jetzt noch immer im Dunklen tappen und nicht einen einzigen Anhaltspunkt haben, dachte Thesi und fühlte sich plötzlich unglaublich leer.

»Was ist los mit dir, du bist so bleich geworden. Möchtest du ein Glas Wasser?« Kiesling war aufgesprungen und schenkte ihr ein Glas ein.

»Alles in Ordnung. Ich bin nur … überrascht und ein bisschen … ich weiß nicht, wie ich es beschreiben soll … traurig.«

»Traurig? Wieso? Der Mörder ist überführt, dass der Fall so schnell gelöst wurde, ist hauptsächlich dein Verdienst.«

»Ja schon …« Sie überlegte und konnte sich ihre Gefühlsverwirrung selbst nicht erklären. Ob Rosaria noch am Leben wäre, wenn Kiesling Thesi gleich ernst genommen hätte. Gleich alle Spezialisten eingeschaltet hätte? Wenn all die Nachforschungen sofort angelaufen wären.

»Gut, meine Herren, nachdem alle Rätsel gelöst sind, kann ich mich ja verabschieden. Mein Sohn und meine Arbeit warten.«

Sie sprang auf und holte ihre Jacke.

Kiesling half ihr, da sie den Ärmel nicht sofort fand. »Danke für deine Hartnäckigkeit. Du und die ›SOKO Sarah‹ – ihr habt uns sehr geholfen. Darf ich wieder mal auf einen Kaffee vorbeikommen? – Wenn Paul nicht da ist.«

»Klar, wir müssen ja noch über Flora reden.« Thesi war

versucht, dem Oberinspektor wie einem alten Bekannten zum Abschied ein Küsschen auf die Wange zu drücken, hielt sich aber zurück. Erst, wenn er Isa *wegen was auch immer* eingesperrt hatte.

Am späteren Nachmittag saß Thesi allein am Gartentisch, starrte auf den Bildschirm des Laptops und knabberte am Nagel ihres kleinen Fingers. Das war nicht gerecht! Würde Isa wirklich ungeschoren davonkommen? Sie besaß doch Kopien des gesamten Mailverkehrs der Netzwerkchefin, hatte Beweise für die abfälligen Bemerkungen über die anderen Mitglieder. Thesi müsste nur ein paar Auszüge davon an alle schicken. Sie suchte die schlimmsten Beleidigungen, die sie fand, und die Adressen aller ›Wiener Frauen‹ zusammen. Dann überlegte sie, ob sie auf ›senden‹ drücken sollte.

In diesem Moment raschelte es in der Thujenhecke, und die junge Frau Brunnhuber bog die Zweige zur Seite. »Frau Valier, sind Sie da?«

Thesi zuckte zusammen. Oh verdammt, sie beschwert sich jetzt sicher wegen des Zwergs!

»Ich wollte mich nur bedanken. Ich konnte ihn auch nicht leiden. Er war ein Geschenk zum Hauseinweihungsfest. Von den lustigen Arbeitskollegen meines Mannes. Sie können sich nicht vorstellen, wie peinlich mir das Ding war. Danke noch mal.«

»Ähm, gerne geschehen.« Thesi konnte nicht anders, als die junge Frau anzulächeln. Sie schien gar nicht so unmöglich zu sein. Gott sei Dank hatte sie die Polizei wegen des Brandes nicht auf die Brunnhubers gehetzt.

»Was ist denn das da?« Ihre Nachbarin deutete auf die Hummer, die in Dinos Planschbecken noch immer ihre Kreise zogen.

»Unsere neuen Haustiere.« Thesi kratzte sich am Kopf. Da musste sie auch noch was unternehmen, eigentlich gehörten sie ja Flora. Und wollte nicht Boris ein Aquarium vorbeibringen? Oder sollte sie die Tiere dem ›Haus des Meeres‹ schenken? Irgendwie hatte sie das Gefühl, dass sie heute wieder nicht zum Zeichnen kommen würde.

»Wollen Sie nicht auf einen Kaffee rüber kommen?«, fragte sie Frau Brunnhuber lächelnd und klappte den Computer zu. Jetzt war es eh schon wurscht.

Und vielleicht konnte sie ihr die ganze Geschichte erzählen. Von jenem feuchtfröhlichen Abend vor drei Wochen, an dem Paul den Gartenzwerg, der jedem Passanten sein nacktes Hinterteil entgegengestreckt hatte, mit Dinos Steinschleuder erschießen musste. Sie hatte ihn zwar noch zurückhalten wollen, aber insgeheim war sie ihrem Freund mehr als dankbar gewesen, dass er die Geschmacklosigkeit in Nachbars Garten beseitigt hatte.

Ach ja, da war die Welt noch in Ordnung gewesen, und sie hatte keine größeren Probleme gehabt.

KAPITEL 26

Tageskarte für Sonntag, 27. September
Fünf der Kelche

Die Fünf der Kelche steht für Trauer. Ein schmerzlicher Verlust oder Veränderungen im Leben, die man so nicht wollte, stehen ins Haus. Aber verlieren Sie sich nun nicht in einer negativen Denkweise. Der Schmerz kann überwunden werden, dann geht es wieder bergauf.

Leise klopfte sie an Sarahs Zimmertür und öffnete, ohne eine Antwort abzuwarten. Überrascht, dass sie die einzige Besucherin zu sein schien, trat sie ein.

»Hallo, störe ich? Ist Tom gerade auf der Toilette? Er hat mir eine SMS geschickt, dass du gestern aufgewacht bist.«

Sarah sah sie traurig an. Ihre Augen waren gerötet, und die eingefallenen Wangen ließen Thesi an einen Totenkopf denken. Nur noch Haut und Knochen, leichenblass und darauf ein Turban aus weißem Mullverband.

Sie riss sich zusammen, um sich ihr Entsetzen nicht anmerken zu lassen.

Tränen schimmerten in Sarahs Augen. »Er ist weg. Für immer.«

»Tom?«

»Nein, Edwin. Ich wollte mit ihm ein neues … ein besseres Leben beginnen. Ohne Alkohol, ohne Betrug, ohne Erpressung.«

Thesi wusste nicht, was sie antworten sollte. Sie setzte sich auf den Besuchersessel und nahm Sarahs Hand.

»Er muss sich zuerst selbst finden und kann sich nicht von einer Beziehung in die nächste stürzen. Meinte er. Aber wahrscheinlich ist er vom Geld seiner Frau abhängig.«

»Deshalb hast du Rosaria und die anderen erpresst?«

»Genau. Und weil sie es verdient hatten. Die falschen Schlangen.«

»Was ist beim Holzer eigentlich genau passiert?«

»Rosaria und ich waren die Letzten in diesem Extrazimmer. Sie hatte gewartet, bis alle weg waren, um ungestört mit mir zu reden. Dann bestritt sie, dass die Illustrationen Fälschungen waren, und weigerte sich, zu bezahlen. Als ich ihr sagte, dass ich alles publik machen würde, wurde sie wütend und hat mich gestoßen.« Sarah griff sich an den Kopf. »Die haben mir ein Loch hineingebohrt, um mich zu retten. Kannst du dir das vorstellen?«

»Nein eigentlich nicht, aber ich war hier, als es beschlossen wurde. Ich habe dich nämlich gefunden, weil ich etwas beim Holzer vergessen hatte.«

Sarah seufzte. »Du hättest mich liegen lassen sollen, mein Leben hat doch keinen Sinn mehr.« Sie stockte kurz. »Ich kann mich erinnern, ich war schon auf den Weg *hinüber*. Bisher konnte ich über den ganzen esoterischen Unsinn wie Nahtoderfahrungen nur lachen. Ja und jetzt … jetzt habe ich selber eine«, sagte sie bitter.

»Wo ist eigentlich Tom?«

»Ich habe ihm alles gebeichtet und ihn dann weggeschickt.« Nun liefen Sarah Tränen über das Gesicht. »Ich verstehe einfach nicht, wieso ich nicht *ihn* lieben kann. Er hätte mir verziehen.«

Thesi versuchte, sie zu trösten. »Nehmt ein bisschen Abstand voneinander.« Sie dachte daran, dass Sarah wegen ihrer Erpressungsversuche wahrscheinlich sowieso ins Gefängnis musste. »Und vielleicht findet ihr nach einiger Zeit wieder zueinander.«

Sarah schüttelte den Kopf und verstummte. So saßen sie einige Minuten schweigend nebeneinander, nur das Ticken der Wanduhr war zu hören.

»Wurde Rosaria eigentlich schon verhaftet?«, sagte Sarah schließlich.

Thesi biss sich auf die Lippen und sog die Luft durch die Nase.

»Was ist los?« Sarah versuchte, sich aufzusetzen.

»Rosaria wurde von ihrem, hm, wie soll ich ihn nennen, Fälscherkollegen erschossen.«

»Lieber Himmel, wieso?« Sarah wurde noch bleicher.

»Das muss die Polizei noch herausfinden. Aber höchstwahrscheinlich wird es so wie bei euch ums Geld gegangen sein. Ein Streit, eine Waffe, die herumlag, und dann ist es wohl eskaliert. Ich bin überhaupt dafür, dass privater Schusswaffenbesitz verboten wird.«

NACHWORT ZUM HISTORISCHEN HANDLUNGSSTRANG:

Fakt:

Pamela ›Pixie‹ Colman Smith und Aleister Crowley waren historische Personen, und ihre Tätigkeiten wurden so genau wie möglich wiedergegeben.

Colman Smith zeichnete die Illustrationen für das Rider-Waite–Tarot, diese Zeichnungen sind bis heute verschollen.

Aleister Crowley entwarf mit einer Dame der britischen Gesellschaft, deren Namen ich wegen des Schutzes der Persönlichkeitsrechte verändert habe, das Crowley-Tarot. Die Karten sind inspiriert von Rudolf Steiners Lehren.

Crowley war bei der versuchten Erstbesteigung des K2 dabei, er schrieb das Buch ›Liber Legis‹, und dieses Buch kam durch seine Bekannte Martha Künzel in die Hände Adolf Hitlers.

›Mein Kampf‹ war ein Besteller in Großbritannien.

Himmler gründete die SS-Forschungsgemeinschaft ›Ahnenerbe‹, um die Überlegenheit der Germanen zu beweisen.

Ur-Arier wurden bei einer Tibetexpedition 1939 von Ernst Schäfer gesucht, aber nicht gefunden.

Die ›Welteislehre‹ ist eine nicht anerkannte These des österreichischen Ingenieurs Hanns Hörbiger, die im Dritten Reich großen Einfluss erlangte.

Fiktion:

Die Liebesgeschichte zwischen ›Pixie‹ Colman Smith und Crowley ist Fiktion. Somit auch die Verbrennung ihrer Karten. Diese könnten durchaus noch auf einem Speicher irgendwo in Cornwall – wo Pixie ihre letzten Jahre verbracht hat – zu finden sein. Also los!

DANKSAGUNG

Ich möchte mich bei meinen Testleserinnen bedanken, die mich stets motivierten, weiterzuschreiben. Weiter bei den ›Mörderischen Schwestern‹, die ein Mentoringprogramm ins Leben gerufen haben. Ich kam bei diesem Roman in den Genuss des Mentorings und wurde von meiner Kollegin Ella Theiss wunderbar betreut.

In dieser Geschichte gibt es Einsätze des Roten Kreuzes und der Freiwilligen Feuerwehr. Ich möchte mich bei diesen Organisationen für die kompetenten Informationen bedanken, die ich immer sofort erhielt, wenn ich mal nicht weiter wusste. Doch besonderer Dank gebührt all den Freiwilligen, die ihre Freizeit für das Gemeinwohl zur Verfügung stellen. Sie sind nicht nur in meinem Buch oftmalige Retter!

Last but not least bedanke ich mich bei meinem Mann Stefan und meinem Sohn David, die mir bei meinen Recherchen immer zur Seite standen, sich aber diskret zurückzogen, wenn es ans Schreiben ging und ich meine Ruhe benötigte. Danke – ohne euch würde es das Buch nicht geben!

Das Neueste aus der Gmeiner-Bibliothek

Unsere Lesermagazine

Bestellen Sie das kostenlose KrimiJournal in Ihrer Buchhandlung oder unter www.gmeiner-verlag.de

Informieren Sie sich …

www … auf unserer Homepage:
www.gmeiner-verlag.de

@ … über unseren Newsletter:
Melden Sie sich für unseren Newsletter an unter www.gmeiner-verlag.de/newsletter

f … werden Sie Fan auf Facebook:
www.facebook.com/gmeiner.verlag

Mitmachen und gewinnen!

Schicken Sie uns Ihre Meinung zu unseren Büchern per Mail an gewinnspiel@gmeiner-verlag.de und nehmen Sie automatisch an unserem Jahresgewinnspiel mit »mörderisch guten« Preisen teil!

GMEINER SPANNUNG

WWW.GMEINER-VERLAG.DE
Wir machen's spannend